本书为国家社科基金一般项目"英美斯拉夫学界陀思妥耶夫斯基批评研究"（20BWW029）阶段性成果及温州大学中文学科建设成果

温州大学中文学科建设丛书

罪与救赎

陀思妥耶夫斯基的人学思想研究

侯朝阳 ◎ 著

中国社会科学出版社

图书在版编目（CIP）数据

罪与救赎：陀思妥耶夫斯基的人学思想研究／侯朝阳著．
—北京：中国社会科学出版社，2024.3
（温州大学中文学科建设丛书）
ISBN 978-7-5227-3068-4

Ⅰ.①罪… Ⅱ.①侯… Ⅲ.①陀思妥耶夫斯基(Dostoyevsky, Fyodor Mikhailovich 1821-1881)—小说研究 Ⅳ.①I512.074

中国国家版本馆 CIP 数据核字(2024)第 037545 号

出 版 人	赵剑英	
责任编辑	杨　康	
责任校对	王　潇	
责任印制	戴　宽	

出　　版	中国社会科学出版社	
社　　址	北京鼓楼西大街甲 158 号	
邮　　编	100720	
网　　址	http://www.csspw.cn	
发 行 部	010-84083685	
门 市 部	010-84029450	
经　　销	新华书店及其他书店	

印刷装订	三河市华骏印务包装有限公司	
版　　次	2024 年 3 月第 1 版	
印　　次	2024 年 3 月第 1 次印刷	

开　　本	710×1000　1/16	
印　　张	18	
插　　页	2	
字　　数	227 千字	
定　　价	99.00 元	

凡购买中国社会科学出版社图书，如有质量问题请与本社营销中心联系调换
电话：010-84083683
版权所有　侵权必究

目　录

绪　论 ……………………………………………………（1）

第一章　"黑暗蒙在心头"：罪的普遍性 ………………（44）
 第一节　罪的实质 ………………………………………（45）
 第二节　罪的隐喻——从毒蜘蛛到嫩叶 ………………（54）
 第三节　小说中的罪人群像 ……………………………（63）
 第四节　"已经没有罪孽"？ ……………………………（93）

第二章　原初的自由：罪之根源 ………………………（100）
 第一节　罪与人的自由 …………………………………（101）
 第二节　罪与"上帝之死" ………………………………（114）

第三章　"孩子的眼泪"：罪的恶果 ……………………（123）
 第一节　心灵的痛苦 ……………………………………（123）
 第二节　自由的丧失 ……………………………………（127）
 第三节　与他者的疏离 …………………………………（130）
 第四节　"孩子的眼泪" …………………………………（133）

· 1 ·

第四章　从罪到救赎的灵魂转向 (143)
第一节　罪性意识的双重可能 (143)
第二节　精神复活之可能——以拉斯柯尔尼科夫为例 (148)

第五章　救赎者的多重面相 (165)
第一节　超越死亡法则的救赎者 (169)
第二节　美如何拯救世界 (176)
第三节　对人的自由之爱 (181)
第四节　对"斧头"之义的拒斥 (187)
第五节　救赎者的俄罗斯民族性 (192)

第六章　人人相爱：救赎的践行形式 (198)
第一节　回返"根基" (199)
第二节　遵循"诚爱"法则 (214)

第七章　"在路上"：救赎的实现及未完成性 (237)
第一节　救赎的实现 (238)
第二节　救赎"在路上" (254)

结　语 (257)

参考文献 (264)

后　记 (282)

绪　　论

在19世纪俄罗斯文学星空中，陀思妥耶夫斯基是最闪亮的一颗，曾"以自己的天才的力量震撼了全世界"[①]。出于对这位天才作家的肯定与热爱，人们赠予他诸如"灵魂的洞察者和神意的阐释者"[②]"先知""精神领袖""精神之父"等许多荣耀的冠冕。陀思妥耶夫斯基完全无愧于这些称号。这不仅是因为他的作品包蕴引导和烛照精神之旅穿越黑暗的巨大力量，而且在于他本人的命运就能昭示通向真理的道路。茨威格在《三大师》中称"陀思妥耶夫斯基的命运是《旧约》式的，是英雄式的，而丝毫不是现代式的，不是市民式的。他像雅各一样，不得不永远与天使搏斗，永远反抗上帝，又不得不像约伯一样，永远俯身屈从"[③]。就是在这样的精神磨砺中，陀思妥耶夫斯基给每一位愿意"谦卑"聆听或追思其人生脚步者以安慰、鼓励和希望。

[①] ［苏］高尔基：《论文学》（续集），冰夷等译，人民文学出版社1979年版，第50页。

[②] ［俄］波诺马廖娃：《陀思妥耶夫斯基：我探索人生奥秘》，张变革等译，商务印书馆2011年版，第1页。

[③] ［奥］斯·茨威格：《三大师》，申文林译，人民文学出版社2001年版，第68页。

在布满荆棘和苦难的一生中，陀思妥耶夫斯基的创作始终贯穿着一条主线，即关注人本身，探究人性的罪恶，与罪恶进行抗争，寻求救赎之道。正如鲁迅所说，"他把小说中的男男女女，放在万难忍受的境遇里，来试炼它们，不但剥去了表面的洁白，拷问出藏在底下的罪恶，而且还要拷问出藏在那罪恶之下的真正的洁白来"[①]。陀思妥耶夫斯基不仅关注社会上形形色色的犯罪事件，将它们纳入创作素材，而且从根源上探究人为何会堕入罪中，又如何可能脱离罪恶，实现救赎。陀思妥耶夫斯基（下文简称"陀氏"）最主要的几部小说都以人的堕落、犯罪和谋杀作为基本情节，创造了各式各样的罪人形象，表达了十分复杂、独特的罪恶观和救赎思想。尤为特别的是，与传统律法意义上的犯罪不同，陀氏笔下出现了一些苏格拉底式的形而上的罪犯，一些离上帝最近的思想巨人——拉斯柯尔尼科夫、斯塔夫罗金、基里洛夫、韦尔西罗夫、伊万等，他们最终要么自杀，要么接受神圣启示的光照，走在救赎和新生的途中。罪与救赎由此成为陀思妥耶夫斯基小说创作的核心主题，成为把握作家人学思想最为重要的节点；作家关于信仰、自由、恶、苦难、人神和俄罗斯命运的思考均与此相关。对陀氏小说中的罪恶与救赎问题加以探究，可以把握作家人学思想的命脉，从最为核心处破解诸多陀思妥耶夫斯基式的两难命题，领略其独特的思想魅力。

一　作家对罪与救赎问题的毕生探索

学者们一般把陀思妥耶夫斯基的一生分为三个时期，即流放前（1821—1848）、流放期间（1849—1858）和流放后（1859—1881）。

[①] 鲁迅：《陀思妥夫斯基的事——为日本三笠书房〈陀思妥夫斯基全集〉普及本作》，《鲁迅全集·6》，人民文学出版社2005年版，第425页。

本书根据作家的整体创作状况，分两个阶段论述他对罪恶与救赎问题的持续关注和思考。

（一）第一阶段：从童年到"死屋"时期

作家回忆自己童年时代的文字并不多，且总伴有"美化"的倾向。而真实状况是，作家童年的成长与自我建构，在很大程度上受到贫穷的出身、父亲忧郁和多疑的性格等"排斥性的力量"的主导。作家几乎终生都在同这种力量的影响抗争，甚至有意无意地把他遭受的"灾祸"归咎于自身的"罪恶"："他对他的兄弟表白：'我有可怕的罪恶，无限的自尊心和虚荣心。'"[1] 这种信念也与他很早接触到纯正的宗教生活有关：《圣经》是作家的启蒙读本，他的母亲是虔诚的基督徒，平时会带领孩子们去教堂，教他们在圣像前祈祷，每年还带他们去修道院朝圣。[2] 少年时代的陀思妥耶夫斯基"曾和哥哥一起没完没了地读书，熬过多少个日日夜夜。那个时候，他这个贪得无厌的人便萌发了对罪恶的兴趣"[3]。他特别喜欢狄更斯的作品，为"不幸的孩子"伤心难过。阅读席勒的作品则使他的心灵更为崇高："在结交俄国革命者之前，年轻的费多尔学习席勒的社会学思想，并接触到'圣罪'的概念，这个概念直达他灵魂深处。"[4] 生活和阅读，一并将关于罪恶的最初认知带入未来作家的灵魂世界。

---

[1] ［俄］梅列日科夫斯基：《托尔斯泰与陀思妥耶夫斯基》卷一，杨德友译，华夏出版社2009年版，第90页。

[2] 参见［法］多米尼克·阿尔邦《陀思妥耶夫斯基》，解薇、刘成富译，上海人民出版社2009年版，第14、27页；［俄］波诺马廖娃《陀思妥耶夫斯基：我探索人生奥秘》，张变革等译，商务印书馆2011年版，第6—7页；［俄］陀思妥耶夫斯基《一篇当代的谎言》，载陈燊主编《费·陀思妥耶夫斯基全集·第19卷》，河北教育出版社2009年版，第166—167页。

[3] ［奥］斯·茨威格：《三大师》，申文林译，人民文学出版社2001年版，第71页。

[4] ［法］多米尼克·阿尔邦：《陀思妥耶夫斯基》，解薇、刘成富译，上海人民出版社2009年版，第34页。

1837年，陀思妥耶夫斯基同他的兄长米哈伊尔·陀思妥耶夫斯基一起报考彼得堡军事工程学校，在考试和录取过程中遭遇了不公正对待。陀思妥耶夫斯基被"没有任何根据"地要求出具身体健康证明；而哥哥笔试成绩名列第一，综合成绩却被列为第十二名。陀思妥耶夫斯基在给父亲的信中写道："这些不公正的做法使哥哥伤心透了。我们没有钱送礼，即使有，我们也肯定不会送，因为用钱去买而不是靠成绩去争第一是可耻的。"① 作家自己的公费生资格被别人以"卑鄙"的手法"抢走"，而作家本来指望借此完成学业。② 如果说之前在慈善医院的住宅③见到的苦难构成了作家对生存最初的理解，那么以上遭遇则使他更切身地看清社会的不公。这位16岁的少年对此既有强烈的愤恨，也有托身于宗教生活深得安慰的体验："让我们祷告上帝吧！他不会抛弃无依无靠的可怜人的。他还会赐予很多恩惠。"（21卷：6）

在彼得堡军事工程学校学习期间（1838—1843），在霍夫曼、巴尔扎克、歌德、富凯和雨果等名家巨作的陪伴下，陀思妥耶夫斯基愈来愈显示出忧郁的幻想家的特征。他清晰地感觉到，天和地都可以融入人的心灵氛围，但人是"不法"的孩子，因为"心灵本质的规律遭破坏"。他对世界产生了这样的认识。

我觉得，我们的世界是为罪恶思想蒙蔽了的天国精灵的涤罪

---

① 陈燊主编：《费·陀思妥耶夫斯基全集·第21卷》，郑文樾、朱逸森译，河北教育出版社2009年版，第6页。后面凡出自全集的引文，皆以（21卷：6）的形式在文中直接标注，不再以脚注形式做注。
② 作家在军事工程学校学习的费用后来由其姨父供给。
③ 陀思妥耶夫斯基出生在莫斯科玛利亚济贫医院旁的公寓里，年少时"喜欢倾听和询问医院里的病人"（参见［法］多米尼克·阿尔邦《陀思妥耶夫斯基》，解薇、刘成富译，上海人民出版社2009年版，第26页）。

所。我觉得，世界具有了反面的意义，以致崇高优美的精神却成了一种讽刺。如果一个既不共享整体的印象，又不赞同整体的思想的人，即一个完完全全的局外人落入这种状况……结果会怎样呢？这状况会遭破坏，而且不可能再存在！（21卷：10—11）

这种认识只能从站在宇宙的极处俯瞰地球时才能得出，这种"看"的能力也只有像陀思妥耶夫斯基这样的一流作家才具备。在以后的创作中，或许是经受了更多苦难的试炼，也或许是天生禀赋所赐，陀思妥耶夫斯基始终能够弃置庸常、尘世的眼睛，转而用超然、独特的"第二视力"①"看"世界。通过"第三只眼睛"，他更为清晰、更为深透地从"世界之外"看到"世界之中"人的罪性、世界的荒诞，看到世人常深陷其中却盲目无视的悲剧性存在。他笔下的人物似乎也具有了这种超常的视力："地下室人"从地下洞穴中观看人类的理性法则和秩序，斯塔夫罗金幻想站在地球上看待自己作为"月球人"时犯下的罪孽，"荒唐人"在梦幻中踏上"一块没有受罪恶玷污的土地"，在那里回想已被罪孽败坏的地球人的生活……

然而人类承受的痛苦和煎熬并没有碾碎陀思妥耶夫斯基善感的心。无论是心灵的痛苦、世间的苦难还是人的罪性都没有使作家陷入绝望与虚无；相反，他在人的苦难与罪性中看到了人性神圣的光辉，从绝望与虚无那里转身，看到了救赎与盼望的曙光。虽然他意识到"只需意志爆发就足以粉碎外壳，并同永恒结合在一起"（21卷：

---

① 陀思妥耶夫斯基拥有"第二视力"这一说法是舍斯托夫在《战胜自明》一文中提出的，他指出有人拥有"双重视力"——"天然的视力"和"非天然的视力"：前者是与人的其余知觉感官和理性本身相一致的人的通常的视力；后者是"死亡天使"赠予人的"不合规律的、荒唐的、幻想的幽灵或混乱想象力的错觉"。陀思妥耶夫斯基就是拥有"双重视力"的人，他常用"第二视力"来看世界和发现新的东西。（参见［俄］列夫·舍斯托夫《在约伯的天平上》，董友等译，生活·读书·新知三联书店1992年版）

11），虽然他将哈姆雷特引为同道，为人的懦弱和世界之麻木不仁而"痛楚呻吟"；但他依然对人的心灵所能抵达的远方深怀期待："认识自然界、心灵、上帝和爱情……这一切是用心，而不是用智慧。"（21卷：15）他相信，亲人之间的心灵和志向可以经由爱的原则来协调，"恶习和耻辱"可以通过教育转变为美德。

也是自这一时期开始，陀思妥耶夫斯基树立了探索和识破人的奥秘的宏愿。这首先与他常常"行走到极处"的切身体验有关。在1838年8月9日给兄长的信中，他写道："我有一个空中楼阁式的计划：变成一个疯子。让人们去胡闹，去给我治疗，把我变成聪明人吧！"（21卷：13）这里孕育着作家后期创作的思想端倪，"变成一个疯子"的"计划"后来以文学狂想的形式得以实现——"地下室人"就是这样自视为疯狂的、"愚蠢的聪明人"；《一个荒唐人的梦》的开篇为"我是一个荒唐的人。现在他们把我叫做疯子"（20卷：709）。1844年11月，跟所有人"闹翻"之后，作家写道："大人们大概会对孩子们说我是败家子、放荡人、懒虫……这个想法使我感到非常痛苦……但上帝会看到，我像绵羊一样善良……"（21卷：46）在这种混淆善与恶、理性与非理性界限的背后，作家经受着巨大的痛苦，思考和探求着人性的秘密。

1844—1848年，初入文坛并获得极大成功的陀思妥耶夫斯基开始倾向于空想社会主义思想，"朝无神论方向偏离"①。作家的处女作、书信体小说《穷人》讲述的是一段真挚的爱情是如何失败的悲惨故事。"小人物"杰武什金付诸所有努力也未能拯救孤女瓦连卡，"纯洁的女性"最终沦为不公社会的牺牲品。经由《穷人》的巨大成功，陀

---

① ［俄］波诺马廖娃：《陀思妥耶夫斯基：我探索人生奥秘》，张变革等译，商务印书馆2011年版，第14页。

思妥耶夫斯基结识了当时身负盛名的批评家别林斯基。随后，他经常在别林斯基处听其整夜长谈乔治·桑、卡贝、皮埃尔·勒鲁、普鲁东、费尔巴哈和施特劳斯等人的思想。对他来说，别林斯基扮演着精神导师的角色。20余年后，陀思妥耶夫斯基在1873年撰文回忆这段交往时说："我认识他的时候，他已是激进的社会主义者，他同我交谈径直从无神论开始。在这种交谈中有很多令我难忘的东西。"（19卷：11）"早在1846年我就已经从别林斯基那里领会了未来'革新的世界'的全部真理和未来共产主义社会的全部神圣性。"（19卷：161）就影响来说，别林斯基唤起了陀思妥耶夫斯基"无神论的冲动"，然而作家宗教信仰的热诚并"未以任何方式中断"[①]，他"不曾把对于在大地上实现这种'狂热'的信仰（指作家对社会主义的迷恋——笔者注）与对基督的信仰分割开来"[②]。

　　1847年3月，陀思妥耶夫斯基开始参加彼特拉舍夫斯基家的"星期五"聚会。在这里，一群怀着崇高目标和牺牲精神的年轻人，在傅立叶空想社会主义思想的激励下，喝茶、谈话、思考，为献身于"共同事业"和改造社会的梦想激动不已。他们讨论的话题涉及沙皇制度、农奴解放、言论自由、司法改革等，然而多数人并不主张用暴力手段推翻沙皇政府。陀思妥耶夫斯基与彼特拉舍夫斯基小组保持着若即若离的关系。一方面，他强烈地意识到社会的不公、环境的败坏和人类背负的苦难，期待建立更美好、更公义的社会并为之热血澎湃；另一方面，他并不赞同空想社会主义的无神论原则。据雅诺夫斯基博

[①] ［俄］波诺马廖娃：《陀思妥耶夫斯基：我探索人生奥秘》，张变革等译，商务印书馆2011年版，第15页。
[②] ［俄］瓦·瓦·津科夫斯基：《俄国哲学史》上卷，张冰译，人民出版社2013年版，第466页。

士回忆，陀思妥耶夫斯基在参加小组会议时"总是先分析某个实例或情况，然后得出实际的结论，然而是那种'从未与福音书背道而驰的'结论"①。曾为陀氏立传的法国批评家多米尼克·阿尔邦（1904—1991）也曾形象地表示，"身上披着席勒的外衣，内心却永远充斥着狄更斯和欧仁苏的'悲惨世界'，这就是陀思妥耶夫斯基面对俄国社会问题的态度"②。

1849年年初，陀思妥耶夫斯基受到谢·杜罗夫小组核心人物派尼·斯佩什涅夫的极大影响。斯佩什涅夫曾是彼特拉舍夫斯基小组的激进派成员，主张不惜使用一切手段宣扬社会主义、无神论和恐怖主义。③陀思妥耶夫斯基曾一度忧虑和绝望地告诉他的医生朋友，他不得不为他的"梅菲斯特"斯佩什涅夫效劳。事实上，他甚至同斯佩什涅夫商议了共同建立地下印刷厂来印发传单的具体事宜，《群魔》中的部分创作素材就与此相关。此时的陀思妥耶夫斯基再次走到了极限之处："这个席勒的崇拜者，傅立叶主义的幻想者，基督徒，多愁善感的文人，他想要在精神和意识上弑君。他又一次被一桩想象中的罪行吓坏了，尽管只是在脑子里想想而已，这不是肉体上的犯罪，而是精神上的犯罪。"④

陀思妥耶夫斯基为"精神上的犯罪"同时也为自己的道德理想付出了沉重的代价。他在彼得保罗要塞被囚禁九个月后，在遭受了假死

---

① ［俄］波诺马廖娃：《陀思妥耶夫斯基：我探索人生奥秘》，张变革等译，商务印书馆2011年版，第14—15页。
② ［法］多米尼克·阿尔邦：《陀思妥耶夫斯基》，解薇、刘成富译，上海人民出版社2009年版，第75页。
③ ［法］多米尼克·阿尔邦：《陀思妥耶夫斯基》，解薇、刘成富译，上海人民出版社2009年版，第79页。
④ ［法］多米尼克·阿尔邦：《陀思妥耶夫斯基》，解薇、刘成富译，上海人民出版社2009年版，第80页。

刑的心灵磨难后,最终被判服四年苦役,苦役期满后又被流放近六年,1859年返回彼得堡后仍长期受到秘密警察的监视。"死屋"生涯使得陀思妥耶夫斯基真正走近了不幸的"罪犯""穷人"和"被侮辱与被损害的人",生活在他们中间,也走入了他们的精神世界。阿尔邦在读过《死屋手记》后,对那些陪伴作家左右的罪犯们有以下评论。

> 罪犯中有的残杀婴儿,有的弑父杀母,有的纵火行凶,有的是将儿童碎尸的变态狂,有的谋害少女并鞭挞她们的尸体。作家十分惊骇,对他来说,他们不是普通的恶人,而是罪大恶极的魔鬼。
>
> ……………
>
> 不负责任的怪物,缄口不言的犯人,他们之中许多人不是因为饥饿或仇恨而杀人,而仅仅是因为"想这么干",为了消遣。有一个是"精神上的卡西莫多,十足的怪物,是一个长着牙齿和肚子的肉,无法克制地追求最下贱的感官享乐";有一个为了偷一块手表就杀了人;还有一个更不可原谅:只是为了一个洋葱。①

是什么力量支撑作家于如此可怕的环境中度过了一千多个日日夜夜?或许这永远无法得到尽然说明。不过,在《死屋手记》中可以找到这样的话:"我记得,只有一种追求复活、再生和新生活的强烈愿望,才给了我期待和希望的勇气。"(5卷:361)而且,几乎众所周知的是,作家在"死屋"中唯一被允许阅读的书,是十二月党人M. A. 方维津的妻子娜·德·方维津娜送的《圣经》。1854年2月,

---

① [法]多米尼克·阿尔邦:《陀思妥耶夫斯基》,解薇、刘成富译,上海人民出版社2009年版,第91页。

苦役刑满不久，陀思妥耶夫斯基在给她的信中郑重提到他心中的信条："这信条极其简单，相信没有什么能比基督更加美好、更加深刻、更加令人喜爱、更加明智、更加刚毅和完善……不仅如此，如果有人向我证明基督存在于真理之外，而真理又确实是存在于基督之外的话，那么我也宁可与基督站在一起，而不是与真理站在一起。"（21卷：145）在《群魔》中，斯塔夫罗金同样宣告，他宁可舍弃真理也要"与基督在一起"，这无疑是作家信条的回声。

由此可以解释，为何十年之久的苦难生活，在陀思妥耶夫斯基那里非但没有产生对社会的仇视，对人的怨恨，反而带来了灵魂的蜕变和新生。正是从这些囚犯朋友身上，陀氏发现了人的普遍罪性，认识到基督信仰对于他们的根本意义，建立起对"人身上的上帝形象"的坚定信念并经历到信仰的复活。在孤独漫长的牢狱生活中，他重新思考社会的公义、人的罪性、恶、惩罚以及救赎等问题，终于"看清了自己革命志向的谬误"[1]。"他从监狱生活中了解犯罪和罪犯，在无可置疑的事实面前，那些抽象的理论和哲学黯然失色。"[2] 身为罪犯，以及同罪犯们的朝夕相处，让他对人性所能达到的极限产生了更加深刻的体认——虽然罪还不是恶，罪性掩蔽在人的灵魂深处，不如恶那么醒目，但它是恶的肇端，是始源，是隐而未显的恶；要清除恶首先要直面人的罪性。尤其是在"死屋"中重铸的基督信仰，赋予作家从神性之维面对人间之恶的视界，使作家对苦难和赎罪问题有了更深切的理解，并意识到人经由灵魂深处的革命跳脱罪恶与苦难的可能性。在

---

[1] ［俄］弗·谢·索洛维约夫等：《精神领袖》，徐振亚等译，上海译文出版社2009年版，第13页。

[2] ［俄］波诺马廖娃：《陀思妥耶夫斯基：我探索人生奥秘》，张变革等译，商务印书馆2011年版，第105页。

后来的《作家日记》中，陀思妥耶夫斯基这样写道："十分清楚和易于理解的是，恶隐藏于人类心中，比社会主义者—医师所想象的要深刻得多。因此任何社会制度都不能避免恶，人的心灵始终不变，因此反常现象和罪恶都源自心灵本身……"① 陀氏后期的所有创作，都或显或隐地贯穿着这一理解。

（二）第二阶段：从回归彼得堡到去世

1859年年底，陀思妥耶夫斯基获准重返彼得堡居住，进入了一生中最丰产的时期。

陀思妥耶夫斯基创作的盛年，适逢俄罗斯帝国数百年间最为急遽的变动与转型期，各种社会问题层出不穷，各样社会思潮勃兴。特别是19世纪六七十年代，由于废除农奴制改革的推进，俄罗斯步入现代资本主义社会的进程明显加速，这引发了各种新兴思潮，同时也出现了社会道德败坏和犯罪率攀升的现象。根据社会学家的考察，"1860—1870年改革时期恰恰是犯罪率急剧提高的时期"②，"1860—1870年改革导致大多数居民的价值观念和行为标准发生了变化，新旧价值体系发生冲突导致偏离行为增加，犯罪率提高"③。1870年前后发生的涅恰耶夫案④、

---

① 转引自陈燊主编《费·陀思妥耶夫斯基全集·第1卷》，河北教育出版社2009年版，"总序"第82页。
② ［俄］鲍里斯·尼古拉耶维奇·米罗诺夫：《俄国社会史：个性、民主家庭、公民社会及法治国家的形成（帝俄时期：18世纪至20世纪初）》下，张广翔等译，山东大学出版社2006年版，第81页。
③ ［俄］鲍里斯·尼古拉耶维奇·米罗诺夫：《俄国社会史：个性、民主家庭、公民社会及法治国家的形成（帝俄时期：18世纪至20世纪初）》下，张广翔等译，山东大学出版社2006年版，第83页。
④ 1869年11月，以谢·格·涅恰耶夫为首的秘密组织"人民惩治会"策划并杀死了其成员之一大学生 И. И. 伊万诺夫；1871年，政府对1868—1869年学潮参加者和人民惩治会成员进行公开审判。谢·格·涅恰耶夫（1847—1882），俄罗斯秘密团体"人民惩治会"的组织者，主张以愚弄和挑拨手段发动群众进行斗争，后死于狱中。

德米特里耶娃案①、坦波夫·科兹洛夫股票案、多尔古申案②和叶·普·科尔尼洛娃案③等，都曾轰动一时，一度刺痛了俄罗斯人（包括作家本人）并引发了广泛讨论和争议。

从写实的角度看，陀思妥耶夫斯基后期的作品真实地反映了19世纪60—80年代俄罗斯社会犯罪流行、道德颓败的特征。

在《罪与罚》中，即便是道德上远非清白的卢仁也对时况颇有訾词："且不说最近五年来下层阶级里犯罪数量有所增加，且不说各个地方接二连三发生的抢劫和纵火案，最让我震惊的是，上层阶级的犯罪数量也同样在增加，或者说是在同步增加。这里听说是从前的大学生在大道上抢劫邮车，那里是一些社会地位较高的人，居然制造假钞。莫斯科抓获了一个伪造最近发行的有奖债券的同伙……'大家都在通过各种手段发财，因此我也想迅速地变得富有。'……那意思是想无代价地、迅速地、毫不费力地弄到钱！……伟大的时刻到来之后，各色各样的人纷纷显出原形了……"（7卷：188—189）这无疑也是陀氏对时代的判断，甚至卢仁提到的伪造债券案也实有所指——1865年，莫斯科市破获一起类似案件；而让作家极为震惊的是，他的一位名叫亚历山大·涅奥菲托夫的亲戚，身为大学教授竟然也是团伙

---

① 1871年前后，一个名叫 В. П. 德米特里耶娃的女性与其情夫被指控犯有盗窃巨款和杀婴罪，后被宣判无罪。陀思妥耶夫斯基在读了案宗后对律师不负责任的辩护和按照自由主义模式"改革"的法庭不满，在致迈科夫的信中讽刺说："宣告她无罪了！这些山鹬！他们正如所预料的那样反复说老一套。"（参见陈燊主编《费·陀思妥耶夫斯基全集》第21卷，郑文樾、朱逸森译，河北教育出版社2009年版，第816页）

② 亚·瓦·多尔古申为民粹派小组"多尔古申派"的领导人，该小组成员于1874年7月因散发传单受到审判。

③ 叶·普·科尔尼洛娃是彼得堡一位女裁缝，妊娠期间由于精神错乱将六岁的继女从四楼窗户摔下致死。陀思妥耶夫斯基在1876年10月号《作家日记》中对她的行为做了深刻的心理分析，同法学家和律师康·伊·马斯良尼科夫通信探讨如何解决这一案件中的问题，还亲自去监狱探访并提供实际的帮助，甚至准备恳求沙皇赦免其罪。从中可以看到，陀思妥耶夫斯基将真正的神经错乱同以此为借口来为罪犯开脱的行径严加区分。

成员。在《罪与罚》最初的创作构想中，拉斯柯尔尼科夫之所以拿起斧头走向犯罪，也仅仅是为了摆脱个人和家庭的贫困，类似的事件对作家来说可谓屡见不鲜。

《白痴》中罗戈任杀害纳斯塔西娅的创作素材，与1867年一位名叫马祖林的年轻人暗杀珠宝商人的案件有关，甚至作家写到的诸如油布、消毒剂、围绕纳斯塔西娅尸体嗡嗡飞动的苍蝇等细节都与当时报纸刊登的犯罪现场的情况完全相同。① 《群魔》中彼得·韦尔霍文斯基形象的塑造与涅恰耶夫案件有关。陀氏在1873年2月10日写给皇储罗曼诺夫的信件中谈到该作时说："我奢望在其中说明：为何在我们这个奇怪的社会里有可能出现诸如涅恰耶夫罪行的骇人听闻的现象？"（22卷：869）《少年》的写作参考了多尔古申案件的相关材料②，在谢廖扎公爵犯罪的问题上还利用了1874年2月坦波夫·科兹洛夫铁路股票伪造案的一些细节（14卷：410）。《卡拉马佐夫兄弟》中孩子受虐待（指五岁孩子被虐待者用粪便涂抹一事——笔者注）的材料"取自刑事审判过程"（22卷：1097），而当时报纸对此事也有连续报道；伊万所讲故事重复了克罗涅贝格案情③中的细节（22卷：1102）。

在作家晚年的文字中，也常能窥见作家对"弯曲的世代"的担忧。1879年8月7日作家写给妻子的信中说道："报纸上读到的尽是凶杀和抢劫。我变得十分多疑，有时会为你们感到痛苦：可别出什么事啊。"（22卷：1119）在1879年8月9日回复康·彼·波别多诺斯采夫的信中作家说道："心情也十分糟糕。再加上……目睹周围发生

---

① ［美］乔治·斯坦纳：《托尔斯泰或陀思妥耶夫斯基》，严忠志译，浙江大学出版社2011年版，第126页。
② 参见1874年8月11日给普齐科维奇的信。
③ 1876年2月号的《作家日记》中对此案细节有描述。

的一切而产生的难过心情,还有由俄国报刊和知识界'疯人院'引起的沉重印象。"(22卷:1119)

与犯罪率攀升、道德水准下降的社会现实相应的是,俄罗斯各界的思想状况异常混乱,这又成为新的犯罪的温床。19世纪60—80年代,随着西欧派和斯拉夫派的论争暂时偃旗息鼓,各种学说沉渣泛起,"社会主义"学说、"革命"学说、功利主义、实证主义、自由主义、虚无主义等思潮主导了一大批青年人的意识。《罪与罚》中的斯维德里盖洛夫曾感叹:"受过教育的青年人由于无所事事,整天沉湎于不可实现的梦幻之中,为形形色色的理论弄得畸形。"(8卷:608)这道出了思想界的真实境况。对此,陀思妥耶夫斯基并非简单地借用一些相关案宗材料,而是通过表现重大犯罪案件背后涌动的虚无主义、功利主义和自由主义等社会思潮,揭示它们带来的巨大影响和危害。正是因此,《地下室手记》等作品带有同赫尔岑、车尔尼雪夫斯基、巴枯宁等人思想论战的明显意图;《罪与罚》中拉斯柯尔尼科夫的"超人"学说,同极端个人主义和功利主义哲学、虚无主义思想都有千丝万缕的联系;《群魔》则表现了各种思想争锋的现象。陀思妥耶夫斯基视西欧派为虚无主义者的精神之父,在《群魔》中勾勒出两者的思想承袭关系,对之加以有力的抨击。对于当时流行的将罪的问题简化为环境决定论的实证主义,陀思妥耶夫斯基也在创作中以人的自由的名义一贯加以反对。可以说,自称为"老'涅恰耶夫分子'"(19卷:159)并因此而经历了十年精神磨难的陀思妥耶夫斯基,在各种思想样态的对垒和旋涡中一直保持着清醒的头脑,始终能敏感地嗅出其中蛊惑和败坏人心的腐败气息。作家从未停留在屡见不鲜的犯罪事件的表面,而是以此为起点,在思想和灵魂深层去勘察罪的真相和人性的秘密。

陀思妥耶夫斯基甚至曾立志要专门写一部名为"大罪人传"的长篇小说来探索和廓清思想领域的问题。这部小说由《无神论》的构思衍生而来。从1868年年底至1869年8月，在《白痴》即将完稿和全部完成之后的这段时间，作家多次在信件中提到他在构思名为《无神论》的长篇小说。这部小说"篇幅巨大"，"它不是对当代信念的揭露，它是另一种东西，是真正的叙事诗"（22卷：612）；甚至有两三个人物形象已在作家的头脑中栩栩如生（其中包括一个类似于弗朗齐斯克·克萨韦里的狂热的天主教神父，《卡拉马佐夫兄弟》中宗教大法官形象的创造与之也有一定的关联）。然而，这一构想最终并未实现。1869年年底，在《永远的丈夫》（1869年12月5日寄给《曙光》杂志）完稿之际，作家又开始构思长篇小说《大罪人传》。在当年12月14日给伊万诺娃的信中，陀思妥耶夫斯基赋予该作以至高的人生意义："这是一部长篇小说，将在《俄国导报》上发表的只是它的第1部。写完全部作品至少要花五年功夫，它将分成三部互相独立的中篇小说。这部长篇小说是我一生的全部期待和全部希望，而不单单是指在金钱上的意义……这主旨是我为之而生的一切。"（22卷：696）在1870年3月25日写给迈科夫的信中，陀氏更加详细地谈到这篇小说的创作计划和主题。

> 这将是我的最后一部长篇小说，其篇幅相当于《战争与和平》……贯穿于小说所有部分中的主要问题正是我一辈子自觉和不自觉地为之苦恼的那个问题：上帝的存在。主人公在他的一生中时而是无神论，时而是信徒，时而是宗教狂者和教派信徒，时而又是无神论者，所以第2部中篇小说的全部情节将发生在修道院中……（22卷：729）

然而，鉴于这一主题的严肃性、作品规模的宏大性，以及作家长期身居国外、超负荷的写作压力和经济上的困顿不堪等情况，这部构想中的鸿篇巨制最终未能成文。但有关构想不露痕迹地融入了其后十年的创作，在《群魔》《少年》《卡拉马佐夫兄弟》等作品中都能或多或少地找到《大罪人传》的元素。

从后一阶段创作内容和思想来看，作家同罪恶的较量进入了"全新的"人道主义探索阶段。他直面罪的问题，在创作中不再满足于对社会现实和恶进行自然主义式的描写，而是触及人的"灵魂的深"，对动荡不安的灵魂的描写达到了超越传统人道主义和现实主义的新高度。别尔嘉耶夫对此评论道："从《地下室手记》起，陀思妥耶夫斯基开始了他天才的思想的辩证法。他已经不仅仅是心理学家，他是形而上学者，深度研究人类精神悲剧。他已经不是旧有意义上的人道主义者，他已经与乔治·桑、维克多·雨果、狄更斯等很少有共同之处。他彻底地断绝了与别林斯基的人道主义的联系。如果他还是人道主义者的话，那么他的人道主义就是全新的、悲剧式的人道主义。人，更加彻底地成为他创作的中心，人的命运成为他关注的特殊对象。但人不是平面的人道主义的人，而是深度的、被重新揭示其精神世界的人。"[①] 作家依然关注社会中具体的、实在的恶行，但已深入人的罪性的深处，着力揭露强权和暴力如何盘踞在人的思想、灵魂和情欲之中，恶如何内在地败坏人。他不只表现恶、犯罪和堕落的行为，而且触及人性的复杂、人的整个存在的根基问题。于是，读者才能看到拉斯柯尔尼科夫包藏着毒液的"超人"哲学，看到走向失败的"基督公爵"梅什金，看到谜一样存在的斯塔夫罗金，看到伊万和斯梅尔

---

① ［俄］尼古拉·别尔嘉耶夫：《陀思妥耶夫斯基的世界观》，耿海英译，广西师范大学出版社2008年版，第13页。

佳科夫之间复杂的双生体现象。

1881年1月28日，陀思妥耶夫斯基在家中病逝，走完了他充满苦难的人生旅程。两年后，他的墓碑落成。墓碑的上面是一个十字架和一个荆棘花环，下面是陀思妥耶夫斯基的雕像，依然用他沉思和阴郁的眼神注视着世界。墓碑的底座上镌刻着被他引作《卡拉马佐夫兄弟》卷首语的一句话（略有改动）："阿门，阿门，我告诉你们，一粒麦子不落在地里死了，仍旧是一粒；若是死了，就结出许多子粒来。"

终其一生，陀思妥耶夫斯基始终立足于社会现实和人性真相，针砭时弊，鞭挞罪恶，吁求救赎——反映当下时代的犯罪问题是他思考的起点，廓清其背后的思想争端和人性迷误是他创作的旨归，而独特的个人经历、体验使之成为可能。这一切都涵容在一部又一部鞭辟入里的杰作中——它们发出深情的召唤，邀请每位读者以一颗谦卑的心走近、对语和倾听。

二 相关研究概况

作家付诸毕生精力探索的罪恶与救赎问题，历来也是陀学界最为关注的核心问题。从俄罗斯到西方再到中国，相关的研究成果可谓汗牛充栋。这里只能择其显要略加概论以窥全貌、明其得失。

（一）俄罗斯学界研究概况

俄罗斯学者对陀思妥耶夫斯基小说中罪与救赎问题的探讨最为深入。其中，最有代表性的是弗·索洛维约夫、阿·利·沃伦斯基、梅列日科夫斯基、别尔嘉耶夫、罗赞诺夫、伊万诺夫、舍斯托夫、叶夫多基莫夫、B. B. 杜德金（В. В. Дудкин）和波诺马廖娃（Г. Б. Пономарева）等人。

弗·谢·索洛维约夫最早对陀氏作品中的罪与救赎问题提出富有见地的看法。在1881年1月13日悼念陀思妥耶夫斯基的演讲中，索洛维约夫指出，陀氏借他的创作始终在宣扬这样一个信念，"任何道德堕落，任何道德卑劣的行径，都不能扼杀人的精神力量"①，由此出发才能理解他为何对卑劣的罪人依然怀有同情和爱。在《纪念陀思妥耶夫斯基的三次演讲（1881—1883）》（Мемориал Достоевского три выступления）中，索洛维约夫简要分析了《罪与罚》和《群魔》的犯罪主题，指出陀思妥耶夫斯基对俄罗斯人民的珍视，是基于该民族的负罪意识和领会其他民族精神实质的能力，并认为陀氏是"真正基督教的'高瞻远瞩的先驱'"②，他所提出的救赎之道能够实现神、人与自然之间的和睦相处。索洛维约夫的评价定下了后来白银时代陀氏研究的主调。

阿·利·沃伦斯基更多地注意到陀氏小说中人脱离罪恶之后所能达到的精神状态。在发表于1901年的论著《卡拉马佐夫一家的王国》（Карамазова Королевство）中，他对《卡拉马佐夫兄弟》中出现的修士群像进行了精彩分析，指出陀氏是通过宗教思想进行艺术观察和写作的作家，佐西玛长老是其着力刻画的"一个获得新生的人"③和"爱上帝的人"④，他完全脱罪，达到了神人的最高境界。

---

① [俄]弗·谢·索洛维约夫等：《精神领袖》，徐振亚等译，上海译文出版社2009年版，第4页。
② [俄]弗·谢·索洛维约夫等：《精神领袖》，徐振亚等译，上海译文出版社2009年版，第17页。
③ [俄]弗·谢·索洛维约夫等：《精神领袖》，徐振亚等译，上海译文出版社2009年版，第86页。
④ [俄]弗·谢·索洛维约夫等：《精神领袖》，徐振亚等译，上海译文出版社2009年版，第87页。

梅列日科夫斯基对陀氏小说中堕落犯罪人物的分析达到了一个新的高度。在专著《托尔斯泰与陀思妥耶夫斯基》(Толстой и Достоевский)中，梅列日科夫斯基指出，"探索人心最凶险和罪恶的深渊，首先是情欲的深渊及其种种表现"成了陀思妥耶夫斯基"作为一位艺术家的不可摆脱的需要"①，他在上帝和撒旦的深渊之间盘桓；其笔下的拉斯柯尔尼科夫、斯塔夫罗金、基里洛夫和伊万都带有反基督的宗教因素，他们的罪恶、"形而上的无耻"造成了灵魂的杂乱与分裂，而梅什金公爵、阿廖沙和佐西玛长老都带有基督的面容，达到了信仰上知与爱的合一。

终生奉精神自由为圭臬的哲学家别尔嘉耶夫在他的《陀思妥耶夫斯基的世界观》(Миросозрцание Достоевского)一书中考察了陀氏小说中罪恶主题与自由主题的内在关联。从其一贯独特的对自由的理解出发，别尔嘉耶夫指出，陀氏的一些主人公跌入罪中是人的原初自由造成的悲剧："自由使拉斯柯尔尼科夫和彼·韦尔霍文斯基走上了犯罪的道路。基里洛夫和伊万·卡拉马佐夫恶魔般的自由杀死了人。"②他从拉斯柯尔尼科夫和伊万这类有着双重人格的"罪犯"身上看到了人从原初的自由迈向"最后的自由"的受难历程，指出苦难对于这些人物的赎罪和复活具有巨大力量，基督之爱是其最终的精神出路。

罗赞诺夫同样肯定精神受难所具有的赎罪价值。他在分析《卡拉马佐夫兄弟》中"无辜孩童受难"问题时指出："我们在自身中携带

---

① [俄]梅列日科夫斯基：《托尔斯泰与陀思妥耶夫斯基》卷一，杨德友译，华夏出版社2009年版，第127页。
② [俄]尼古拉·别尔嘉耶夫：《陀思妥耶夫斯基的世界观》，耿海英译，广西师范大学出版社2008年版，第45页。

着大量的犯罪性，与它一起还有可怕的罪过性，这罪过性还没有被任何东西赎买……每当我们体验某种痛苦的时候，我们的罪过性就获得抵消，某种犯罪就从我们身上离开，我们就感觉到光明和喜悦……"①在他看来，"孩子的痛苦"既是人之普遍罪性的延续和报应的必然，也是在以"表面上无法理解的痛苦"来洁净和"补充真理"。比别尔嘉耶夫更进一步，罗赞诺夫甚至强调罪恶本身对陀氏笔下人物所具有的救赎意义。在《论陀思妥耶夫斯基》（*На Достоевского*）一文中，他指出，当一个人坠入罪孽深渊的时候反而更易于理解上帝存在和灵魂不朽的思想，陀思妥耶夫斯基的人物都具有这种独特的生命体验，因而当他们在罪中挣扎的同时就显明了一种赎罪的道路，即经由精神受难而重生。②他认为，《罪与罚》的唯一情节和实质是表现"虔诚"的"杀人凶手"和"圣洁"的"妓女"，陀氏所有作品的价值就在于"向我们展示了罪恶的不可惩罚性，罪行的无辜性"。③罗赞诺夫从陀氏作品中归结出"罪的辩证法"，将罪恶本身的意义"推崇"到了极致，尽管或多或少偏离了作家的本意，却也大大深化了对相关问题的理解。

伊万诺夫也论及陀氏作品呈现的"犯罪和报应的观念"，但他更重要的成就，是对陀氏笔下人物犯罪根源的阐释以及对犯罪问题同作品形式特征之间关联的分析。他将陀氏对犯罪原因的解释归结为三个层面：上帝和魔鬼在人心的斗争、由激愤的心情产生的感情冲动、生

---

① [俄] 罗赞诺夫：《论宗教大法官的传说》，张百春译，华夏出版社2007年版，第93页。
② 参见赵桂莲《漂泊的灵魂——陀思妥耶夫斯基与俄罗斯传统文化》，北京大学出版社2002年版，第100—102页。
③ [俄] 弗·谢·索洛维约夫等：《精神领袖》，徐振亚等译，上海译文出版社2009年版，第240页。

活逻辑不可挣脱之网;"这位首屈一指的深谙人心的大师以上述对犯罪原因的三重研究向我们明白而真实地揭示了在人的遭遇中必然性和自由选择二律背反的结合的秘密"①。伊万诺夫进而将这三重原因归结为一点,即信仰的缺失:"对陀思妥耶夫斯基来说,信仰之路和无信仰之路乃是各自遵循其内在规律的两种不同的存在,乃是两种他律或异律的存在……有信仰还是无信仰,因此才会产生误入歧途的犯罪和报复的群体。"② 这一见解无疑是极为深刻、极为正确的。伊万诺夫还注意到,与陀氏对犯罪的这一理解相对应,其长篇小说采用了"刑事侦查的结构""法庭记录式的体裁""事务性的说明和报道的手法"③,这种方式有利于作家"窥伺"到犯罪者的行踪和最为隐秘的思想。这为研究陀氏小说的文体特征提供了一种新的思路,为理解陀氏作品内容与形式之间的联系做出了有益的尝试。

同别尔嘉耶夫相似,舍斯托夫也是在其整体的哲学话语体系中来言说陀思妥耶夫斯基的。与科学、理性、规律、"一般"、普遍等自明的东西做斗争是舍斯托夫哲学的主要内容,他对陀氏的感发与议论也多循此展开。在为纪念陀思妥耶夫斯基100周年诞辰撰写的长文《战胜自明》(Преодоление Самоочевиднос - тей)中,舍斯托夫指出,陀氏如欧里庇得斯一样具有"第二视力",他看到并力图展示这个世界的深层秘密:"我们面临着人们有时不得不陷于其中的最伟大的秘密,——面临着罪恶的秘密……读者也许同意说,陀思妥耶夫斯基的

---

① [俄] 弗·谢·索洛维约夫等:《精神领袖》,徐振亚等译,上海译文出版社2009年版,第392页。
② [俄] 弗·谢·索洛维约夫等:《精神领袖》,徐振亚等译,上海译文出版社2009年版,第409页。
③ [俄] 弗·谢·索洛维约夫等:《精神领袖》,徐振亚等译,上海译文出版社2009年版,第394页。

全部内在努力和奋斗只有一个目的：如果不是了解，那就是开始研究这个秘密。"① 对罪恶秘密的洞彻和公开既是陀氏战胜自明性的过程，又暗含着将个别感受变成普遍真理的建立新的自明性的悖谬。1935年，舍斯托夫在名为《克尔凯郭尔与陀思妥耶夫斯基》（*Къркегард и Достоевский*）的报告中指出，人的原罪的实质就是思辨与启示的对立，而陀思妥耶夫斯基作品中罪人的罪孽和恶习就在其"知识"之中。② 梅什金、罗戈任的面具背后隐藏着作家持续一生的努力——克服自明性，人的救赎之道就在于此。

叶夫多基莫夫的《俄罗斯思想中的基督》③ 一书论及陀思妥耶夫斯基之处仅有短短几页，但强调了"圣爱"对赎罪的意义以及"瞬间"的价值，对《卡拉马佐夫兄弟》中的弑父情节做出了富有启发性的解读。在叶夫多基莫夫看来，面对历史根基上的恶，陀思妥耶夫斯基看到了出自敌基督的基督教乐观主义的悲剧性，但他不是创造善的形象而是用圣像来实现综合和照亮生活。《卡拉马佐夫兄弟》中的弑父之罪由四兄弟来承担，象征着团结、和谐的人类大家庭的解体；阿廖沙的精神之父佐西玛与其肉身之父费奥多尔的对立意味着爱和复活力量同恨和毁灭力量的对立，而阿廖沙最后的发言是罪得赎救之后的最高和谐之音。

当代俄罗斯学者 В. В. 杜德金在《陀思妥耶夫斯基的犯罪哲学》一文中指出，陀思妥耶夫斯基关于犯罪的论述具有超前性，猜到了20世纪犯罪的群体性特征；作家更感兴趣的是谋杀（自杀）问题而不是

---

① ［俄］列夫·舍斯托夫：《在约伯的天平上》，董友等译，生活·读书·新知三联书店1992年版，第82—83页。
② ［俄］列夫·舍斯托夫：《旷野呼告 无根据颂》，方珊等译，上海人民出版社2004年版，第20页。
③ ［俄］叶夫多基莫夫：《俄罗斯思想中的基督》，杨德友译，学林出版社1999年版。

其他暴力形式；出色地展示"犯罪行为的非理性的、自发的动机"，揭示出"俄罗斯灵魂"像钟摆一样摇摆不定的特征："'俄罗斯灵魂'的钟摆在'十字架和斧头'之间摇摆，在上帝和魔鬼之间摇摆。这个灵魂不可能停留在某个中间地带（杀了人——成为罪人；杀了人——拔腿逃走；杀了人——自杀），因为钟摆的运行轨迹就是不可避免地从一个极端到另一个极端。"[①] 该论者还指出，"犯罪的实证主义"不能令陀思妥耶夫斯基满意，作家首先视犯罪为宗教问题；"陀思妥耶夫斯基在对谋杀进行对等的惩罚方面持有与康德和黑格尔不同的观点"[②]，反对在折磨原则上建立惩罚体系。这些看法都很切合陀思妥耶夫斯基小说的实际状况。

波诺马廖娃在《陀思妥耶夫斯基：我探索人生奥秘》（Достоевский：Я Занимаюсь этой Тайной）中考察了陀氏信仰之道后，着重对他后期六部著作（包括仅是构思而未实际创作的小说《大罪人传》）中的主要人物进行分析。该书对《死屋手记》中罪犯生活、道德和人性的解读较为全面、深入；对《白痴》中纳斯塔西娅·菲利波芙娜的把握尤其细致入微，注意到她对犯罪事实极为敏感的特性，指出导致其死亡的道德背景在于"通过罗果仁（即罗戈任——笔者注）和伊波利特这两个被死去的、不能复活的基督形象相关联的人，思想链条中的一环引向犯罪，引向宇宙计划，引向没有灵性的自然"[③]。由于认识到陀氏一生基督信仰的持续性和坚定性，波诺马廖娃极力强调作家为笔下罪

---

① ［俄］В. В. 杜德金：《陀思妥耶夫斯基的犯罪哲学》，冯华英译，载张变革主编《当代国际学者论陀思妥耶夫斯基》，北京大学出版社2014年版，第100页。
② ［俄］В. В. 杜德金：《陀思妥耶夫斯基的犯罪哲学》，冯华英译，载张变革主编《当代国际学者论陀思妥耶夫斯基》，北京大学出版社2014年版，第105页。
③ ［俄］波诺马廖娃：《陀思妥耶夫斯基：我探索人生奥秘》，张变革等译，商务印书馆2011年版，第176页。

人们指出的救赎之道在于建立信仰。

（二）西方学界研究概况

西方学界对陀思妥耶夫斯基小说中罪与救赎思想的关注也由来已久，但大部分研究成果较俄罗斯学界表现出更加理性化和逻辑化的特征。自20世纪70年代以来，西方学界对陀氏的研究表现出更注重宗教哲学方面内容的趋势，取得了较为突出的成就。

1. 英语世界的研究

美国普林斯顿大学卡萨娜·布朗克（Ksana Blank）的《陀思妥耶夫斯基的辩证法与罪的问题》（*Dostoevsky's Dialectics and the Problem of Sin*）是近年最重要的一部讨论陀氏小说中罪的问题的著作。作者集中分析了陀氏穿梭于对立两极的"矛盾修饰法"，认为陀氏也将此方法运用于罪和罪人——"陀思妥耶夫斯基的宇宙由正直的罪人和有罪的正直人构成。他的人物倾向于寻求苦难而非幸福，倾向于在羞耻中找到乐趣。他们能同时瞩目天堂的极处和地狱的深渊。在他们心中，爱与恨毗邻，苦与乐相伴，美德与罪相连。"[1] 这与巴赫金关于陀氏创作原则的理解及其狂欢化理论遥相呼应。在卡萨娜·布朗克看来，罪在陀氏作品中处于核心地位："对陀思妥耶夫斯基来说，罪是一切事物的核心，因为它引起了整体的分裂，由此产生了双重性、二元性和二律背反。这种撕裂和分离使人的灵魂、情感和理智经受痛苦，阻碍人们追求真、善、美、自由和爱等最为珍贵的价值。"[2] 罪甚至具有了救赎维度："陀思妥耶夫斯基的宗教哲学建立在这一观念的基础上，

---

[1] Ksana Blank, *Dostoevsky's Dialectics and the Problem of Sin*, Evanston: Northwestern University Press, 2010, p. 6.

[2] Ksana Blank, *Dostoevsky's Dialectics and the Problem of Sin*, Evanston: Northwestern University Press, 2010, p. 13.

即人类可以经由罪和犯罪而走向上帝之路。"① 卡萨娜·布朗克也特别关注到拉斯柯尔尼科夫和卡拉马佐夫兄弟们的救赎问题。拉斯柯尔尼科夫复活新生了吗？在对他最后的话语进行了词源学方面的分析并将他同克里特的圣安德鲁（Andrew of Crete）加以比较之后，布朗克认为拉斯柯尔尼科夫只是站在了忏悔的门口，他是否能跨进门槛并不能确定，因为"忏悔是一个神秘的过程——它花费很长时间，发生在黑暗中，在地下"②。卡萨娜·布朗克还将《卡拉马佐夫兄弟》中的三兄弟伊万、阿廖沙和德米特里视为通向上帝的三条道路的代表——理性、信仰、经验性知识（Empirical Knowledge），可能转变为社会主义者和革命者的阿廖沙身上的罪性被两位兄长都认识到了，他面临更多的诱惑和考验；同虽然敞开但已部分完成的拉斯柯尔尼科夫和德米特里的命运相比，阿廖沙敞开的命运仍处于潜在的范围内而远没完成。

　　罗恩·威廉姆斯（Rowan Williams）在《陀思妥耶夫斯基：语言、信仰与虚构》（*Dostoevsky: Language, Faith, and Fiction*）中建议人们始终从写作与神圣创造的类比的角度阅读陀思妥耶夫斯基，认为他并不是要提供关于"上帝存在"的证明，而是要展示一幅在他那个时代的政治和社会环境中信仰或缺乏信仰是什么样子的不同图景。③ 在作者看来，突破界限的自由是对神圣创造者的不适当的回应，罪恶、混乱与毁灭是其必然结果。马尔科姆·马戈里奇（Malcolm Mug-

---

① Ksana Blank, *Dostoevsky's Dialectics and the Problem of Sin*, Evanston: Northwestern University Press, 2010, p. 10.
② Ksana Blank, *Dostoevsky's Dialectics and the Problem of Sin*, Evanston: Northwestern University Press, 2010, p. 39.
③ Rowan Williams, *Dostoevsky: Language, Faith, and Fiction*, London: Baylor University Press, 2008, p. 4.

geridge）和欧内斯特·戈登（Ernest Gordon）分别为《陀思妥耶夫斯基的福音书：作品选编》(*The Gospel in Dostoyevsky: Selections from His Works*) 作了序言和介绍，对陀思妥耶夫斯基作品中的罪与救赎问题亦有精彩的分析。马尔科姆·马戈里奇指出，陀思妥耶夫斯基所有作品的本质主题是善与恶如何在精神存在中运演，"接受苦难并被苦难救赎"，这是陀氏带给这个趋向相反方向而陷入狂乱的世界的重要信息。① 欧内斯特·戈登主要对陀氏笔下三类"自由的主人公"（Free Character）进行思考："地下室人"敢于自由发出非理性之声，自由地拒绝体制和处于荒诞之中；梅什金公爵自愿成为同代人眼中的愚人并为之受苦；阿廖沙自主地去爱人、担负起"众人之罪"的责任，在他身上显示出救赎是发生在教会或政府的掌控之外的。欧内斯特·戈登还特别指出，陀思妥耶夫斯基引起批评界争论的一个原因，就在于他极为生动地描绘了人反叛上帝这一可怕的恶的本性。

美国学者乔治·斯坦纳（George Steiner）的《托尔斯泰或陀思妥耶夫斯基》(*Tolstoy or Dostoevsky: An Essay in the Old Criticism*) 是陀思妥耶夫斯基研究的一部扛鼎之作。他注意到陀氏"四部主要作品"（《罪与罚》《白痴》《群魔》《卡拉马佐夫兄弟》）中的谋杀情节与现实罪案的联系，强调其中的戏剧性特征和哥特因素。乔治·斯坦纳认为，"展现针对儿童的暴力行为"是陀思妥耶夫斯基小说的"主导旋律"，虐待儿童的行为"影射的是彻头彻尾、无可救药的邪恶行为"②，是在人身上亵渎上帝形象的行为。他还指出，耶稣的形象在陀

---

① Fyodor Dostoyevsky, *The Gospel in Dostoyevsky: Selections from His Works*, Foreword by Malcolm Muggeridge, Farmington: The Bruderhof Foundation, 2004, vi.

② ［美］乔治·斯坦纳：《托尔斯泰或陀思妥耶夫斯基》，严忠志译，浙江大学出版社2011年版，第179页。

思妥耶夫斯基小说中有着举足轻重的地位，梅什金公爵和阿廖沙体现了对耶稣的经典描述，斯塔夫罗金身上则带着"假救世主的标记"，与敌基督相似。① 这些看法都不无启示意义。

关于陀思妥耶夫斯基与俄罗斯东正教教会、天主教和新教的关系也是研究的热点。安吉拉·珍妮弗·斯蕾特（Angela Jennifer Slater）在博士学位论文《陀思妥耶夫斯基对体制化教会的态度》（*Dostoyevsky's Attitude to Institutionalized Religion*）② 中从陀氏生命和创作与俄罗斯东正教的关系、当下东正教会对陀氏的评价入手，详细考察了陀氏对基督教三大教派以及犹太教的态度；论文的另一主要内容和贡献是细致入微地廓清了陀氏与古老信仰者、极端宗派主义、圣愚、漫游朝圣者和隐修主义之间的关系，这对理解陀氏基督信仰的实质和陀氏的救赎观颇有启发意义。

美国布朗大学的威尔·范登·贝尔肯（Wil Van Den Bercken）的《陀思妥耶夫斯基小说中的基督教虚构与写实》（*Christian Fiction and Religious Realism in the Novels of Dostoevsky*）在对《罪与罚》等五部小说进行细致入微分析的基础上指出，陀思妥耶夫斯基并不是正统的东正教作家，小说中马尔梅拉多夫、吉洪、佐西玛、马卡尔等人对罪、忏悔和救赎等信念的表达都不同于教会传统；陀氏的基督教观念筑基于基督教人类学和《圣经》伦理上，他"从不直接描述和宣扬基督教观念，而是激发读者去思考"③，"在陀思妥耶夫

---

① ［美］乔治·斯坦纳：《托尔斯泰或陀思妥耶夫斯基》，严忠志译，浙江大学出版社2011年版，第259—281页。

② Angela Slater, Dostoyevsky's Attitude to Institutionalized Religion, Ph. D. dissertation, Liverpool University, 1983.

③ Wil Van Den Bercken, *Christian Fiction and Religious Realism in the Novels of Dostoevsky*, London and New York: Anthem Press, 2011, p. 3.

斯基的基督教中，基督形象占据中心地位，体制性教派之间的边界消失了"①。但论者将佐西玛关于接受苦难和普遍的罪的意识称为"基督教乌托邦"（Christian Utopia），因其"不可实现"而给出负面评价，这并不具有说服力。该书的另一个缺陷，是作者认定小说文本与书信、笔记和日记等材料相互区别、不能混淆，因此缺乏对陀氏小说同其他文字之间的相互参照。

珍妮特·图克（Janet G. Tucker）的《陀思妥耶夫斯基〈罪与罚〉中世俗的挑战与东正教的回应》（*Profane Challenge and Orthodox Response in Dostoevsky's Crime and Punishment*）勾勒出了从《地下室手记》到《罪与罚》所包含的由翻腾不已的怨恨到反社会的行为以至谋杀犯罪的内在线索，并指出斯维德里盖洛夫、卢仁、拉祖米欣和索尼娅等人的"衣服形象"（Clothing Images）在其个体生命中都具有精神意义，拉祖米欣赠送拉斯柯尔尼科夫旧衣服象征着试图将他的朋友带回信仰之善的基础。作者还认为，陀思妥耶夫斯基的主要任务是让读者以完全倒转的眼光看待为什么会出现谋杀："与上帝的分离导致俄罗斯当代世俗社会的谋杀事件无可避免。"② 这又与俄罗斯年轻人盲目接受某些西方哲学思潮的影响而成为精神上的异乡人有关，其出路在于回归俄罗斯东正教这一根基。

彼得·特拉维斯·克勒克尔（P. Travis Kroeker）和布鲁斯·坎思·沃德（Bruce Kinsey Ward）合著的《记住终局：陀思妥耶夫斯基作为现代性的先知》（*Remembering the End*：*Dostoevsky as Prophet to*

---

① Wil Van Den Bercken, *Christian Fiction and Religious Realism in the Novels of Dostoevsky*, London and New York：Anthem Press, 2011, p. 16.

② Janet G. Tucker, *Profane Challenge and Orthodox Response in Dostoevsky's Crime and Punishment*, Amsterdam – New York：Rodopi B. V., 2008, p. 236.

Modernity）指出，陀思妥耶夫斯基的作品尤其是《卡拉马佐夫兄弟》表现出真正的预言艺术，《宗教大法官》是对现代性的启示。该书第七章对陀氏的基督信仰特别是对《宗教大法官》一章沉默的基督形象的分析非常深入。作者认为，伊万和大法官对基督有多重"冒犯"，"无论伊万描绘的基督形象身上有多少罗马色彩，他的意图显而易见是要审判《新约》中的基督，而阿廖沙正是恳求基督来回应伊万对于无辜受难孩童无以回报的眼泪的绝望"①。论者还指出，"对陀思妥耶夫斯基来说，只有基督形象显示出的爱的实践能够使现实中爱的因果结构得以识别——这种爱在死亡中显明"②。显然论者认为，那些陷入罪恶之中的"冒犯"者唯有靠着基督的爱才能得到救赎。

其他一些研究成果也对理解陀氏小说中的罪恶问题具有一定参考价值。考夫曼（Walter Kaufmann）编著的《存在主义：从陀思妥耶夫斯基到萨特》（*Existentialism from Dostoevsky to Sartre*）一书虽然论及陀思妥耶夫斯基之处只有寥寥数语，但一针见血地指出陀氏塑造的人物的特征："陀思妥耶夫斯基在书中所创造的角色是传统基督教里所谓的那种罪恶的人物，但是他既不相信原罪也不相信上帝。"③美国当代学者伊琳娜·帕佩尔诺（Irina Paperno）在其专著《陀思妥耶夫斯基论作为文化机制的俄国自杀问题》（*Suicide as Cultural Institution in Dostoevsky's Russia*）④中强调了19世纪60年代前后俄国的社会环境和

---

① P. Travis Kroeker, Bruce Kinsey Ward, *Remembering the End: Dostoevsky as Prophet to Modernity*, Colorado: Westview Press, 2001, p. 256.

② P. Travis Kroeker, Bruce Kinsey Ward, *Remembering the End: Dostoevsky as Prophet to Modernity*, Colorado: Westview Press, 2001, p. 260.

③ ［美］W. 考夫曼编著：《存在主义：从陀思妥耶夫斯基到萨特》，陈鼓应等译，商务印书馆1995年版，第4页。

④ ［美］伊琳娜·帕佩尔诺：《陀思妥耶夫斯基论作为文化机制的俄国自杀问题》，杜文鹃、彭卫红译，吉林人民出版社2003年版。

文化对杀人犯罪和自杀者产生的影响。而莉莎·克纳普（Liza Knapp）在《根除惯性：陀思妥耶夫斯基与形而上学》（*Dostoevsky and the Annihilation of Inertia: The Metaphysics of Physics in His Works*）[1] 一书中分析了陀氏笔下人物在实施犯罪时的无意识状态，指出自然本能作为一种惯性力量和法则对犯罪的影响，克服这一法则，脱离犯罪只能依靠神性法则。尼娜·珀利堪·斯特劳斯（Nina Pelikan Straus）的《陀思妥耶夫斯基与女性问题》（*Dostoevsky and Woman Question*）[2] 从女性主义视角考察了陀氏小说中女性与上帝、父亲和男性等父权制代表者之间的复杂关系，甚至将德米特里的未婚妻卡捷琳娜等人视为男性救赎者的角色。马尔科姆·琼斯（Malcolm Jones）在《巴赫金之后的陀思妥耶夫斯基》（*Dostoevsky after Bakhtin*）[3] 一书中从话语、文本和叙事等方面对陀氏主要小说进行了解构式批评，其对宗教大法官与基督关系在文本层面的分析引人深思。迈阿密大学的玛格丽特·齐奥尔科夫斯基（Margaret Ziolkowski）的《陀思妥耶夫斯基与虚己化传统》（*Dostoevsky and the Kenotic Tradition*）[4] 一文追溯了吉洪和佐西玛长老等形象塑造与圣谢尔盖、彼得和阿列克谢主教以及奥普塔修道院的阿姆罗斯（Amvrosy）之间的关系，将陀氏笔下的圣徒形象放在整个区别于当代虚己论神学的俄罗斯虚己化传统中加以解读，有利于廓清陀氏的思想来源。

---

[1] ［美］莉莎·克纳普：《根除惯性：陀思妥耶夫斯基与形而上学》，季广茂译，吉林人民出版社2003年版。

[2] ［美］尼娜·珀利堪·斯特劳斯：《陀思妥耶夫斯基与女性问题》，宋庆文、温哲仙译，吉林人民出版社2003年版。

[3] ［美］马尔科姆·琼斯：《巴赫金之后的陀思妥耶夫斯基》，赵亚莉等译，吉林人民出版社2004年版。

[4] Margaret Ziolkowski, "Dostoevsky and the Kenotic Tradition", in George Pattison and Diane Oenning Thompson, eds., *Dostoevsky and the Christian Tradition*, New York: Cambridge University Press, 2001, pp. 31 – 40.

绪 论

陀思妥耶夫斯基的创作素材来源极为丰富、难以穷尽，其影响也不易估量。英语世界几部比较研究的著作非常有利于理解陀氏罪与赎罪思想的渊源、特征和影响。娜塔莉·巴布·布朗（Nathalie Babel Brown）的专著《雨果与陀思妥耶夫斯基》（*Hugo and Dostoevsky*）集中考察了陀思妥耶夫斯基阅读、评论和接受雨果的踪迹，通过情节和结构因素的细微对照揭示出《罪与罚》吸收了《悲惨世界》以及雨果其他作品材料的事实。至于《罪与罚》和《悲惨世界》核心情节的不同，作者解释说："两位作家的表达意图差异极大：雨果是要显示法律罔顾个人境遇的不公，陀思妥耶夫斯基是要显示人的内心有一种不可遏制地激励他与同伴和谐相处并导向正确和无私行为的力量。"① 作者由此指出，正是不同的表达意图决定了冉阿让和拉斯柯尔尼科夫的精神复活分别发生在作品的起首与后半部分。

约克大学艺术系的拉里（N. M. Lary）在《陀思妥耶夫斯基与狄更斯：文学影响研究》（*Dostoevsky and Dickens: A Study of Literary Influence*）一书中先是将马丁·朱述尔维特和拉斯柯尔尼科夫两人的犯罪、谋杀与反叛社会做了对比，然后提出一个问题：狄更斯有无激发陀思妥耶夫斯基去描写犯罪？作者提醒说，要回答这一问题亦即在对陀思妥耶夫斯基和狄更斯的小说做比较研究时必须充分注意到文本中俄罗斯知识分子的特殊处境、心理与宗教问题以及作家的创作意图，譬如，"拉斯柯尔尼科夫的犯罪是其认知自我本性真相的必然结果。他的受苦更多的是出于形而上和精神的需要而不是经济因素"②，其中所涉及的问题远远超出了马丁·朱述尔维特的行为。

---

① Nathalie Babel Brown, *Hugo and Dostoevsky*, New York: Ardis, 1978, p. 39.
② N. M. Lary, *Dostoevsky and Dickens: A Study of Literary Influence*, London: Routledge and Kegan Paul, 1973, p. 7.

玛利亚·布劳斯汀（Maria Bloshteyn）在专著《反文化偶像的塑造：亨利·米勒的陀思妥耶夫斯基》（*The Making of a Counter - Culture Icon：Henry Miller's Dostoevsky*）中较为充分地诠释了陀思妥耶夫斯基对亨利·米勒从生活到小说和评论写作全方位的影响。作者指出，亨利·米勒对基里洛夫和斯塔夫罗金的理解和接受非常特别："米勒认为基里洛夫选择自杀的真正原因是快乐。尽管这种解释对基里洛夫面对死亡时的恐怖和他对自杀做出的说明视而不见，米勒反复地将其自杀与具有洞晓快乐的理念联系起来。"① "米勒宣称斯塔夫罗金是对陀思妥耶夫斯基'至高的检验'，尤其对斯塔夫罗金的怪异表现和他的破坏能力留有深刻印象。"② 米勒对佐西玛长老的解读更是"让人震惊"，他将佐西玛长老视为作家显示出的与斯塔夫罗金之恶相对的另一副面孔，对长老的"临终遗言"加以曲解，"认为佐西玛长老关于爱世界的训词中包含着爱世上之恶的指示，将佐西玛长老非常正确的基督教信条变成了可怕的信息"③。玛利亚·布劳斯汀的解读提醒读者更深入地去思考陀氏思想观念在异域的变形与接受问题。

英语世界涉及陀氏笔下罪恶问题较为重要的比较研究论著还有彼得·卡恩（Peter Kaye）的《陀思妥耶夫斯基与英国现代主义，1900—1930》（*Dostoevsky and English Modernism, 1900 - 1930*）④、杰里米·史密斯（Jeremy Smith）的《福克纳、陀思妥耶夫斯基、沃尔

---

① Maria Bloshteyn, *The Making of a Counter - Culture Icon：Henry Miller's Dostoevsky*, Toronto：University of Toronto Press, 2007, p. 132.
② Maria Bloshteyn, *The Making of a Counter - Culture Icon：Henry Miller's Dostoevsky*, Toronto：University of Toronto Press, 2007, p. 133.
③ Maria Bloshteyn, *The Making of a Counter - Culture Icon：Henry Miller's Dostoevsky*, Toronto：University of Toronto Press, 2007, p. 135.
④ Peter Kaye, *Dostoevsky and English Modernism, 1900 - 1930*, Cambridge：Cambridge University Press, 2004.

夫和贝尔纳诺斯的宗教情感和宗教献身》(*Religious Feeling and Religious Commitment in Faulkner, Dostoevsky, Werfel and Bernanos*)①和伊芙吉尼亚·彻卡索娃（Evgenia Cherkasova）的《陀思妥耶夫斯基和康德：关于伦理的对话》(*Dostoevsky and Kant: Dialogues on Ethics*)②等。

2. 德、法学者的研究

德国学者赖因哈德·劳特（Reinhard Lauth）于1950年出版的《陀思妥耶夫斯基哲学》(*Die Philosophie Dostojewskis*)③是一部全面、系统地论述陀思妥耶夫斯基世界观的专著，涉及作家对于原罪、赎罪、苦难、爱和上帝等问题的理解，超越了之前一些学者所达到的高度。他认为，陀思妥耶夫斯基将原罪归结为相信依赖理性可以达到真理的幻想，是一种认识行为，一种对于恶的积极认识；陀氏反对虚无主义者关于罪的观点，主张人要主动地为自己的罪负责，同时也同情罪人，俄罗斯人民的特点就是能够视犯罪者为不幸者；陀氏的小说以弑父杀兄的罪孽肇始，以重归个性形成前的原始心灵和孕育生命的母亲——女性因素告终；个体的救赎既要回到上帝怀抱，还要向社会和大自然寻求宽恕，更要经受苦难的洗礼。

托马斯·曼探讨了作家深沉的罪恶意识与其癫痫病之间的关联，但过于强调疾病同天才作家的关系而对作品中的罪恶问题缺乏深入的分析。汉斯·昆指出，用弗洛伊德提出的俄狄浦斯情结理论无法说明德米特里的行为，认为小说《卡拉马佐夫兄弟》除了表现外在的犯罪行为和"内在的、不同典型和心理特征的戏剧性变化"之外，还作为

---

① Jeremy Smith, *Religious Feeling and Religious Commitment in Faulkner, Dostoevsky, Werfel and Bernanos*, New York & London: Garland Publishing, 1988.
② Evgenia Cherkasova, *Dostoevsky and Kant: Dialogues on Ethics*, Amsterdam – New York: Rodopi B. V., 2009.
③ ［德］赖因哈德·劳特：《陀思妥耶夫斯基哲学》，沈真等译，东方出版社1996年版。

"一部时代、社会和观念小说"表达出"精神、伦理和宗教的基本立场",即"伊万的西方现代经启蒙后的无宗教性(他的仆从和实施者是被鄙视、被拒绝的同父异母兄弟私生子斯梅尔佳科夫,由于本性和教育,他体现了一种根本的怀疑)与阿廖沙的启蒙—基督教的宗教性(阿廖沙的代言人和教父是佐西玛神父)的对立"①。瓦尔特·延斯认为,陀思妥耶夫斯基的主人公从大罪人到大圣徒之间的转换完全是可能的:"梅什金公爵这个最温和、最可爱的人物可能会成为一个杀人犯;而杀人犯拉斯柯尼科夫在西伯利亚,在陪伴他的妓女索尼娅身边,可能会变成一个居住在与世隔绝的死屋里的虔诚的人:一个妓女和一个杀人犯,他们更接近于修道院里的长老和修士的世界。"②瓦尔特·延斯对拉斯柯尔尼科夫、梅什金、伊万和斯梅尔佳科夫等人的分析都突出了其罪恶与崇高之间的动态变化过程。

除此,赫尔曼·海塞(Herman Hessen)将卡拉马佐夫家族所有成员称为"无定形的未来人",认为"卡拉马佐夫们随时能够犯罪,但他们只是偶尔犯罪,因为他们通常只是思考犯罪、幻想犯罪以及熟悉犯罪的可能性"③,这一灵魂特性是"欧洲的没落"的象征性预言。汉斯·乌斯·冯·巴尔萨沙在其《德国心灵的末日预言》中论及陀氏作品中罪恶问题时指出,作家极看重罪恶的"社会性"方面,因之他在提出依靠基督赎罪时又极看重教会生活对人的建造。在海因利希·伯尔(1917—1985)看来,陀思妥耶夫斯基属于描写城市生活最早的

---

① [瑞士]汉斯·昆、[德]瓦尔特·延斯:《诗与宗教》,李永平译,生活·读书·新知三联书店2005年版,第248页。
② [瑞士]汉斯·昆、[德]瓦尔特·延斯:《诗与宗教》,李永平译,生活·读书·新知三联书店2005年版,第263页。
③ [德]赫尔曼·海塞等:《陀思妥耶夫斯基的上帝》,斯人等译,社会科学文献出版社1999年版,第61页。

一批作家，反映了人同大地和自然疏离后陷于罪的状态，人民是陀氏最广泛和唯一的素材。不过，伯尔并未指出人民在陀氏心中所具有的精神意义。弗·林登贝格在《陀思妥耶夫斯基：一个俄国僧侣》中极力强调陀氏作品中罪人身上残存的上帝形象，认为正是在他们那里出现了"净化"的神迹："不管他的主人公们多么卑鄙、下贱，不管他们多么肮脏、多么臭不可闻，不管他们多么堕落——陀思妥耶夫斯基仍给予他们以同情。门总是有缝的，它使我们看见净化的奇迹如何出现。"①

在法国，纪德（Gide）在他的系列讲座中提到了思想对于陀思妥耶夫斯基笔下人物所扮演的"魔鬼般的角色"，指出只有放弃智性、自我拒绝、进入上帝之国，才能实现灵魂的救赎。加缪在 1955 年写的《纪念陀思妥耶夫斯基》（*Dostoïevski Memorial*）一文中对陀氏的救赎观给予了高度评价："在我看来，陀思妥耶夫斯基首先是这样一位作家：在早在尼采之前，就识别出当代虚无主义，并予以界定，预言其可怕的后果，并且试图指出解救之道。"② 阿尔邦（Dominique Arban）的《陀思妥耶夫斯基》（*Dostoïevski*）一书考察了拉斯柯尔尼科夫的思想与施蒂纳的《唯一者及其所有物》的关系、《白痴》的创作初衷与罪的问题的联系，对斯塔夫罗金以自我惩罚来赎罪的方式提出批评："这种赎罪方式——耳光、唾沫和嘲笑——同样也诱惑着'荒唐人'，他能从中享受到快感，斯塔夫罗金也是如此……但吉洪明白了：这种方式不会带来补赎、宽恕和拯救，只会造成'更大的罪'：

---

① ［德］赫尔曼·海塞等：《陀思妥耶夫斯基的上帝》，斯人等译，社会科学文献出版社 1999 年版，第 204 页。
② ［法］阿尔贝·加缪：《加缪全集》（戏剧卷），李玉民译，河北教育出版社 2002 年版，第 503 页。

破灭希望的罪。"①

(三) 国内研究概况

中国学者对陀思妥耶夫斯基人学思想中的罪恶与救赎问题也非常关注，研究兴趣渐浓。在最近五十年出现的二十多部专著中，涉及该问题较多者主要有以下几部。刘小枫的《拯救与逍遥》② 初版于1988年，该作认为"德感"和"乐感"共同构成了中国精神的意象结构，而基督教的精神意象结构以"罪感"和"爱感"为基本的构成要素。在此基础上，该作深入地分析了陀思妥耶夫斯基小说含有的"罪感"元素，将拉斯柯尔尼科夫和伊万等人拒绝接受"理性的上帝"置于对西方思想和文化脉络中"上帝之死"的追问中进行了解读。冯增义的《陀思妥耶夫斯基论稿》③ 在作家思想的动态发展中把握其对于基督、救赎、复活和上帝的认识，鞭辟入里，恰切地道出陀氏信仰的实际状况。冯川的《忧郁的先知：陀思妥耶夫斯基》④ 探讨了陀思妥耶夫斯基对犯罪的原因、自由与罪和上帝信仰等问题的看法，凸显了陀氏"思想艺术家"的特征。赵桂莲的《漂泊的灵魂——陀思妥耶夫斯基与俄罗斯传统文化》⑤ 一书对斯塔夫罗金等人物罪的本性进行了深入分析，并参照白银时代俄罗斯宗教哲学家维舍斯拉夫采夫的著作《变容之厄罗斯的伦理学·法与恩惠问题》的叙述框架对《罪与罚》和《卡拉马佐夫兄弟》中的人物和情节进行了阐发，突出了法律惩罚的

---

① [法] 多米尼克·阿尔邦：《陀思妥耶夫斯基》，解薇、刘成富译，上海人民出版社2009年版，第170页。
② 刘小枫：《拯救与逍遥》，上海三联书店2001年版。
③ 冯增义：《陀思妥耶夫斯基论稿》，上海文艺出版社2011年版。
④ 冯川：《忧郁的先知：陀思妥耶夫斯基》，四川人民出版社2000年版。
⑤ 赵桂莲：《漂泊的灵魂——陀思妥耶夫斯基与俄罗斯传统文化》，北京大学出版社2002年版。

有限性，在对各种圣愚形象、受难者形象进行探讨的基础上指出陀氏主人公经受的多重苦难具有重要的赎罪意义；该著作也论及自由与罪恶、陀氏思想与东正教和民间文化的复杂关系等问题。王志耕在《宗教文化语境下的陀思妥耶夫斯基诗学》[1] 一书中对陀氏小说中的罪与救赎思想也有较深入的研究，涉及陀氏无条件的上帝信仰、神正论、自由与恶、东正教思想渊源、圣愚和"中介新娘"等议题，颇有启发意义。田全金的《言与思的越界——陀思妥耶夫斯基比较研究》[2] 用三分之一篇幅来探讨陀思妥耶夫斯基作品中的宗教哲学问题，论及和谐与苦难、信仰与理性以及沉沦与救赎等议题；论者视野宏阔，但尚留有进一步开拓的空间。何怀宏在《道德·上帝与人：陀思妥耶夫斯基的问题》一书中分析了拉斯柯尔尼科夫的犯罪同其"超人"理论和"越界"思想的内在关系，指出陀氏对于人类罪恶给出的根本解决之道是上帝信仰——"要在人的内心中升扬起一种趋近上帝的精神"[3]；另外，论者对陀氏小说中"作为问题的思想"的分析也十分深入。刘文飞在《伊阿诺斯，或双头鹰：俄国文学和文化中斯拉夫派和西方派的思想对峙》[4] 中有意突出《群魔》作为"政治讽喻小说"的性质，其对陀氏社会和政治观念的解析有助于理解陀氏的"土壤论"[5] 和该作具有的思想争鸣意义。

---

[1] 王志耕：《宗教文化语境下的陀思妥耶夫斯基诗学》，北京师范大学出版社 2003 年版。
[2] 田全金：《言与思的越界——陀思妥耶夫斯基比较研究》，复旦大学出版社 2010 年版。
[3] 何怀宏：《道德·上帝与人：陀思妥耶夫斯基的问题》，北京大学出版社 2010 年版，第 76 页。
[4] 刘文飞：《伊阿诺斯，或双头鹰：俄国文学和文化中斯拉夫派和西方派的思想对峙》，中国社会科学出版社 2006 年版。
[5] 又译为"根基论"，在俄语中土壤和根基是同一个词（почва）。

郭小丽的《陀思妥耶夫斯基的救赎思想——兼论与中国文化思维的比较》[①] 是一部集中研究陀氏救赎思想的专著。作者将《卡拉马佐夫兄弟》作为研究的重点，对作品中的人物在个人层面上如何走向救赎和在更高的层面上所喻示的整体的人、俄罗斯民族和全人类的救赎之道进行了分析。除此，论者对陀氏救赎思想的渊源和所处的思想环境进行了考察，并对陀氏救赎观所蕴含的文化思维模式与中国文化思维模式进行了比较研究。

除此，冷满冰的《宗教与革命语境下的〈卡拉马佐夫兄弟〉》[②] 着力探讨陀氏在伊万和阿廖沙之间的倾向问题，涉及知识人与大众关系、大法官与基督的对立等命题。张磊的《〈卡拉马佐夫兄弟〉的时空艺术与文化意蕴》，通过揭示救赎实施过程中精神召唤在佐西玛、阿廖沙和孩童之间的传递作用，将《卡拉马佐夫兄弟》聚合性精神空间所包含的精神底蕴和神性诗意归结为俄罗斯文化沃土中"蕴含的普世救赎的渴望和精神性的召唤结构"[③]。何云波的《陀思妥耶夫斯基与俄罗斯文化精神》[④] 正确地指出陀氏笔下人物在罪恶与崇高的本性之间存在极大的张力，罪人们的救赎之道在于承受苦难、爱人和皈依基督，但作者对陀氏东正教信仰的理解有待商榷。

涉及罪与赎罪问题的论文也呈现逐年增多的趋势，特别是自 2000 年以来，相关研究倍增。如汪剑钊在《美将拯救世界——〈白痴〉与陀思妥耶夫斯基的末世论思想》中廓清了作家"美将拯救世界"这句

---

① 郭小丽：《陀思妥耶夫斯基的救赎思想——兼论与中国文化思维的比较》，黑龙江人民出版社 2012 年版。
② 冷满冰：《宗教与革命语境下的〈卡拉马佐夫兄弟〉》，四川大学出版社 2007 年版。
③ 张磊：《〈卡拉马佐夫兄弟〉的时空艺术与文化意蕴》，中国社会科学出版社 2021 年版，第 153 页。
④ 何云波：《陀思妥耶夫斯基与俄罗斯文化精神》，湖南教育出版社 1997 年版。

话的基本含义,即拯救世界的是集真善美于一体的终极理想,是基督之爱。① 周丹在《神性的诗意——浅论陀思妥耶夫斯基的宗教思想,兼与何云波先生商榷》中客观地阐释了基督教关于罪和基督神人二性的理解,对陀氏作品中"人神"和"神人"的概念进行了清晰的界定。② 高旭东在《基督教文化的金秋硕果——重估陀思妥耶夫斯基小说的文化价值》一文中高屋建瓴地指出,只有将陀思妥耶夫斯基的创作置于基督教文化的内在冲突中才能认识作家作为伟大救赎者同时又是伟大恶魔的双重身份,才能"破译其作为西方文化高峰之奥秘"③。闫美萍在《论陀思妥耶夫斯基小说中的犯罪问题》中分析了陀氏的犯罪小说同传统侦探小说本质上的艺术区别,指出作家要在探索人性奥秘的过程中表现某种宗教情结。④ 朱建刚在《从"地下室人"到"群魔"——陀思妥耶夫斯基与俄国虚无主义》一文中分析了俄国虚无主义思想对于从"虚无主义思想家'地下室人'"到"孤独的反抗者"拉斯柯尔尼科夫再到虚无主义者的"群魔"团体深刻的影响。⑤ 张变革在《幻想的爱与实践的爱——陀思妥耶夫斯基后期创作问题》中指出,"在后期创作中,幻想成为软弱和伪善的代名词,与高尚的救世之爱相结合成为幻想的爱,指向抽象的'概括的人',其理论基础是当时流行的人文主义,最终转化为对人自由的奴役。在揭示幻想的爱

---

① 汪剑钊:《美将拯救世界——〈白痴〉与陀思妥耶夫斯基的末世论思想》,《外国文学评论》2002年第1期。
② 周丹:《神性的诗意——浅论陀思妥耶夫斯基的宗教思想,兼与何云波先生商榷》,《俄罗斯文艺》2003年第2期。
③ 高旭东:《基督教文化的金秋硕果——重估陀思妥耶夫斯基小说的文化价值》,《外国文学》2004年第6期。
④ 闫美萍:《论陀思妥耶夫斯基小说中的犯罪问题》,《国外文学》2004年第1期。
⑤ 朱建刚:《从"地下室人"到"群魔"——陀思妥耶夫斯基与俄国虚无主义》,《外国文学研究》2008年第5期。

对爱的扭曲时，作家肯定了信仰原则下的实践的爱"①。万海松在《〈少年〉中"宗教与人生"书写的思想史意义》中分析了"圣容善心"与"蜘蛛灵魂"对阿尔卡季的灵魂产生的不同影响，指出《少年》这部小说"彰显的是东正教及其宗教精神在开端（失去）和终结（失而复得）之间对少年个人、长不大的成年人个体乃至整个社会全体的救赎意义"②。

其他较重要的相关研究论文，还有闫美萍的《陀思妥耶夫斯基小说中犯罪问题探源》、李必桂的《观照苦难——陀思妥耶夫斯基作品中的苦难问题》、张竹筠的《人类社会新生母题的构建——论陀思妥耶夫斯基小说的拯救意识与虚幻艺术》、贺立华和姜桂栩的《人的有限性与上帝的可能性——论陀思妥耶夫斯基复调小说的拯救主题》、王志耕和陈遐的《陀思妥耶夫斯基是否"怀疑"上帝存在？》、徐田秀的《论陀思妥耶夫斯基"原罪"与"救赎"的悲剧色彩》、刘锟的《论陀思妥耶夫斯基"罪"与"罚"思想中的东正教文化内涵》、罗妍的《陀思妥耶夫斯基的自由问题："人神"还是"神人"》、马小朝的《陀思妥耶夫斯基的宗教救赎意识的痛苦蜕变》、季明举的《"美拯救世界"——陀思妥耶夫斯基的审美人道主义》和俞航的《言说与他人：陀思妥耶夫斯基对现代主体建构的反思》等。

一些对陀思妥耶夫斯基创作进行溯源或厘定其影响的研究论文也往往涉及小说中的罪与救赎思想。如赵桂莲在《白银时代的陀思妥耶夫斯基研究》中阐释了白银时代哲学家、文学家和文学评论家在人的

---

① 张变革：《幻想的爱与实践的爱——陀思妥耶夫斯基后期创作问题》，《外国文学评论》2009 年第 2 期。
② 万海松：《〈少年〉中"宗教与人生"书写的思想史意义》，《外国文学研究》2021 年第 6 期。

善恶本性、精神自由和俄罗斯民族使命与陀思妥耶夫斯基思想的内在关联。① 王宗琥在《普拉东诺夫与陀思妥耶夫斯基的对话》中阐述了陀思妥耶夫斯基的基督形象对普拉东诺夫的影响。② 方珊在《新宗教艺术的先驱——索洛维约夫论陀思妥耶夫斯基》中论证了索洛维约夫在罪恶、上帝信仰和爱的观念等方面对陀氏的理解与高度评价。③ 张百春在《别尔嘉耶夫与陀思妥耶夫斯基》一文中勾画出陀思妥耶夫斯基对别尔嘉耶夫产生影响的脉络。④ 林精华的《去民族性特色与扩展全球性价值——西方 20 世纪视野中的陀思妥耶夫斯基形象》描绘了陀氏在西方世界不同的接受图景。⑤ 景凯旋在《陀思妥耶夫斯基有什么错？——从米兰·昆德拉〈一个变奏的导言〉谈起》中指出昆德拉对陀氏小说中情感氛围的反感是不公正的，"陀思妥耶夫斯基小说中反映的信仰与功利、情感与理性、善与恶的冲突，并不是他个人的内心冲突，而是俄罗斯道德情感对西方理性激情的反抗"⑥，两人在反对理性压制自由的立场上并无大的沟壑。曾艳兵在《陀思妥耶夫斯基与卡夫卡》一文中分析了卡夫卡笔下蜷缩在地洞中的鼹鼠与"地下室人"相似的生存处境和性格特质，指出陀思妥耶夫斯基是卡夫卡的先行者。⑦ 单世联在《"水晶宫"与现代文化的分裂——重思车尔尼雪夫斯基与陀思妥耶夫斯基之争》中将"水晶宫"解读为现代文明的象

---

① 赵桂莲：《白银时代的陀思妥耶夫斯基研究》，《国外文学》1996 年第 3 期。
② 王宗琥：《普拉东诺夫与陀思妥耶夫斯基的对话》，《俄罗斯文艺》2001 年第 4 期。
③ 方珊：《新宗教艺术的先驱——索洛维约夫论陀思妥耶夫斯基》，《俄罗斯文艺》2002 年第 4 期。
④ 张百春：《别尔嘉耶夫与陀思妥耶夫斯基》，《博览群书》2002 年第 4 期。
⑤ 林精华：《去民族性特色与扩展全球性价值——西方 20 世纪视野中的陀思妥耶夫斯基形象》，《俄罗斯文艺》2003 年第 2 期。
⑥ 景凯旋：《陀思妥耶夫斯基有什么错？——从米兰·昆德拉〈一个变奏的导言〉谈起》，《书屋》2005 年第 4 期。
⑦ 曾艳兵：《陀思妥耶夫斯基与卡夫卡》，《俄罗斯文艺》2008 年第 1 期。

征，探讨了车尔尼雪夫斯基的"新人"和"地下室人"的对立。① 同类的研究论文较重要的还有冯华英的《陀思妥耶夫斯基与霍夫曼的艺术影响》、赵桂莲的《陀思妥耶夫斯基创作思想探源》、吴勇立的《陀思妥耶夫斯基棱镜中的托马斯·曼和黑塞》、童明的《自然机器·人性·乌托邦：再论陀思妥耶夫斯基和车尔尼雪夫斯基之争》、汪汉利的《索尔·贝娄与陀思妥耶夫斯基》和陈杨的《索洛维约夫与陀思妥耶夫斯基的关系：一种新阐释》等。

近年来，将陀思妥耶夫斯基作为研究对象的博士、硕士学位论文数量在整体上也呈上升趋势。其中，博士学位论文1986—2022年共16篇（有的已以专著形式出版）；硕士学位论文2000—2022年共158篇（2011—2022年共111篇，占比超70%，仅2012年就有16篇）。此外，还有2篇博士后出站报告。这些论文涉及罪与救赎问题的篇目较多，如杨江平的《陀思妥耶夫斯基小说人物形象的宗教阐释》重点探讨了"维护、敬重上帝的'神人'"形象同"质询抗辩上帝的'人神'形象"的对立。② 万海松的《陀思妥耶夫斯基根基主义思想研究》廓清了陀氏根基主义思想的渊源及不同角色与这一思想的关系。③ 俞航在博士学位论文《圣像的启示：论陀思妥耶夫斯基的现代性反思》中阐释了圣像对于罪人们的启示和救赎意义。④ 其他的诸如郑煦的《罪恶与救赎：从〈卡拉马佐夫兄弟〉看陀思妥耶夫斯基的精神复

---

① 单世联：《"水晶宫"与现代文化的分裂——重思车尔尼雪夫斯基与陀思妥耶夫斯基之争》，《外国文学评论》2011年第2期。
② 杨江平：《陀思妥耶夫斯基小说人物形象的宗教阐释》，博士学位论文，山东大学，2004年。
③ 万海松：《陀思妥耶夫斯基根基主义思想研究》，博士学位论文，中国社会科学院，2008年。
④ 俞航：《圣像的启示：论陀思妥耶夫斯基的现代性反思》，博士学位论文，南京大学，2018年。

兴之路》、褚艳玲的《陀思妥耶夫斯基作品人物的神人化道路》、刘莉萍的《堕落与救赎：论陀思妥耶夫斯基的小说与法律》、宋雪峰的《陀思妥耶夫斯基长篇小说中的"思想者"形象》、肖伟芹的《救赎的力量——评〈卡拉马佐夫兄弟〉中表现的爱和上帝的形象》、刘祥荣的《陀思妥耶夫斯基作品中"恶魔性"人物探析》、罗雯的《〈卡拉马佐夫兄弟〉中的救赎思想》、杨婷的《美拯救世界——从〈卡拉马佐夫兄弟〉看陀思妥耶夫斯基的宗教思想》和骆靖璇《陀思妥耶夫斯基黑暗与光明的辩证法》等学位论文都做出了有益的探索。

总的来看，以上这些成果都从某些方面洞察了陀氏小说的罪恶观和救赎问题，不乏真知灼见，某些创见因其高屋建瓴已成为陀思妥耶夫斯基研究不可或缺的路标，给笔者提供了丰富的灵感和深刻的启示。然而，研究者并非整体上全面集中地探讨罪恶和救赎问题，而是将其作为自己整个论域或思想体系的一个部分顺带提及，或者只关注这一问题的部分方面，抑或只关注与之相关的部分作品。譬如，索洛维约夫、梅列日科夫斯基和别尔嘉耶夫等人的研究尽管很深刻，但他们是把陀思妥耶夫斯基纳入其整体哲学世界观来理解，多少存有拿陀思妥耶夫斯基的思想来浇筑自己块垒的嫌疑。西方一些学者也没有充分凸显罪与救赎问题在陀氏作品中的重要地位和意义。国内学界对陀思妥耶夫斯基小说中罪与自由的关系、作家对罪的态度等问题的研究还不够充分，对作品中基督形象的救赎意义、隐修士形象与俄罗斯圣徒传文学和东正教哲学传统的关系等问题重视不够。因此，国内外既有的研究成果还有继续深入和进行整体性、综合性阐释的空间。本书将在前人研究的基础上继续深入和推进，力争把罪恶与救赎问题在陀氏人学思想中的基本含义和重要地位凸显出来，在此基础上揭示出陀思妥耶夫斯基在俄罗斯思想史和世界文学史上的独特意义。

第一章 "黑暗蒙在心头"：罪的普遍性

　　陀思妥耶夫斯基是书写人性的大师。同屠格涅夫、别林斯基、冈察洛夫和涅克拉索夫等"自然主义学派"所倡导的现实主义相比，陀思妥耶夫斯基更为关注人内心的冲动、人精神的细微变化以及人的本性，更擅长勾画心灵的现实。1868年12月11日，陀氏在致阿·尼·迈科夫的信中声称："我对现实和现实主义的理解完全不同于我国的现实主义者们和批评家们的理解……用他们的现实主义无法解释百分之一的真实的实际发生的事实。"（21卷：598）他对自己的创作特色有清晰的定位："人们称我为心理学家，这并不对，我只是最高意义上的现实主义者，即描绘人的灵魂的全部深处。"（20卷：65）确实，陀氏并非一般意义上的心理学家，他对人性问题的思索超越了所谓的环境决定论、机械生存论等单一、平面的尘世之维；也就是说，他不仅仅从"人—人""人—社会""人—环境""人—制度"等横向的、世俗的层面，而更主要从纵向的、"上帝—人"的神性维度把握灵魂深处的真实处境，破解"人性之谜"。

　　一旦进入文本世界，陀思妥耶夫斯基总会使其笔下的人物形象具有更高的真实性和更深一层的意义指涉。他非常推崇《安娜·卡列尼娜》结尾处描绘的人陷于罪恶的图景,强调所有人都被内在的罪性所捆绑:"恶控制了人这个生物体,控制了他的每一行动,麻痹了他反抗的全部力量以及全部思想与黑暗斗争的一切意愿,黑暗蒙在心头上,心灵怀着报复的激情自觉自愿地接受了这黑暗,用它取代光明。"(20卷:807—808)他本人小说中的"恶人"、人神和圣人形象,也常常"黑暗蒙在心头",或者曾经一度跌入罪的深渊;频频出现的种类繁多的毒蜘蛛、虫子和兽类,则从象征层面展示了罪之普遍的处境。立足于东正教思想传统,陀思妥耶夫斯基既动态地展现了人的灵魂深处掀起的风暴,勾画出人同罪恶之间惊心动魄的抗争;还从根源上厘正了各种否认罪孽存在的学说,深刻揭示了罪恶的实质。

第一节 罪的实质

乔治·斯坦纳曾提醒说:"就对陀思妥耶夫斯基小说的任何严肃解读而言,对东正教和民族背景的某种意识是不可或缺的东西。"[①] 的确如此,解读陀氏的人学思想,把握他对罪与恶的理解,东正教和俄罗斯传统文化语境是必不可少的思想坐标。

一 东正教神学中罪的界定

罪的界定历来都是极为复杂的问题。希伯来语中与罪相关的四个字根 ht'、ps'、'wh 和 sāgah,最根本的意思分别是"偏离目标""背逆""歪曲"和"出于无知犯错而离开正道"[②],都指向人对上帝

[①] [美]乔治·斯坦纳:《托尔斯泰或陀思妥耶夫斯基》,严忠志译,浙江大学出版社2011年版,第259页。
[②] 参见邱业祥主编《圣经关键词研究》,宗教文化出版社2009年版,第382—383页。

或神意的背离。与之相似,美国基督教神学家艾利克森(Millard J. Erickson)和修斯塔德(L. Arnold Hustad)将《圣经》中关于罪的本质归结为,"罪就是一切不合乎上帝道德律要求的事,不管是出于人的作为,还是不作为。这或许是一种行为,或许是一种心思意念,或许是一种内在的倾向或状态"①。当然,神学家们对于罪还有其他看法,存在争论和分歧。统合在一起来看,主要观点大概有五种。其一,罪指人达不到上帝的标准、不合乎(偏离)上帝的心意。其二,罪是人对上帝的悖逆、不顺服。其三,自由派神学家卡尔·巴特将罪视为人对上帝创世恩典的拒绝和反抗:"从上帝创世的恩典来理解被创造物的罪与恶,'恶'只能从信仰上被人视为'罪',也就是说,相对于本体论上造物主的'是'(Ya),'恶'是本体论上的拒绝他的虚无(Das Nichtige)的'不'(Nein),这一'不'是对作为所意愿的恩典的本己行动(Opus Proprium)的上帝创世和拣选的拒绝,是上帝所不意愿、所愤怒和审判的背弃行动(Opus Alienum),是实实在在的对上帝恩典的反抗。"② 其四,非信仰、无信仰即罪。克尔凯郭尔认为"使罪成为罪"的关键因素是"面向上帝","罪就是依据上帝关于何为罪的启示,在绝望中面对上帝,不要是其自身或者要是其自身"③。其五,正教神学家弗洛连斯基认为,"罪就在于不愿意从'我=我'的自我同一状态中走出来,或准确地说,这个同一就是'我!'。把自己肯定为自己,而不要同他者的关系,即没有同上帝和被造物的关系,不走出自身而以自己为支点,就是根本的罪,或是一

---

① [美]米拉德·J. 艾利克森、L. 阿诺德·修斯塔德:《基督教神学导论》,陈知纲译,上海人民出版社2012年版,第257页。
② 张旭:《卡尔·巴特神学研究》,上海人民出版社2005年版,第242页。
③ [丹麦]索伦·克尔凯郭尔:《致死的疾病》,张祥龙、王建军译,中国工人出版社1997年版,第85页。

切罪的根源'"①。这些观点各有侧重，但都强调罪的本性同人神关系的紧张和破裂有关，罪意味着人的实存没有正确或适当地面向上帝、回应上帝。

单就东正教神学思想来说，虽然不同时代的神学家对于罪的看法并不完全统一，但都极为看重人身上的上帝形象，认为人由上帝所造，是上帝形象的承载者，人神之间是最为亲密的合作关系，并由此出发来谈论罪。按 C. H. 布尔加科夫的说法，"人是按照神的形象被造的。这是人的牢不可破的神性基础，依靠这个基础，人便负有成为'圣恩之神'、成为神之子或另一个神的使命"②。然而，人听任撒旦的诱惑而悖逆上帝，败坏了自己身上的上帝形象，由此遭到惩罚并置身于罪中。罪成为人堕落之后的真实处境，人陷入罪中就"在人和上帝之间树立起一道屏障……罪阻隔了与上帝结合的道路"③。但"大多数正教神学家拒绝奥古斯丁提出的，仍被罗马天主教会接受（虽然是以和缓的方式）的'原罪'观念。（正教常常教导说）人自动继承的是亚当的堕落和有死性，而不是他的罪；只有当他们出于自己的自由选择而模仿亚当的时候，他们才有罪"④。此外，东正教神学思想家也极力肯定"上帝的形象"在人堕落后依然存在（这同新教曾经以为上帝形象在人身上完全丧失有差别⑤），正是借此并靠着信仰为世人赎

---

① 张百春：《当代东正教神学思想：俄罗斯东正教神学》，上海三联书店2000年版，第321页。
② ［俄］C. H. 布尔加科夫：《东正教——教会学说概要》，徐凤林译，商务印书馆2001年版，131—132页。
③ ［英］韦尔：《东正教会导论》，田原译，（香港）汉语基督教文化研究所2013年版，第226页。
④ ［英］韦尔：《东正教会导论》，田原译，（香港）汉语基督教文化研究所2013年版，第225页。
⑤ 参见张百春《当代东正教神学思想：俄罗斯东正教神学》，上海三联书店2000年版，第529页。

罪的基督才能走出罪的困境。С. Н. 布尔加科夫甚至指出，"在乐园中人没有感觉到上帝与自己之间的距离，因而也没有与上帝结合的渴求"①，然而失去乐园后，人更加渴求上帝，"上帝形象就在这灵魂中闪耀着不朽的美丽之光"，"人始终没有降低到失去宗教和神性的地步，甚至是在'新的时代'，在最为缺乏信仰和'退化'最艰难的时候"②。

东正教神学对于恶的一般理解是把它视为罪的结果，认为恶并不具有本体性的地位。东方教父（托名）狄奥尼修斯的见解就很有代表性，他将"至善""至美"归于"神圣的上帝"，万物都"渴求、愿望和热爱""至善至美者"，甚至非存在者也是如此；"恶并不来源于至善"③，也不内在于人的灵魂、自然界、身体、物质，"产生恶的并非原则与力量，而是无能与虚弱，以及不和谐物之不协调的混杂"④。在本质上，恶"是一种缺陷、一种匮乏、一种虚弱、一种失衡、一种罪过。它是无目的的、丑的、无生命的、无心的、非理性的、不完善的、无基础的、无原因的、不定的、非生成的、不活动的、无力的、无序的。它是失误、无限定、黑暗、非实存的、自身中不具有任何存在"⑤。而救赎就是这种状态的彻底改变和翻转：救赎"把一件事物从恶的状况中提升出，把它稳固地立于它应该在的地方；把失去的品

---

① ［俄］谢·布尔加科夫：《亘古不灭之光——观察与思辩》，王志耕、李春青译，云南人民出版社1999年版，第138页。
② ［俄］谢·布尔加科夫：《亘古不灭之光——观察与思辩》，王志耕、李春青译，云南人民出版社1999年版，第139页。
③（托名）狄奥尼修斯：《神秘神学》，包利民译，生活·读书·新知三联书店1998年版，第36页。
④（托名）狄奥尼修斯：《神秘神学》，包利民译，生活·读书·新知三联书店1998年版，第47页。
⑤（托名）狄奥尼修斯：《神秘神学》，包利民译，生活·读书·新知三联书店1998年版，第48页。

德补上，在无序和不齐之中重建秩序与整齐，使其完善和免于缺陷"①。（托名）狄奥尼修斯的思想在圣西梅翁那里得以延续，②并汇入了俄罗斯东正教神学的传统。甚至20世纪非教会神学家弗·洛斯基也继承了狄奥尼修斯等东方教父们的意见，他指出，"在各种本质中，恶当然没有地位……恶包含了某种行动。恶不是一种本性，而正如教父极为深刻地说的，是本性的一种状态"③。别尔嘉耶夫的解释也与之相近："恶是无根基，它不由任何肯定的存在所决定，它不是从本体论根源产生的。恶的可能性潜藏在这种存在黑暗的基础中，一切的可能性都潜藏于其中。"④

二 作家对于罪的界定

陀思妥耶夫斯基关于罪与恶的理解就深深扎根于东正教神学的传统。他怀念人在精神上纯洁无罪的乐园状态，将罪描述为人悖逆上帝、失去对上帝的信仰之后的本然处境，无论是理性还是非理性的力量都将导致罪的产生。在他的笔下，罪具有普遍性，无人能够摆脱；面对罪责，人类应该相互承担，只有通过自由之爱才能解决罪恶问题。作家后期的几部小说，都贯穿着这一思想。

创作于距作家去世仅有四年的小说《一个荒唐人的梦》，可以说是一则关于人类自天堂世界堕入罪恶之中的寓言。"荒唐人"认为世

---

① （托名）狄奥尼修斯：《神秘神学》，包利民译，生活·读书·新知三联书店1998年版，第69页。
② 张百春：《当代东正教神学思想：俄罗斯东正教神学》，上海三联书店2000年版，第16页。
③ ［俄］弗·洛斯基：《东正教神学导论》，杨德友译，河北教育出版社2002年版，第62页。
④ ［俄］尼古拉·别尔嘉耶夫：《自由精神哲学：基督教难题及其辩护》，石衡潭译，上海三联书店2016年版，第122页。

上的一切"横竖一个样",陷入了如同《传道书》所言的"我见日光之下所作的一切事,都是虚空,都是捕风"(传 1:14)① 那种虚无、绝望的情绪无法自拔,也像基里洛夫那样失去了善恶之分和道德选择的差别,准备自杀。但就在将要自杀前,他做了一个梦,并认为正是此梦向他宣示了某种真理,"宣示了一种崭新的、伟大的、脱胎换骨的、强有力的生命"(20 卷:717)。那么,这是一个什么样的梦呢?

"荒唐人"的梦分为两个阶段。第一个阶段是对另一个星球上的"人"天堂般美好生活的描绘。他们所有人都没有罪孽,懂得树木的语言,与动物和平相处,人与人之间真诚相爱,像孩子般幸福、快乐。总之,"这是一块没有受罪恶玷污的土地,在这块土地上生活着没有沾染过罪恶的人","我们沾染了罪恶的祖先也曾经生活在与这里一样的天堂里"(20 卷:723)。所谓"沾染了罪恶的祖先",指的就是《圣经》中偷食知识树上的果子、违背了上帝禁令的亚当和夏娃。在"荒唐人"看来,他新近看到的另一星球人的生活,原本和亚当、夏娃堕落之前在伊甸园中的生活一样美好。"荒唐人"又将外星球上的生活同现代人的处境加以比较,看到那里的人不需要现代人的"学术",只靠真挚的爱简单、纯洁地生活;他们之间没有争吵、忌妒,男女之间没有"残酷情欲的发作",而"残酷的情欲差不多都落到我们这块土地上的所有人头上,几乎每一个人都有份,而且它成为我们差不多全部罪恶的渊源"(20 卷:725)。在神秘星球上,死亡只是生命个体向"宇宙整体"交往和扩展的一种方式,人们走向死亡时毫无痛苦、心情平静甚至充满欣喜,这与地球人对死亡的恐惧也形成了鲜明的对比。

---

① 本书出自《圣经》引文均标以经卷缩写和章节,章节之间用冒号连接。如传 1:14,意谓经文出自《传道书》第 1 章第 14 节。

在"荒唐人"之梦的另一阶段,"我"使得整个星球人腐化堕落。小说写道:"如同一条令人恶心的旋毛虫一样,如同会传染整个整个国家的瘟疫病原体一样,我自身就这样让这块幸福的、在我来到之前没有罪恶的土地受到疾病的传染。他们学会了说谎,而且爱上了谎言并认识到谎言之美……之后,很快就产生了情欲,情欲产生了忌妒,忌妒产生了残酷……非常快地溅洒出了第一滴血……"(20卷:729)因一人犯罪就使所有人堕落的灵感,显然受到伊甸园神话中世人都因亚当一人悖逆而跌入罪中的情节的启发。《新约圣经》中保罗更概要也更明确地指出亚当悖逆行为的深远影响:"这就如罪是从一人入了世界,死又是从罪来的,于是死就临到众人,因为众人都犯了罪"(罗5:12);"因一人的悖逆,众人就成了罪人"(罗5:19)。"荒唐人"对罪的普遍传染性、无可逃脱的罪性的恐怖、渐次生出的各种各样的罪恶和堕落等问题的描写,完全是《圣经》中自第一亚当悖逆之后人类堕落境况的真实写照:亚当和夏娃在受到诅咒的大地上漂泊,受到罪恶玷污的大地只长出"荆棘和蒺藜";人类最初的儿子该隐与亚伯的兄弟关系,开始以谎言、忌妒、杀害而不再以爱来维系;罪孽遂又化身为各种善的面目隐藏在人类的生活中,隐匿在人性的深处……

从梦中醒来以后,"荒唐人"开始为地球人在罪中堕落的生活而痛彻心扉,因此决定去"传道"。他相信人们能够成为"十分完美和幸福的人",开始为陷于罪孽的人们传讲他所看到的"真理":"我不想也不能够相信,恶是人们正常的状态。"(20卷:733)"荒唐人"所献身的真理,其实就是奉行基督"爱人如己"的"圣训",呼召人们认罪悔改,远离罪恶。

"荒唐人"梦中出现的星球人的世界,同《群魔》中的斯塔夫罗金和《少年》中韦尔西罗夫两人梦中出现的"黄金时代"也有诸多相似之处。斯塔夫罗金和韦尔西罗夫都在梦中见到一幅名为《阿喀斯与伽拉忒亚》的画作,梦到人们像画中人物那样和谐地、天真无邪地生活,人类还没有沾染上罪性:"这儿曾经生活过十分完美的人!他们起床和入睡时心里只有幸福感,没有负罪感。"(14卷:624)综合这些梦中的理想世界来看,在陀思妥耶夫斯基心中,"黄金时代"属于原初之人,"完美的人",无罪之人;而后,人们走向堕落,跌入罪恶的深渊。但他又认为,未来时代的人们能够找回或恢复天堂般的美好生活,两个时代中间则是现代人类的命运——人们在罪恶中承受着各种痛苦,期待永远脱离罪恶的辖制,渴望和寻求至高者的救赎。

《卡拉马佐夫兄弟》中佐西玛的哥哥马克尔原来是信仰的反对者,后来深切地体认到人的罪性,而后发生了精神上的巨变。他说,"每个人在所有人面前在所有方面都是有罪的",而他自己的罪孽尤其深重,甚至对"上帝的小鸟"也犯有罪过,因为他根本没注意到最高的美和荣耀,从而使地上的一切都"蒙上了耻辱":"上帝的小鸟,快乐的小鸟啊,你们能原谅我吗?因为我也对你们犯了罪。"(15卷:457)当丽莎告诉阿廖沙她"常常梦见鬼"时,阿廖沙表示他也常做同样的梦。丽莎又说她心中充满了破坏和犯罪的冲动,想"把坏事做绝",阿廖沙表示他完全相信并回应说:"有时候人们就爱犯罪。"(16卷:899)丽莎又提到,全城的人虽然都认为德米特里杀死父亲是可怕的,但骨子里又都"喜欢"德米特里的父亲被杀死;对此,阿廖沙附和说,她所讲的有几分是真的。阿廖沙之所以未对丽莎的想法表示异议,是基于对人之普遍罪性的认识和理解。同样,当德米特里也向阿廖沙忏悔自己陷于情欲之中的罪过时,他回应说,他和德米特里一样有罪,只是站在"台阶"的不同层级上,没有人能做到不踏上罪的"台阶"。

那么,孩子身上有无罪孽?对于陀思妥耶夫斯基来说,这是个极为重要的问题。众所周知,陀氏特别关注孩子们所承受的苦难,几乎在每部小说中都有相关的描写。在陀氏那里,"孩子的眼泪",承载着人间最深重的苦难,控诉着人类最残忍的罪恶。作家也常常借人物之口给予孩子极高的评价,如拉斯柯尔尼科夫将孩子称为"基督的形象"(8卷:418);面对新生儿,《群魔》中的沙托夫发出这样的惊叹:"本来是两个人,突然出现了第三个人,一个新的、完美无缺的灵魂,这是人的双手创造不出来的;新的思想,新的爱,简直让人感到可怕。世上没有比这更崇高的了。"(12卷:732)这无疑是作家对孩童、对生命奇迹发出的深情颂赞。但作家并没有因为孩子们遭受的苦难,也没有因为孩子本身的生命奇迹而刻意掩饰他们身上的罪。在《卡拉马佐夫兄弟》和《白痴》中都出现了这样的情节:一群孩子合力欺负一个势单力薄的人。阿廖沙发现所有孩子口袋里面都装满了石子,手里也都拿着一两块石头,一起攻击一个小男孩儿(伊柳沙);而"这装满了石子的口袋就是作为'充满邪恶意识的象征'"[1]。梅什金则提到,在他原来居住的村庄,孩子们曾经"成群结伙地(约有四十多个小学生)"戏弄、辱骂不幸的玛丽,甚至往她身上扔泥巴。这说明,陀思妥耶夫斯基绝不因对孩子怀有美好的情感而否定他们身上的罪性,而是认为他们更显为单纯,更容易受到环境或者他人的影响。同是这一群孩子,很快就在阿廖沙和梅什金的影响下摆脱了邪恶的行为,甚至以其善良和纯洁引导着陷于罪孽之中的人们。

---

[1] 李震:《杜斯妥也夫斯基的精神世界》,(台北)辅仁大学出版社1975年版,第278页。

陀思妥耶夫斯基不只强调罪的普遍性，无人能够免罪，同时也强调人们在罪的面前要相互承担——在每一桩罪行面前，所有人都有自己的一份，别人的罪孽与自己绝非无关。当斯塔夫罗金请求吉洪宽恕时，吉洪也请斯塔夫罗金宽恕他："宽恕我有意的或无意的罪过。每一个人犯了罪，他就对所有人犯了罪，而每一个人在别人的罪孽中都有他的一份过错。完全属于个人的罪孽是没有的。我是个大罪人，我的罪也许比您的更大。"（12卷：867—868）甚至伊万这个激烈的"离经叛道"者也明确指出："在犯罪上，人与人应当共同负责。"（15卷：383）这些都是作家思想的传达。作家还认为，罪的普遍存在，既要求人们在罪恶面前相互担当，还要求人不去随意地论断他人。作家借佐西玛长老之口用通俗的语言讲解道："尤其要记住，你不能做任何人的法官。因为人世间不可能有审判罪犯的法官，除非这位法官自己认识到，他跟站在他面前的人一样是罪人，站在他面前的那人固然有罪，但是，很可能，他对这人的罪应负的责任比所有的人都大。"（15卷：509—510）也就是说，每个人都是罪人，无权定别人的罪；在绝对正义面前，审断别人之罪者应承担更多的罪责。正因如此，陀思妥耶夫斯基对世俗法律及其审判一贯持保留和批评立场，一直在探究从人的内在信仰层面克服罪恶的可能性。

第二节 罪的隐喻——从毒蜘蛛到嫩叶

陀思妥耶夫斯基一直致力于揭示人的罪性，揭开罪恶吞噬人的灵魂的丑陋面目。在小说中，首先表现为频频出现的虫子、毒蜘蛛之类的神秘形象；它们抵达人的终极存在，隐喻着败坏生命枝叶的罪孽和毒素。

第一章 "黑暗蒙在心头":罪的普遍性

一 蜘蛛、虫类的隐喻

在《地下室手记》《罪与罚》《白痴》《卡拉马佐夫兄弟》中,虫子、毒蜘蛛之类的神秘形象频频出现,充分地表现了小说人物的精神特质。梅列日科夫斯基以天才般的敏锐洞察到这些"人虫""人兽"身上的一些秘密。

> 神兽,神毒蜘蛛,值得高度注意的是,某种神秘昆虫、蜘蛛、巨大毒蜘蛛的这个形象贯彻了陀思妥耶夫斯基的全部作品,在对于它具有最深刻意义的人物的刻画中反复出现,从斯维德里盖洛夫到费多尔·帕甫洛维奇·卡拉马佐夫(又译费奥多尔·帕夫洛维奇·卡拉马佐夫——笔者注),似乎不给陀思妥耶夫斯基本人一点安宁,折磨他、迫害他一生,在这个形象里对于他本人来说似乎包含了"某种秘密",某种宿命的、潜在的、实质的东西。这个形象展现在他面前,不仅在灵魂的,也在肉体的终极深度之中;不仅在最抽象的辩证法里,而且也在最火热的情感的终极深度之中。[①]

梅列日科夫斯基敏锐、深刻地捕捉到毒蜘蛛等虫类形象对于主人公以及作家思想与情感表达的重要意义。这些意象在肉体的、可见的层面暗示了罪孽的普遍存在、罪孽对生命的戕害。人置身于由蜘蛛、毒虫、怪兽等神秘意象组成的幽灵般的世界,就会在诱惑、梦魇和死亡的逼迫中节节败退,人的形象就会发生变异和污损。陀思妥耶斯

[①] [俄]梅列日科夫斯基:《托尔斯泰与陀思妥耶夫斯基》卷二,杨德友译,华夏出版社2009年版,第369页。

基意在告诉人们，人的灵魂本身就是"蜘蛛的灵魂"（正如《少年》主人公阿尔卡季所认为的那样），堕落、情欲、罪孽和污浊都藏身其间，人们意识到这一点但单靠自身又无能为力，只有依靠更为强大的力量才能制服它们。

"地下室人"从阴暗角落发出的充满挑衅却又不乏真诚的声音中就包含虫子的意象，他宣告自己无法成为"昆虫"："先生们，无论你们是否愿意听，我现在都要对你们讲一讲，我为何甚至成不了一只昆虫。我要郑重地告诉你们，我曾有许多次想要成为一只昆虫。然而，甚至连这件事也未能做到。"（6卷：172—173）想成为昆虫而不得，这听起来似乎让人不明所以。事实是，昆虫，即兽类，作为与神和完美人性的对立性存在，仍意味着经过了"共同体"意识的过滤，打上了须由共同原则审判和确认的权力烙印。"地下室人"其实是不愿而不是不能成为"昆虫"的，他对"一般"的仇视和反抗使他不愿被命名和定性。他拼命地抑制自己的意识，将普遍的道德法则所公认的罪孽评判拒斥在外，正如他将公认的善的法则阻挡在自我的城堡之外一样。由此，他才会做到不"在你们的面前忏悔什么"。如他所言，他"不仅不能成为凶狠的人，甚至也不能成为任何一种人"（6卷：171）。他意欲成为自我意志完全的主人，超越一切价值立场和法则，哪怕为此以头撞墙。结果却是，他体认到自己只是一只"不幸的耗子"，遭受"一般"的打击而备受屈辱，只能在"可憎的半绝望和半信仰之中"、在"摇摆不定的冷热病"中品尝"快感的琼浆"，更加孤独也更加"凶狠"地仇视一切。

然而，试图自绝于人类道德和所有人的"地下室人"并没有也不可能完全祛除罪孽意识。像别人侮辱他那样侮辱和折磨了丽莎之后，虽然他极力压抑也极为恼恨自己的悔罪意识，但深重的罪孽意识还是流露出来："我是个下流坯，我是世上所有蛆虫中最龌龊、最可笑、最渺小、最愚蠢、最贪婪的一只。"（6 卷：292）这真挚的悔悟之声是灵魂陷入罪中最为痛苦的呐喊，也是灵魂渴求赎罪和向往神圣的急切之音。

"毒蜘蛛"也爬进了《罪与罚》中斯维德里盖洛夫对死后世界的揣想中。在他看来，"那里只有蜘蛛或者类似的东西"（8 卷：366），所谓的永恒只是逼仄、肮脏和平庸的混合物："我们总觉得永恒是一个无法理解的思想，是某种庞然大物！为什么一定是个庞然大物呢？突然间，您瞧，它并非庞然大物，却是一间小房子，像乡下被熏得漆黑的澡堂，屋里各个角落都爬满了蜘蛛，这也就是整个的永恒。您要知道，我有时正是这样感觉的。"（8 卷：367）在俄罗斯的传统观念中，澡堂是魔鬼出没之地，因此，充塞于整个"澡堂"的蜘蛛正是大大小小的魔鬼的化身。斯维德里盖洛夫完全消解了关于永恒的任何神圣与美好，把它想象为任由魔鬼横行的堕落之地。梅列日科夫斯基指出这种"醒时之梦"的危险性："斯维德里盖洛夫关于'布满蜘蛛熏得发黑的澡堂'的呓语，是比但丁的地狱可怕得多、杂乱得多的：因为在这地狱里还依然有某种正义，亦即宗教的崇高。事实上，难道能够凭这种呓语、心里怀着这种又聋又瞎、毫无意义的恐怖生活吗？"[①]无论何人，心中怀着这样的地狱都无法正常生活下去，只能一步步滑向深渊的极处。

拉斯柯尔尼科夫死气沉沉的阁楼单间是地上的"地下室"，他本人则"像只蜘蛛似的躲在墙角里"。将自己比作蜘蛛，这既是针对本人离群索居在"矮矮的天花板和窄小的房间"而言，也意味着他深知

[①] ［俄］梅列日科夫斯基：《托尔斯泰与陀思妥耶夫斯基》卷一，杨德友译，华夏出版社 2009 年版，第 292 页。

自己在思想和情感上自绝于他人。正是在"墙角里",这只"蜘蛛似的"超人编织出可怕的"信仰和法则":"谁强大,谁智谋和精神超人,谁就是人们的主宰!谁胆大敢干,谁就真理在握!谁能藐视一切,谁就是人们的立法者!谁最敢干,谁就最正确!自古以来一直如此,将来也总是这样!"(8卷:526—527)如此散发着剧毒的思想,扭曲了拉斯柯尔尼科夫的灵魂并借他的行动和疯狂来俘获和毒杀猎物。毒素强化了他"敢作敢为"的力量。且听他面对索尼娅痛苦的眼睛所坦白的如何试验自我强力的内在秘密:"我杀了人不是为了接济母亲,那是胡说!我杀人不是为了攫取钱财和权力,不是为了当人类的救星,那全是胡说!我说杀就杀了;我杀人是为了自己,为了我个人。"(8卷:528)然而,毒液在使他貌似心灵强大的同时也使他变得盲目,使他自身成为牺牲品:他在行动时根本无暇去考虑杀人之后"一生都得像蜘蛛一样张网扑捉生物,并吸干它们的养料"(8卷:528)的恐怖图景。只是当他事后预见到往后都可能如此生活时内心才充满恐惧。这也说明,在他灵魂深处,认为像蜘蛛那样凶狠、贪婪地捕食生命是令人深恶痛绝的事情,他还保留着对更为美善的生活的些许期待。

在流放地医院中,拉斯柯尔尼科夫昏迷不醒,梦见发生了致命的鼠疫,随之"出现了某种新的旋毛虫,是侵入人体的微生物。但这些微生物都是有智慧和意志的精灵。被精灵附体的人们立刻变得疯疯癫癫"(8卷:689)。而后这些疯癫的、被精灵附体的人自以为手握唯一的真理,强迫所有人都去相信和接受,于是,冲突肆虐,鲜血横流。能使人疯癫的"新的旋毛虫",被附体的手沾鲜血的"真理"坚守者……这样的梦境牵扯的是"超人"个体哲学的另一根丝线,即道德、信仰和法则的相对性与绝对性问题。"旋毛虫"意味着新的诱惑,不是像超人那样站在"善恶的彼岸"的超道德的诱惑,而是将自我秉持的真理王者般绝对化的"善"的意愿的诱惑。梦魇中还出现了极少能够抵御这种诱惑而幸存的"纯洁而优异人物",他们将承担"复兴和净化大地"的使命,这暗示着拉斯柯尔尼科夫已经找到走出精神危机和迈入新生的方向。

在《白痴》中,伊波利特的梦境里出现了"一个可怕的动物,一个怪物。它与蝎子相似,但又不是蝎子,要比蝎子更丑陋,比蝎子可怕得多"(10卷:529)。小说对"怪物"的头部、爪子和触须的颜色、尺寸和数目等特征进行了几何图形般精细的描写。而后,伊波利特家五年前死去的狗出现在梦境,它与怪虫展开决斗,却被爬虫蜇伤……梦境中善兽与恶虫的斗争正是现实世界中梅什金与罗戈任这两种力量的斗争,或者说是善恶两种力量在伊波利特灵魂世界中争夺地位的象征。小说富有深意地写道,在两者胜负未决之时,"我醒了,公爵走了进来"(10卷:531)。在另外一次病态的幻觉中,象征死亡的毒蜘蛛使这位患病的、只能存活两三个月的十八岁少年惊恐不已:"我记得好像有人手里拿着蜡烛,拉着我的手带我走,让我看一只巨大的令人厌恶的蜘蛛,并且告诉我说,这就是那个神秘的、冷漠的和全能的东西,嘲笑我,说我不该表示愤慨。"(10卷:553)这一幻象出现在他拜访罗戈任并感受到其家中"死去的基督"的画作显示出死亡的绝对力量之后,而将蜘蛛展示给伊波利特的幻影般的造访人就是罗戈任。最终,伊波利特选择自杀,以他的自我意志和"巨大的、不可估量的力量"来对抗"以蜘蛛的模样出现的神秘的力量"(10卷:555),试图以主动处置和消灭肉身的方式战胜尘世的冷漠、罪孽和死亡的自然法则。

《卡拉马佐夫兄弟》中的毒蜘蛛、虫类则往往与魔鬼联袂出场。

费拉蓬特神父声称看见了物质的、有形的魔鬼，并当场使它毙命，"像只被踩死的蜘蛛"（15卷：263）。在佐西玛长老的尸体腐臭之际，他来到修道室驱赶"妖魔鬼怪"："你们这里鬼魅成群，就像墙角里的蜘蛛。"（16卷：531）殊不知真正的魔鬼就潜藏在他自己心中，他一直暗中强烈地妒忌受到众人拥戴的佐西玛长老："明天一早，人们将在他身旁唱崇高的赞美诗《乐于助人和保护他人》，一旦我死了，就只会唱短小的颂歌《人生多么甜蜜》。"（16卷：533）在德米特里看来，卡拉马佐夫家族流淌的血液里混合着昆虫一样强烈的冲动和欲望："弟弟，我就是这昆虫……咱们都姓卡拉马佐夫，全一样，即使在你这样的天使身上这昆虫也活着，它将在你的血液里兴风作浪……这里，魔鬼跟上帝在搏斗，这战场就是人心。"（15卷：165—166）这是德米特里对自身罪性的深切体验和最为坦诚的忏悔，充满了灵魂挣扎于"圣母的理想"与"所多玛的理想"之间的疼痛。他也道出了人类的共同命运，人被身上的动物性部分所左右，人的神性被污损，甚至被完全打败，人往往在魔鬼面前颜面尽失。

二　嫩叶的隐喻

如果说毒蜘蛛和虫类是罪孽、诱惑、魔鬼和死亡的象征，是人的灵魂中最卑劣、最丑陋、最黑暗部分的化身，那么，在陀思妥耶夫斯基的小说中也常常出现寓意与之完全对立的形象——嫩叶。两者分别意味着两种生存样态，两种生命果实：一个象征有罪、邪恶、丑陋、必死的生命，一个象征鲜活、生机勃勃、美好和充满希望的生命。

在《罪与罚》中，嫩叶、树木和鲜花意味着生命走出死荫之地、避免堕入犯罪的希望。在杀人犯罪前，拉斯柯尔尼科夫曾走到小岛上，看到一片翠绿的景象和绿树掩映的别墅，停步长时间地欣赏鲜花。后来，在彼得罗夫岛，他"离开大路走近灌木丛，倒在草地上一下子睡着了"（7卷：69）。睡着以后，他做了驽马被打死的噩梦。熟睡之地灌木丛同熟睡之后的噩梦，象征着牵扯拉斯柯尔尼科夫心灵世界的两股力量。美国史密斯学院的盖卞（George Gibian）教授分析道："自然环境让他年少时的感觉再度苏醒，他凭此与避免犯罪、不用经历罪与罚的循环就得到重生更近了一步。这个特定背景中的梦境，预示着谋杀的罪行将要临到他。"① 可悲的是，重生的力量被犯罪的冲动吞没，拉斯柯尔尼科夫滑入堕落的深渊。

在象征层面，树叶在放弃了救赎希望的斯维德里盖洛夫身上起着相反的作用，它们逼迫着他，令他感到不安。在自杀前夜，窗外树木发出的声音让他极度厌烦："风吹得树响，我是多么讨厌在黑夜里，在狂风暴雨中听见树响，这声音令人心烦！"（8卷：638）"而拉斯柯尔尼科夫却在灌木丛中短睡时收到有益的提醒。"② 在斯维德里盖洛夫自杀前的第一个梦中，他的眼前"不断地浮现出一簇簇鲜花"（8卷：640），这"显示出他对生命的最后渴望的爆发"，同时也显示出他内心的极度沉重和黑暗。

对于《群魔》中的基里洛夫来说，"叶子"也与"蜘蛛"相对，是生命的象征。他给斯塔夫罗金讲述了关于"叶子"的寓言："我不久前看到过一张黄叶，带点绿色，四周已经腐烂，风吹下来的。当我十岁的时候，我在冬天故意闭上眼睛，想象一张叶子，绿色的，鲜嫩的，叶脉分明，太阳照耀着，我睁开眼，简直不相信，因为太好

---

① George Gibian, "Traditional Symbolism in Crime and Punishment", *Publications of the Modern Language Association*, Vol. 70, No. 5, December 1955, p. 985.
② George Gibian, "Traditional Symbolism in Crime and Punishment", *Publications of the Modern Language Association*, Vol. 70, No. 5, December 1955, p. 986.

了，于是又闭上眼睛。"(11卷：294)从梦幻般的嫩叶转变为腐烂不堪、垂死的黄叶，喻示着基里洛夫从十岁的少年到行将自我毁灭的生命轨迹。虽然他等而视之，宣称黄叶也很美："叶子很美。一切都很美。"（11卷：294）他现在正处于幸福的顶点，但是自奉为"人神"的信仰、善恶不辨和对善恶无动于衷的自我意志已扭曲了他的灵魂。他不再渴求善和美好，甚至向爬行的蜘蛛祷告："我向什么都祷告。瞧，那只蜘蛛在墙上爬，我瞧着它，因为它爬而感谢它。"（11卷：296）考虑到蜘蛛等虫类形象在陀氏小说中的特殊含义，基里洛夫是在不自知地向罪恶和死亡低首谢拜，这更增添了他自杀的悲剧色调。

与基里洛夫相比，《白痴》中的伊波利特对毒蜘蛛身上神秘的威胁力量有更清醒的认识，因此非常渴望看见"树木"。当清楚地知道自己只能再活几个星期时，在"最后的信念"被决定之前，虽然他的身体"像一片从树上掉下来的颤抖的树叶那样十分虚弱"（10卷：561），他仍然渴盼余下的不多时日能像嫩叶那样鲜活："在公爵的凉台上，就在那一时刻，当时我想要做活下去的最后尝试，想看看人们和树木。"（10卷：532）然而，他又即刻看清了生命盛宴就要散去的现实，决定以自杀的方式来证明自己强大的自我意志。他公开宣读死亡告白书，以此挑战所有听者忍耐的极限，嘲笑生者的"温顺"并抗议死亡的绝对力量。这使他同拉斯柯尔尼科夫一样，在某种程度上成了一位宣称可以"不受法律的任何管束"、不受任何罪孽意识左右的"超人"。

《卡拉马佐夫兄弟》中的阿廖沙和伊万也讨论过"春天的嫩叶"的问题。在情感上，伊万还保持着对生命极为自然的爱和激情："我爱那春天苍翠欲滴的嫩叶，我爱那湛蓝的天空，真是这样的！这不是理智，也不是逻辑，而是全身心、发自肺腑的爱，爱自己风华正茂的年轻活力……"（15 卷：358）然而，由于在理智上他已弃绝了上帝和人世间的爱，他对生命"发自肺腑的爱"只是一时的激情，很快就被虚无和痛苦湮没。关于宗教大法官的长诗是他的精神自白，阿廖沙从中感受到伊万的极度绝望。在阿廖沙看来，正如叶子的鲜嫩需要持续不断的供养，人的灵魂也需要根基和滋润，而被虚无包裹的伊万认为灵魂无所皈依是无法活下去的："那苍翠欲滴的树叶，宝贵的坟墓，蓝天、心爱的女人呢？你准备怎么活下去，你用什么来爱他们呢？"（15 卷：418）伊万承认，他只能依靠"卡拉马佐夫家的卑劣的力量"，即"为所欲为"的方式来生活。与之相对的是佐西玛长老教导的生活方式："要爱上帝的一切造物，爱整体，也爱每一粒沙子。要爱每一片树叶，每一道上帝的光。"（15 卷：506）佐西玛长老从每片叶子看到上帝之道，从每一造物身上感受到爱的存在，坚信具体、持久、深沉并敢于担当的爱可以减少罪孽，这是对伊万极有可能导致暴力和犯罪思想的有力回应。

第三节 小说中的罪人群像

在陀思妥耶夫斯基笔下，罪对于每一个体而言是本体性的，无人能完全摆脱罪性的缠累。伴随着信仰危机和人神关系失和，人内在本性的罪外显为或大或小的恶行。在上帝面前，罪人不只是作恶之人，也包括那些专事上帝之道的圣人。从斯维德里盖洛夫、罗戈任到费奥多尔·卡拉马佐夫这类道德上备受指责、离上帝最远的人，从诅咒世人和自我诅咒的"地下室人"到拉斯柯尔尼科夫和伊万这类思想者，他们身上都打上了罪的印记。哪怕是吉洪和佐西玛这类世人眼中的圣徒，陀氏也没有忽视他们曾受到罪的诱惑而跌倒过。总的来看，与

《罗马书》第 3 章第 23 节所说的 "世人都犯了罪，亏缺了神的荣耀"（罗 3：23）相合，这些人物都处在下降至更深的罪域或者从罪中飞升至高处的运动之中，所有灵魂都正在或曾经经受烈火的试炼和煎熬，都在信仰或者拒绝信仰的挑战与抉择中承受着狂喜、战栗、恐惧和不安。更进一步来看，这三类人物又依据他们同上帝 "在能里结合"（非本质上结合）的程度大致呈现出一个精神阶梯性特征。[1] 经由这三类人物，陀思妥耶夫斯基展现了肉体与灵魂、情欲与圣洁、罪孽与救赎、地狱与天堂之间的争战，凸显了个体在悖逆与信从、沉沦与超越、自毁与拯救之间进行抉择的痛苦与绝望。陀思妥耶夫斯基不愧为描画动荡不定的灵魂实景的大师。

一 "恶人"

从外在行为来看，《罪与罚》中的斯维德里盖洛夫、《白痴》中的托茨基和罗戈任、《群魔》中的彼得·韦尔霍文斯基、《少年》中的兰伯特、《卡拉马佐夫兄弟》中的费奥多尔·卡拉马佐夫（老卡拉马佐夫）和斯梅尔佳科夫等人都可以归入同一类形象——"恶人"。以传统的道德价值而论，他们或荒淫无耻或杀人掠货的罪行使其十恶不赦。所以在别尔嘉耶夫看来，"这些人已经不再有未来的人的命运，这些人已经从人的王国堕落到虚无"[2]。但作家对这些所谓的 "恶人"

---

[1] 可以参见俄罗斯学者 C. C. 霍鲁日的文章《静修主义人学》（张百春译，《世界哲学》2010 年第 2 期）和《东正教苦修传统中人的形象》（张百春译，《俄罗斯文艺》2012 年第 1 期）。依照 C. C. 霍鲁日的理解，人的精神之路具有不同层次，"人应该消除在苦修学里所谓的欲望"，静修主义者通过注意力和祷告的修行实践可以实现精神梯级的上升，修行者达到的最高精神层次是 "与神结合" "神化"。由此而论，陀氏笔下的 "恶人" "人神" 和 "圣徒" 形象分别处在 "修行道路" 的不同层次。

[2] [俄] 尼古拉·别尔嘉耶夫：《陀思妥耶夫斯基的世界观》，耿海英译，广西师范大学出版社 2008 年版，第 62 页。

的表现并不是喜剧式的、讽刺的笔调,而是不加评判和略带悲悯地描写他们承受的痛苦。斯维德里盖洛夫无法容忍自己堕落和绝望的生活而自杀,老卡拉马佐夫会因为害怕地狱的钩子而整宿难以成眠。他们清醒地意识到自身沾满了罪的污泥,但又无力同堕落的生活决裂,无法代之以全新的生命,只能无望地逐渐滑向万劫不复的境地。德国诗人诺瓦利斯曾深刻描写过这种情形:"恶人必须行恶事,这既违背又符合他们的意志。他们觉得每次攻击都击中他们自己,却又不能放弃攻击。恶性无非是一种心性疾病,病根是在理性上,因此它很顽固,只能靠奇迹治愈。"① 在陀氏笔下,"恶人"也往往无法战胜各种欲望而自主向善。从阿廖沙对老卡拉马佐夫的"不评判"和"容忍"来看,作家对这类不幸的灵魂充满了同情。

先从斯维德里盖洛夫谈起。斯维德里盖洛夫正式出场是在小说第三部临近结尾处。在此之前,拉斯柯尔尼科夫母亲的信件和一些零碎的议论,已大致呈现出他真实面目的粗浅轮廓——出于情欲,虽为有妇之夫,他拼命追求和诱惑家庭教师杜尼娅;但当杜尼娅蒙受不白之冤成为众矢之的时,他又甘愿受千人所指而将杜尼娅谴责他的信件公之于众,以证明杜尼娅的清白无辜。他鞭打自己的妻子,在妻子死后立即带着不可告人的企图来到彼得堡。他令索尼娅、杜尼娅和拉斯柯尔尼科夫等人都感到恐惧——在杜尼娅看来"无法想象会有比他更可怕的人"(7卷:285),拉斯柯尔尼科夫称其患上了"一种危险的病"。之所以给人留下如此恐怖的印象,因为他彻底放纵自身的淫欲,甚至视淫荡为人的天性。他曾对拉斯柯尔尼科夫露骨地说:"淫荡这东西,起码是稳定的,甚至以天性为

---

① 刘小枫主编:《夜颂中的革命和宗教:诺瓦利斯选集》卷一,林克等译,华夏出版社2007年版,第148页。

基础，不是幻想的结果；人的血液里一直有这种燃烧着的东西，甚至随着年龄的增长也不能很快将它扑灭。"（8卷：594）然而他又始终挣扎在堕落与悔罪、放纵情欲与克制己身、行善与作恶、生与死的矛盾中。来到彼得堡时，他已经打定主意要自杀："我到这儿以后，现在决定做一次……远行，想先做些必要的安排。"（8卷：368—369）他要做的安排，主要是想方设法解除杜尼娅和卢仁的婚约。而提到所谓的"远行"，显示出他内心有自杀的冲动。他的向善之心也没有完全泯灭，为自己的所作所为悔悟不已："我的确给您这位可敬的妹妹添了麻烦和不愉快，因此我后悔莫及；我不是为了赎罪，也不是对那些不愉快做出补偿，我是真诚希望为她做件好事。因为我总不能只做恶人吧。"（8卷：369）在卡捷琳娜·伊凡诺夫娜死后，他主动安置了她的孩子（在拉斯柯尔尼科夫看来，他这样做"别有用心"）。但是当他窥见拉斯柯尔尼科夫的杀人秘密并认定有机可乘之后，他才又萌发了以此来要挟杜尼娅的欲念。情欲之火在他心中燃烧，使他不能自持，因此设下了胁迫杜尼娅来顺从他的圈套。然而杜尼娅的决绝使他意识到，他毫无可能同这个"苦行者"① 走到一起，不能指望从后者而来的力量战胜心中不可遏止的色欲。于是，在阴谋破产后，长久以来良心的折磨、道德上的无力和绝望感攀至顶点，最终使他主动选择了自杀。

因此，很难说斯维德里盖洛夫不属于恶者，但他又不仅仅是罪孽的化身——他深知自身的罪孽，具有洞察人性深层奥秘的眼力；他时常也向光明和善伸出触角去试探，甚至还靠近它们来温暖日趋冰冷的心；然而他的灵魂逡巡游荡在善恶的边界时难以抵挡情欲之火的煽

---

① 赵桂莲：《漂泊的灵魂——陀思妥耶夫斯基与俄罗斯传统文化》，北京大学出版社2002年版，第321页。

动，轻易地就飞蛾扑火般地沉沦；于是他身上惊人的激情、活力甚至是无所畏惧都似乎成了恶魔的诱捕器。

　　作品对斯维德里盖洛夫和拉斯柯尔尼科夫两人关系的描写充满了神秘色彩。与彼得·韦尔霍文斯基同斯塔夫罗金、斯梅尔佳科夫同伊万的关系一样，他也是拉斯柯尔尼科夫灵魂中的暗影，恶魔般地追从和胁迫后者，同后者"像双生者一样"①。在和拉斯柯尔尼科夫的对话中，斯维德里盖洛夫多次提到"两人之间有着某种共同之处""我俩是一丘之貉"，以至拉斯柯尔尼科夫本人也承认并且逐渐相信两人确有某种共同之处。可以看到，两人都放弃了生命的主动性而任性无为：斯维德里盖洛夫空虚、无聊，无所事事，拉斯柯尔尼科夫离开人群闭门玄思；忧郁是两人生命共同的底色。斯维德里盖洛夫曾说："我是个忧郁寡欢的人；我不做坏事，但独自闷坐在角落里；有时三天都不同人们说话。"（8卷：606）拉斯柯尔尼科夫则将自己囚禁在斗室，酝酿"可怕的思想"和准备做出"最后的决定"，他正是斯维德里盖洛夫所说的思想畸形儿之一："受过教育的青年人由于无所事事，整天沉湎于不可实现的梦幻之中，为形形色色的理论弄得畸形。"（8卷：608）两人也都跨越了界限，都杀了人并经受良心的不安和痛苦。斯维德里盖洛夫"毒杀"了妻子，孤注一掷地寻求不可能的"爱情"，内心隐秘的痛苦使他在来到彼得堡之前就已有自杀之念。同样的"疯狂"和强大的犯罪力量使得拉斯柯尔尼科夫从斯维德里盖洛夫身上看到自己黑色的身影，令他极度不安："斯维德里盖洛夫是个谜……斯维德里盖洛夫令他不安，这是事实，不过这好像是另一种不安。"（8卷：564）他意识到"这人身上潜藏着某种左右他的力

---

　　① ［俄］梅列日科夫斯基：《托尔斯泰与陀思妥耶夫斯基》卷一，杨德友译，华夏出版社2009年版，第277页。

量",认为"这个人很令人厌恶,显然非常淫荡,一定很狡猾,善欺骗,或许还特别狠毒"(8卷:586)。拉斯柯尔尼科夫已认识到两人都受制于同样的黑暗势力,斯维德里盖洛夫对他来说意味着不同于索尼娅的另一条道路,即在罪恶当中继续滑落至无可救赎境地的道路——一条死亡之路。

《白痴》中的罗戈任则使纳斯塔西娅通往地狱和死亡之路。他个性中最为鲜明的特征就是强烈、狂热的欲望。在一下子爱上纳斯塔西娅后,为了送给她"见面礼",他毫不迟疑地花掉用债券换来的一万卢布,而这笔钱是嗜财如命又家教甚严的父亲让他来结账用的。当纳斯塔西娅提出让他准备十万卢布来"买"她时,他东奔西走不到一天时间高息贷来了全部钱款。为了得到纳斯塔西娅的垂青,他甘愿付出任何代价,不惜牺牲一切。他的爱非常真诚、坦率、热烈,但也因为其中包含极为强烈的欲望而充满危险。"罗戈任由强烈欲望导致的罪孽是不可能从外部寻找原因的,魔鬼存在于他自己的心里,而魔鬼就是这强烈的欲望,并且恰恰是这连他自己都无法控制的强烈欲望使他如梅什金公爵所说的那样'身临灾难',并最终毁灭了娜斯塔霞·菲利波芙娜(即纳斯塔西娅——笔者注)和他自己。"[①] 梅什金和纳斯塔西娅就罗戈任的个性说出了惊人一致的看法,他们都认为如果罗戈任没有产生对纳斯塔西娅的爱情,他就会像他父亲一样拼命地攒钱,同时也会成为阉割派[②]教徒。两人也都预感到罗戈任可能会杀人:梅

[①] 赵桂莲:《漂泊的灵魂——陀思妥耶夫斯基与俄罗斯传统文化》,北京大学出版社2002年版,第29页。

[②] 由俄罗斯正教会分离出来的一个派别,又称科蒲奇派,18世纪末由农民塞列凡诺夫创立。阉割派主张摆脱世俗生活,反对性欲,宣扬用阉割的办法来摆脱性欲,拯救灵魂,具有极强的神秘主义和禁欲色彩,充满宗教狂热。该派成员多数经商,彼此互助,一度在俄罗斯产生过较大影响。

什金公爵揣测到罗戈任出于妒忌可能会谋杀他；纳斯塔西娅则敏锐地"料定"，罗戈任狂热的爱将转变成毁灭一切的恨，出于深深的恨意将会"给她一刀"。

罗戈任为强烈的欲望承受了极大痛苦。更可悲的是，他"有头脑"，一旦跟纳斯塔西娅的"胡闹"结束，就会极端地排斥和禁绝情欲，他身上具有成为阉割派教徒的潜质。这种排斥和转变在作品中已初现端倪，譬如他听从纳斯塔西娅的提议开始读书，对她的爱情中有了怜悯的成分；他"想尽力恢复自己失去的信仰"（9卷：316）；他也很有可能走出情欲的枷锁转而去追求他视为圣洁的生活，像阉割派信徒那样极端地摈除情欲。从他同梅什金公爵曾数月一起谈论宗教信仰和俄罗斯人的使命等问题来看，从梅什金甚至感觉需要这位精神"知己"来看，罗戈任身上存在由大罪人转变为疯狂虔信者甚至是成为圣徒的可能性。然而，梅什金愈来愈严重的怀疑加速了他滑向毁灭一端的趋向，加上他自身本就难以挣脱情欲力量的摆布，最终他成了自我欲望的牺牲品。

陀氏小说中的"恶人"，尤以彼得·韦尔霍文斯基为最。这是一个同《怎么办》中的职业革命家拉赫美托夫完全不同的"痞子革命家"[①]角色。拉赫美托夫身上表现出的是革命者对事业的献身精神和自身的坚忍与克制，彼得·韦尔霍文斯基则是混迹于革命阵营中的阴谋家。他穿梭于各类人物之间，试图建立一个敢于统一行动的组织。他鄙视希加廖夫的学说，认为它只是"空谈"和"理想"，而"革命"所需要的只是暴动、谋杀、动乱和流血，哪怕为此砍掉"一亿颗脑袋"也无须畏惧。为了让他选中的"伊万王子"斯塔夫罗金担当起

[①] 何怀宏：《道德·上帝与人：陀思妥耶夫斯基的问题》，北京大学出版社2010年版，第89页。

"革命"旗帜的角色,他甚至唆使人杀死了瘸腿女人玛丽娅·列比亚德金娜,试图以帮助斯塔夫罗金实施精神上犯罪杀人的方式"绑架"和逼迫斯塔夫罗金参加"革命"。为了所谓的"共同的事业",他把杀人犯费季卡也吸纳进"革命"队伍,利用基里洛夫的自杀来掩盖罪行,甚至为了把小组"黏合起来"不惜杀害沙托夫。他疯狂、冷酷和残忍到如此程度,竟然连杀人犯费季卡对他的所作所为也感到愤愤不平。费季卡对他评价道:"他给我出主意……心肠很硬。此外,他对用泥土制造我们的创世主一丁点也不相信,还说一切都是大自然安排的。"(11卷:347)虽然费季卡洗劫过圣母堂,但对上帝尚存敬畏之心,而无神论者彼得·韦尔霍文斯基的灵魂已完全为"共同的事业"所扭曲,堕落到毫无底线的地步。

《卡拉马佐夫兄弟》中的费奥多尔·卡拉马佐夫是欲望的化身,是福马·福米奇·奥皮斯金(《斯捷潘奇沃的人们》,1859)和列别杰夫(《白痴》,1868)等形象的综合和深化。福马·奥皮斯金是一个卑劣无耻、忸怩作态的怪诞形象。列别杰夫则以夸夸其谈、虚张声势而又妄自菲薄为特征。费奥多尔·卡拉马佐夫兼有两者的特征,且更为彻底地滑向罪恶。他拼命地攒钱捞钱,甚至独占亡妻留下的属于儿子们的遗产。对于孩子们,他"甩手不管",丝毫不尽为父之责。个人生活方面则狂饮纵欢,淫荡好色,还与长子德米特里争风吃醋。他丑陋的外表正与"花天酒地度过的一生的特征和本质"相称:"厚颜无耻的小眼睛","又小又肥的脸庞",深深的皱纹,尖尖的下颌,肉巍巍的大喉结,"黑黢黢的、几乎蛀尽了的牙齿的残根"……丑陋得让人生厌的长相,更兼做出种种罪恶行径之后还要小丑一样地装腔作势,使得德米特里出于愤恨而高声喊出"这种人活着干什么",伊万低声悄语称之为"一条毒蛇",斯梅尔佳科夫也暗自愤恨不已。

但就是这样一条受到诅咒的"毒蛇",却总是在想以下问题:"我老琢磨:将来有谁会来替我祷告呢?人世间有没有这样的人呢……这方面我笨透了……我在想,我要死的时候,总不至于鬼忘了用钩子钩我走吧……到时候谁来用钩子把我抓走呢?因为,要是没有鬼来抓,那又成何体统呢?……这些钩子,特意为了我,为了我一个人……我这人多么死不要脸哪!"(15 卷:30)这是一颗堕落到黑暗深渊的灵魂在自省时、在看到纯洁之光时充满绝望的自白。听到这样的自白,"唯一不戳我脊梁骨"的阿廖沙明白了父亲的心灵事实:"您的心比您的头脑好。"(15 卷:210)茨威格在提到这位父亲时提醒读者不要忘记这一点:"好色之徒,过度兴奋的性欲人,猥亵的费多尔(即费奥多尔·卡拉马佐夫——笔者注)与救世主、圣徒及陀思妥耶夫斯基——卡拉马佐夫身上的阿廖沙是天生的兄弟姐妹关系。"[1] 这对我们理解包括费奥多尔·卡拉马佐夫在内的所有"恶人"形象都不无启发意义。

许多读者都不免会把费奥多尔·卡拉马佐夫同《罪与罚》中"恶人"形象阿廖娜联系在一起。二者确实有诸多相似之处,譬如放高利贷的经济行为,令人生厌的外在形象,等等。当读者通过拉斯柯尔尼科夫的视角来观看阿廖娜时,显然就会窥见阿廖娜的凶狠、贪婪、可恶,对此深以为然,也很可能会因她贪得无厌、肆无忌惮地压榨苦弱无告之人而认可拉斯柯尔尼科夫的判断——这是一只"无用的、讨厌的、有害的虱子",一个可怖的吸血鬼。相似的,老卡拉马佐夫则被伊万称作"毒蛇"。但往往被忽视的是,作家同样表现了阿廖娜对于

---

[1] [奥]斯·茨威格:《三大师》,申文林译,人民文学出版社 2001 年版,第 91 页。

信仰的看重。《罪与罚》对阿廖娜及其房间进行了细致入微的描写：阿廖娜的卧室不大，但"供奉圣像的神龛却挺大"；她"钱包的带子上系着两个十字架，一个是柏木的，一个是铜的，此外，还有一个珐琅的小圣像"（7卷：98）。从一位大学生的闲谈中我们可以得知，她的遗嘱已经立好，"所有的钱都捐给H省的一所修道院，做永远追荐她的亡灵之用"（7卷：82）。对于这些细节所包含的重要宗教信息，以下两位学者的探讨非常值得参考。

首先是莱斯利·约翰逊（Leslie A. Johnson）。他指出，阿廖娜已经清醒地意识到，她的财产可以无限增加，但生命必将终止。她拼命积攒财富以维持更长久的生命，这个意图中包含道德的焦虑。对她来说，死后灵魂的永福需要生前的经济准备，然而巧取豪夺的经济行为又渐进地窒息其灵魂。因此，圣像和十字架是其生存悖论中所指靠的信仰标记。"遗嘱暴露了她让人可怖的贪婪的深层动机：尽管钱财不能使其避免死亡，但至少可以让她避免无有，获得部分永生。"[1] 然而可悲的是，她所努力追求的永生只不过是可怜、懦弱的幻象，她的追求过程在作家眼里等同于犯罪——她"坑害别人"，靠吞噬他人生命来活着，咬坏丽莎维塔的手指头便是此意的象征表达。从约翰逊的分析可以看出，阿廖娜是一个可怜又可恨、无法走出生存悖论的双重形象。

图克则把阿廖娜同拉斯柯尔尼科夫进行了比较。他提醒我们说，即便是阿廖娜这样的"败类"，也同东正教共同体保持着正常的关系，而拉斯柯尔尼科夫早已自绝于这个群体。阿廖娜意识到物质财富应用于灵魂救赎的目的，拉斯柯尔尼科夫则认为靠着物质财富可以建造新

---

[1] Leslie Johnson, *The Experience of Time in Crime and Punishment*, Ohio: Slavica Publishers, 1985, p. 18.

生活。但在杀死阿廖娜以后，他没有发现能够建造"新生活"的钱币，而是发现了包括圣像在内的一些物品。"她的真正力量来自她的十字架和崇拜对象，这意味着她被包含在东正教共同体中。"① 颇有讽刺意味的是，杀死阿廖娜的拉斯柯尔尼科夫发现了象征着她的信仰的十字架。随后，拉斯柯尔尼科夫花费了很长时间才意识到他谋杀的是一位东正教信徒，一个具有上帝形象的人。而索尼娅一下子就指出了这一点——任何人，都不是虱子。

陀氏小说中的最后一位"恶人"形象，是弑父凶手斯梅尔佳科夫。他的身上带有卖主的犹大的影子：他像犹大那样为了钱财背叛主人，他所窃取的三千卢布在诗学上等同于《圣经》中的三十银币，最终他也像犹大那样上吊自杀了。② 斯梅尔佳科夫也常被视为魔鬼的化身。美国教育家和翻译家瓦修列克（Edward Wasiolek）认为，斯梅尔佳科夫和伊万幻觉中的魔鬼是一体的："正如斯梅尔佳科夫是站在宗教大法官背后的形象，进入房间拜访伊万的衣冠楚楚的魔鬼，代表着基督的敌人。甚至有更多证据表明，斯梅尔佳科夫与魔鬼是一体的；当斯梅尔佳科夫生命行将消逝之时，在与伊万的最后一次谈话中，他像幽灵一样攻击伊万——这时，魔鬼出现了。恰是在斯梅尔佳科夫濒死时刻，魔鬼第三次与伊万会面，唯有这次会面被戏剧化地加以表现。伊万告诉我们，他与魔鬼的谈话持续了大约一个小时；阿廖沙告诉伊万说，斯梅尔佳科夫一个小时前上吊自杀了。"③ 斯梅尔佳科夫并

---

① Janet Tucker, *Profane Challenge and Orthodox Response in Dostoevsky's Crime and Punishment*, Amsterdam – New York: Rodopi B. V., 2008, p. 196.

② Diane Oenning Thompson, "Problems of the Biblical Word in Dostoevsky's Poetics", in George Pattison and Diane Oenning Thompson, eds., *Dostoevsky and the Christian Tradition*, New York: Cambridge University Press, 2001, p. 91.

③ Joann Cerrito, eds., *Nineteenth – Century Literature Criticism*, Vol. 43, Detroit: Gale Research, 1994, p. 124.

没有明确的悔罪、赎罪意识。即便在自杀前,他也依然认定伊万"是这一切的罪魁祸首","货真价实的杀人凶手",自己则充其量是条"小爬虫",是从犯,根本不用承担什么罪责,更不愿为"完全清白无辜的"德米特里开脱罪名。斯梅尔佳科夫之所以选择自杀,或许同其杀人动机一样,是"因为'为所欲为'"(16卷:975),即为了检验自我的极限,并不是为了救赎世人。斯梅尔佳科夫否弃上帝,否认自我的罪行和救赎的必要性,其堕落、杀人作为一种恶,必然遭到作家的谴责。

二 人神

人神是陀思妥耶夫斯基着力塑造的形象类型之一,人神思想的发现是他的伟大贡献之一。别尔嘉耶夫曾评价:"人的命运永远处于神人与人神、基督与反基督两极的冲突之中。人神思想的发现归功于陀思妥耶夫斯基。"[①] 王志耕这样界定人神和神人的区别:"神人的原则是虚己,通过虚己,使人意识到自身的神性存在,从而获得启示,归于上帝。而人神的原则是自我主宰,而自我主宰的前提是人掌握了超越上帝的理性,也就是'知识'。"[②] 在陀思妥耶夫斯基的小说中,这一思想首先与《群魔》中的基里洛夫有关,他同斯塔夫罗金对话时提到了"人神"。

"谁能教会人认识大家都好,谁就使世界归于完满。"

"那个曾经教导的人,已经被钉在十字架上了。"

[①] [俄]尼古拉·别尔嘉耶夫:《陀思妥耶夫斯基的世界观》,耿海英译,广西师范大学出版社2008年版,第126页。

[②] 王志耕:《圣愚之维:俄罗斯文学经典的一种文化阐释》,北京大学出版社2013年版,第103页。

"他还会来的，他的名字是人神。"

"是神人吧？"

"是人神，这里有差别。"（11卷：295）

在基里洛夫心中，人神（Человекобог）和神人（Богочеловек）有明显差别：后者已归于历史的陈迹，前者将屹立在人类的未来世界。在《卡拉马佐夫兄弟》中，伊万的长诗《地质剧变》（借魔鬼之口讲述）也讲到"人神"的出现："只要人类人人摒弃上帝……人必将因同时具有上帝和提坦神的自豪精神而扬名天下，出现人神……就这个意义说，他可以'为所欲为'……那这新人就不妨称为人神，甚至于，哪怕整个世界只有他一人如此，也无伤大雅……他可以毫不犹豫地跨过从前的奴隶人不敢逾越的任何道德障碍。"（16卷：1006—1007）这里，伊万提到了人神奉行的摒弃上帝、"为所欲为"的法则。德米特里思考的也是同样的问题："如果没有上帝，人就成了大地和宇宙的主宰。"（16卷：916）与伊万不同的是，他马上意识到没有了上帝人也就不可能"一心向善"。

总的来看，陀思妥耶夫斯基小说中的人神呈现出两副面孔，人神思想表现为相通的两条道路：一是基里洛夫及其精神同路人的个人主义道路，二是希加廖夫和宗教大法官的群体主义道路。与上文所述的"恶人"不同的是，人神更多的是思想者而非行动者。他们的思想根底中包含骄傲的毒素，常常会败坏自我和他人的生命，这是其罪性的主要表现。

（一）基里洛夫及其精神同路人

在陀思妥耶夫斯基的笔下，基里洛夫是人神思想的阐述者，亦是人神类个人主义道路的最高代表。

基里洛夫身上呈现出世俗与超越双重性特征的悖谬组合。一方面，他是位年轻的工程师，喜欢孩子，热爱生活，脸上常带有"孩子般的笑容"，乍看似乎是远离苦恼和忧虑之人。另一方面，他又对俄国人的自杀问题怀有极大兴趣，不遗余力地研究它，并做出将自我的肉体献祭给哲学信念的"勇敢"行动。当斯塔夫罗金质疑他既已决定自杀又如何能够去爱世人时（想一想《白痴》中的伊波利特竟有在自杀前任意杀人、干一件"最最可怕的事"的极端想法），他如此作答："生活是一回事，那又是另一回事。生活是实在的，而死亡是完全存在的。"（11 卷：293）他认为世俗生活和形而上之思是相互分离、互不相涉的两个世界。他坚信自己拥有具体实在的生活能力和爱的能力，同时又能应对死亡的必然性。在形而上之思中，基里洛夫赋予个体的自杀事件以绝对和神圣的意义，试图将自我对生命的弃绝同对世人的爱调和起来，这确实与伊波利特、斯塔夫罗金和斯梅尔佳科夫等人的自杀逻辑不同。在基里洛夫看来，基督被钉十字架只是真实的死亡事件而不具有任何复活意义，以基督名义再来的是"人神"而不是"神人"；超越了善恶观念的人、敢于自杀的人取代了上帝，自我成为上帝，在当下就凭靠绝对的自我意志达到了永恒。抱持这种信念，他要勇敢地杀死自己。

但就其总体命运来看，基里洛夫又是形而上之思的奴隶，是思想的牺牲品。"思想"一词反复出现在基里洛夫的话语中，他深信自己是新思想的创造者，他所采取的行动将向世人昭示和传播新的思想。彼得的判断基本是正确的——"不是您把思想吞噬掉，而是思想把您给吞噬掉了。"（12 卷：689）那么，"吞噬掉"基里洛夫的是什么样的思想呢？就是建立在"人神"和"神人"区分基础上的关于"人神"的思想："基里洛夫全部的反基督教的基础，当然是以这种区分为依据的"①。综其一生，人神思想使他走上了一条不同于神人之路的道路，也决定了他的命运。

基里洛夫的人神学说表面上与《圣经》中关于基督的说辞相合，实则貌合神离。梅列日科夫斯基形象地将两者比拟为有着同一条边的两个三角形，一个顶尖向上，一个顶尖颠倒向下。在关于世界和历史的起点与终点这一问题上，基里洛夫的思想似乎对《圣经》做出了正确阐释。《圣经》讲到太初之时上帝用爱和恩典创造出一个全善的世界——"神看着一切所造的都甚好"（创1：31），而基里洛夫也看到世界尽善尽美："一切都很美……一切都好，一切。谁知道一切都好，这对他就好。"（11卷：294）甚至他还时常感受到神秘的和谐——陀思妥耶夫斯基将自己癫痫状态的切身体验赋予这一角色——他对此讲述道："有几秒钟时间，每次大约五六秒钟，你突然感觉到完全达到了永恒和谐的境界。这不是尘世的境界……必须脱胎换骨，或者死亡。这种感觉是清晰的，无可争辩的。"（12卷：729）

这是基里洛夫关于复活和永恒的神秘体验，他关于肉体的变化和时间终结的想法与此相关。在基里洛夫看来，人类的历史分为两个时代——从大猩猩到神被消灭的时代和神被消灭之后人的形体发生变化的时代，而在后一个时代中"人成了神之后，形体上就会变化。世界也会变化，各种事情、思想，各种感情也会变化"（11卷：143）。这里当然有自然选择与物种演化论遗留的痕迹，但更重要的是，人神究竟在形体上会有什么样的变化？基里洛夫的理解是成为新神的人将不再害怕疼痛，将不再有痛苦、恐惧，也不再有死亡。这是一个永恒的时刻，时间将会终结——当人意识到自己处于幸福之中的那一刻，时

---

① ［俄］梅列日科夫斯基：《托尔斯泰与陀思妥耶夫斯基》卷二，杨德友译，华夏出版社2009年版，第384页。

间就会停滞和终结，永恒就会降临。在永恒降临后，人的肉体生育也不再有意义。但福音书论到复活时［"当复活的时候，人也不娶也不嫁，乃像天上的使者一样"（太22：30）］所言的"不娶不嫁"，只是说人在天堂中凡胎肉体发生了某种变化，而非意谓人的生殖繁衍行为。基里洛夫带有神秘性的时间终结的体验也与《启示录》中"不再有时日了"（启10：6）要表达的意思不同，后者强调神的旨意和整体救赎计划的实现。

基里洛夫的思想背离了《圣经》中的基督之路、神人之路。《圣经》更多地关注人的实存，意在阐明世界的败坏和人的罪恶、善的始基的崩塌和神人（基督）的重建工作；在基里洛夫那里却只有善恶的混淆、对罪恶的认可和纵容——"如果有人饿死，有人侮辱糟蹋这个女孩子——这好吗？""好。如果谁替女孩儿砸烂那人的脑袋，那好；如果谁不替女孩儿砸烂那人的脑袋，那也好。"（11卷：294）至少在精神层面，这是一个为所欲为、肆意狂欢、恃强凌弱和暴力横行的世界。《白痴》中的伊波利特视上帝为吞噬人生命的、让人恐怖的力量："难道不能简单地把我吃掉而不要求我去赞颂吃掉我的力量吗？"（10卷：559）基里洛夫的人神就是具有如此特征的上帝形象。这样的新神有着蛊惑人心的面目，以至斯塔夫罗金竟误以为基里洛夫将相信上帝。

基里洛夫信奉的新神，实质上是人的绝对自由意志的化身。虽然他视自杀为救赎世人的方式，但在更大程度上是他自我确证的事件："我杀死自己，为了表现我的不甘驯服和新的极端的自由。"（12卷：764）他完成了从自我意识到绝对自由意志的转换：人的自我意识并不是自由意志，然而过于夸大人的自我意识对于外在世界的作用极易导向自由意志的膨胀，再向极处发展就是自我僭取上帝之位评断和决定一切的境况。基里洛夫的思想就贯穿着这条主线。他将一切都归结为人的自我意识——当人意识到幸福时就真的实现了幸福，意识到自己是好人时就不会犯罪；上帝也仅是人的意识的产物，取决于人的意识。其思想结果必然导致认为人的自由意志决定一切的观念。

所以，基里洛夫的人生悲剧是理性的悲剧、无神思想的悲剧，更是自由的悲剧。他思考的是神人的问题、基督的问题，最终却走向了反基督。其人生的悲剧性寄寓于此。这是一个对信仰问题怀有炽热与激情的不幸的人："我一辈子只想一件事。神把我折磨了一辈子。"（11卷：144）折磨基里洛夫的同样是折磨了陀思妥耶夫斯基一生的问题，即上帝存在与世界关系的问题。决定基里洛夫生命状态的并非物质而是精神上的紧张和痛苦。他自诩为新神，再也不怕疼痛和死亡，但在自杀前仍然对死亡充满恐惧。这个声称爱世人和救赎世人的人神在实施自杀过程中呈现出野兽般的狂躁不安，直至咬掉彼得的手指——这完全是野兽的疯狂撕咬行为，是人的动物性表现。人意欲成为神结果反成了兽，这是人神的共同命运——舍斯托夫已从"地下室人"那里洞见到这一点："人类的经验，人们多少世纪历史存在的经验，具有充分说服力证实理性的一般意见：人经常变成野兽——粗野的、笨拙的野兽，而在人们中间还没有变成神的。"① 人神基里洛夫同时相信又不相信基督，试图通过基督之门却以失败告终，陷入尼采式的疯狂和毁灭。正如梅列日科夫斯基所言："基里洛夫和尼采，都要走进，或者试图走进这道门，因为没有其他的门。虽然他们否定基督，但是实际上是肯定他的——任何人也没有以这样的方式，至少是

---

① ［俄］列夫·舍斯托夫：《在约伯的天平上》，董友等译，生活·读书·新知三联书店1992年版，第36页。

这样有意识地肯定他的。"①

在《群魔》中，基里洛夫绝非孤立的"人神"。斯塔夫罗金与他惺惺相惜，可谓精神上的知己。首先是自杀将两人联结起来。斯塔夫罗金同基里洛夫一起详细探讨过自杀问题，基本上理解基里洛夫抱持的信念，他自己也有自杀的欲念，也是以自杀终结生命的。其次，两人在对善恶无差别的基本认知上也并无二致。在基里洛夫看来，鲜嫩绿色的"树叶"与蜘蛛都是好的，当人意识到自己是善的时候就不会做出恶事；为了说明自己的看法，他还特意提到强奸小女孩的事情，而这正是斯塔夫罗金曾经犯下的罪行。相较而言，斯塔夫罗金有更为深重的罪孽感。最后，人神的概念是在两人的谈话中提出来的，基里洛夫这一思想的形成与斯塔夫罗金有关，他提醒斯塔夫罗金"回忆一下您在我的生活中曾经具有的意义"（11卷：296），这暴露出两人在思想上的亲缘关系。基里洛夫是斯塔夫罗金的创造物。作为精神导师的斯塔夫罗金引导和削弱了基里洛夫的上帝意识。正是在这个意义上，沙托夫当面指责斯塔夫罗金毒害了基里洛夫这个"不幸的人""狂人"。

在陀思妥耶夫斯基的其他小说中，《地下室手记》的主人公"地下室人"身上已经有了人神的影子。为了破解其人性之谜，先前的研究者送给他无数称号，从多余人、边缘人、局外人到西绪福斯式的反理性主义英雄等，不一而足——这些称号都道出了"地下室人"某一方面的生存实质。为了揭示其真实面目，乔治·斯坦纳在《托尔斯泰或陀思妥耶夫斯基》一书中不只分析了他的性格与行为中显现出来的和隐秘不宣的诸多特征，更将"地下室人"作为谱系上溯至首先背叛上帝要求实现自我意志的始祖亚当，下延迄卡夫卡笔下由人变成虫的

---

① ［俄］梅列日科夫斯基：《托尔斯泰与陀思妥耶夫斯基》卷二，杨德友译，华夏出版社2009年版，第386页。

格里高尔，把桑丘·潘沙、莱波雷洛、拉摩的侄儿等角色都归入这一宏阔的视域。这一研究不乏启发意义，让人明白每一个体身上都普遍存在永远无法完全洞悉和穷尽的黑暗的地下部分。问题在于，"地下室人"固然有其历史与文化隐喻指向，但他首先是陀思妥耶夫斯基最具独创性的角色之一，若非从陀氏小说一贯的思想立场出发就难以确切地定位这一形象。

"地下室人"脱胎于封闭的蒸馏瓶式的空间而非大自然，唯有强烈的意识而没有自然的、"直来直去"的行动能力，常受屈辱，心头聚满仇恨，布满报复的烈焰，却又因过度发达的意识否定了复仇的正义性。因此，当行动的时候，这只"不幸的耗子"（这无疑是作家本人对"地下室人"极贴切的比喻）只会被新的疑虑和躁动不安包围和击倒，在众人的嘲笑声中仓皇窜回"洞穴"。于是，在羞愧和愤恨中，他又会常年如一日地咀嚼蒙受的所有屈辱和伤害，幻想新的报复，但马上又否定它，直至在"可憎的半绝望和半信仰之中"痛苦地死去。他自称是"无辜的罪人"，自认为比周围的人聪明，更善于思考，因此陷于心胸豁达和宽恕的强烈意愿和幻想，结果是既不能真正做到宽恕别人，又不可能主动地、有力地报复他人。在自我隔绝中，他的幽暗意识和仇恨情绪持续发酵。自然，他不无哲学灵感，甚至与莎剧中的哈姆雷特形象相比更配得上哲人的称号，但他完全选择了对世界的逃避，内心激烈的争斗甚至使他无力像哈姆雷特那样勇敢地刺出最后一剑。这位"地下室人"也比拉斯柯尔尼科夫更软弱，比伊万更绝望：拉斯柯尔尼科夫尚能举起斧头；伊万的绝望来自人间痛苦与上帝之爱的矛盾，他那里还有来自阿廖沙的光照；而"地下室人"则穴居在黑黢黢的自我世界中，独自品尝与世界隔绝和敌对的苦味——"我是孤身一人，而他们却是全体。"（6卷：212）当然，这位"地下室人"身上也流淌着同拉斯柯尔尼科夫和伊万一样的血液。在幻想中，他"超越"了所有人，正如拉斯柯尔尼科夫认为自己可以跨过所有人的躯体成为拿破仑式的英雄一样，他也自认为"战胜了所有的人；所有的人，当然都已化作灰烬，都不得不心甘情愿地承认我所有的美德，而我也原谅了他们所有的人"（6卷：225）。"地下室人"是幻想世界里的"超人"，是敢于拿起斧头站立在大地上的"超人"的雏形，是人神思想的酝酿者。

之后，站在"善恶的彼岸"的"超人"拉斯柯尔尼科夫已是基里洛夫较为成型和完备的形态，试图在道德上达到"无善无恶"状态的斯塔夫罗金是其面影的侧显，韦尔西罗夫是其同路人，伊万是其思想继承人。自"地下室人"起始的人神，个个都走在绝对个人主义的道路上。

（二）人神的另一副面孔——从希加廖夫到"宗教大法官"

与极端个人主义、无神论者和反基督者相通的是偏好"安排"人类共同道路和共同生活的希加廖夫、宗教大法官们——另一类人神思想的代表者。他们相信，精神高贵的少数人手中掌握着人性软弱、卑贱的庸众幸福和生存的权利；为了达到整体上的和谐，必须消灭或以谎言来统治作为材料和工具的多数人。对人类共同幸福和简单的普遍性的追求取代上帝成为至高的原则，这与索洛维约夫的看法一致：人—神"即接受了神性的人……人—神必须是集体的和普遍的，即是全人类，或普世教会……人神是普遍的"①。无论普遍幸福的许诺多么美好和蛊惑人心，就其本质而言，仍是将人的原则凌驾于神的原则之上。

---

① ［俄］索洛维约夫：《神人类讲座》，张百春译，华夏出版社1999年版，第177页。

第一章 "黑暗蒙在心头"：罪的普遍性

人神思想群体生活道路和秩序的拥护者们其实信从的是他们自身的绝对力量。在宗教大法官看来，人任性、乖张、浅薄，根本无力承担自由的重负，人只能追随奇迹、权威和神秘；因此，对人的统治或者说社会群体秩序的建立只能依赖面包的旗帜、强权和暴力。他心中人的形象已降格为只有生存本能和欲望的兽类。同样，希加廖夫提出的建立完美社会的计划是可怕的，"其原因不是在于它破坏公民权利，而是在于它把人变为心满意足的畜牲，通过填满人的肠胃来窒息人的灵魂"①。希加廖夫和拉斯柯尔尼科夫看到了人与人之间的自然差别，这本无可厚非，但人的社会地位的不同、财富掌握多少甚至在历史上所起作用的大小并不能成为人是否应具有生存权的前提。这并非"天赋人权"所能涵纳的简单道理，而是事关人的上帝形象、神对世人的爱。在东正教神学家韦尔看来，"正教的宗教思想最为强调人具有上帝的形象……因为他或她是上帝的形象，人类的所有成员，即使是罪孽深重的，在上帝看来都是极其珍贵的"②。而在陀氏笔下，人身上的上帝形象永远不能抹杀殆尽，人的生命的神圣意义和维度显现在每一个体身上，费奥多尔·卡拉马佐夫就是例证。在"宗教大法官"一段基督重临人间的描写中，基督再次眷顾了病弱的人、穷困的人和孩子，这与《圣经》中基督在人间的救赎行动形成了呼应——陀思妥耶夫斯基相信，基督永不放弃对每一个人的爱。

人神思想的个人主义道路和群体主义道路是相通的，后者是前者的自然延伸。其思想实质终究也是一致的，都是反基督、敌基督

---

① [美]乔治·斯坦纳：《托尔斯泰或陀思妥耶夫斯基》，严忠志译，浙江大学出版社2011年版，第262页。
② [英]韦尔：《东正教会导论》，田原译，（香港）汉语基督教文化研究所2013年版，第222—223页。

之路。《圣经》中已经出现了人神之路和神人之路的对立，亚当的堕落中包含着人而神的僭越，基督道成肉身的奥秘昭示着神人复和的可能。陀氏将人神思想发挥到了极致。人被部分地赋予上帝的神性，拥有选择和决断面向或悖逆上帝的自由。但上帝已确立其先在和不受限制的地位，神人基督是上帝的恩典和启示同人之间唯一的通道。人神之路不承认这条通道，视有限的自我为绝对的上帝，或将上帝的在与不在纳入自我意识，自然也就杀死了上帝。神人之路要求人们自由地信从，勇敢地追随，在爱与宽恕的行动中"效法基督"，从而将人提升于神的荣耀之中；人神之路只相信自由意志的力量，只肯定自我行动的有效性。神人之路给爱和牺牲注入神圣性和可能性，人神之路戏仿性的爱和牺牲显示的是人狂妄的野心，导致神性之爱遭受践踏，死亡称胜为王。当基里洛夫明确表示"我的神明的特性是自由意志"（12卷：764）的时候，他所信赖的已不是为了救赎世人而将自己送上十字架上的那位神人基督，而是绝对的自我。尽管其"牺牲"出自神圣的动机，结果却成为对基督牺牲行为的滑稽戏仿。

以另一副面孔出现的人神希加廖夫、宗教大法官们走上的也是一条悲剧之路。正如伊万诺夫所言，"关于人神的幻想，关于超人的幻想，是在真正的宗教绝望的眼泪里产生的，这时另外的伟大幻想消失了，人靠其全部意识彻底了解到自己在以前道路上的理性探索是徒劳的。人与上帝分离，无法获得上帝，于是在无限怨恨的激情里，他便沉浸在可怕的幻想中"①。宗教大法官貌似强硬，威胁要处死基督，但他也曾经为了追寻上帝而受苦受难，也曾由于无法确立上帝的道路而

---

① ［俄］A. L. 沃伦斯基：《人神与神人》，张百春译，《俄罗斯文艺》2009年第2期。

深深地忧郁不安，也曾为上帝流下"真正的宗教绝望的眼泪"。可以说，陀氏揭示了人神形象身上善与恶及其可能达到的极限。从拉斯柯尔尼科夫、斯塔夫罗金、希加廖夫、基里洛夫、韦尔西罗夫到宗教大法官的人生都像伊万的整个故事那样"仿佛就是神人与人神的斗争以及神人胜利的历史"①。陀思妥耶夫斯基正面肯定的神人之路是在人神的血泪中显示出来的。

（三）人神思想的背景与现实映像

18 世纪以来启蒙语境下人的自我意识的绝对化构成了人神思想的背景。其中最为直接的是启蒙思想对理性人的造就。史蒂文·卡斯德（Steven Cassedy）在《陀思妥耶夫斯基的宗教》（*Dostoevsky's Religion*）一书的第二章集中探讨了陀思妥耶夫斯基宗教信念的思想背景。在他看来，基里洛夫、沙托夫、斯塔夫罗金和斯捷潘·韦尔霍文斯基"四人的世界观尽管表面上显得不同，但有两个共同特征：都明确或暗自否认或未能相信上帝（至少是一个上帝）的存在；都根本上深植于人和现世"②。就西方资源来讲，基里洛夫等人的思想背景既与康德试图在理性基础上建立道德宗教的目标有关，也与为了抵制康德而将宗教理解为直觉和感觉，认为"上帝显然仅仅是人的精神而已，人是上帝的原型"的施莱尔马赫有关。陀氏与"比任何人更应该为将宗教经验缩减为人的意识现象负责"的黑格尔、试图"寻找历史上真实的耶稣"的施特劳斯、视上帝意识为人的自我意识的费尔巴哈以及《唯一者及其所有物》的作者麦克斯·施蒂纳和为耶稣作传的法国作家勒南等西欧知识分子的精神相遇，也在人神思想中留下了印迹。因史蒂

---

① [俄] A. L. 沃伦斯基：《人神与神人》，张百春译，《俄罗斯文艺》2009 年第 2 期。
② Steven Cassedy, *Dostoevsky's Religion*, Stanford：Stanford University Press, 2005, p. 30.

文·卡斯德对此已有详细论述,这里不予赘述。

如前文所述,陀思妥耶夫斯基清晰地揭示出人神思想的根底——极端地反基督("神人"),弃绝上帝,有时还表现为披戴基督的外衣,以善的面目来实现"崇高"的目标;在杀死上帝后人僭取了上帝的地位,人成为上帝而"为所欲为",人类试图单靠自身的力量建立集体秩序;人神相信他们将站立在大地上拯救人类,相信他们代表着人类的未来和希望。陀氏小说也揭示出人神的共同道路是悲剧性地走向疯狂、毁灭和死亡,其命运体现了现代人在失去神的庇护后生命匮乏和破碎、灵魂"无家可归"的状态。那么,人神思想将会结出什么样的果实呢?陀氏深刻描绘和预言了人神思想在现实中已经出现或可能出现的映像——个体人的"虫化"、虚假革命的乌托邦、纳粹式暴政和极权政治。

对人的变形的描写在文学史上源远流长。古罗马时代阿普列乌斯的《金驴记》是出现较早且产生较大影响的一部作品。它描写了主人公误饮魔药变身为驴后的神奇经历,可视作美妙的寓言。而陀氏小说展示的是人神在精神异化后承受的痛苦:人神在弃绝上帝的时候也就损毁了人身上的上帝形象,而人的整全的形象遭到破坏之后就降格为兽的形象。人的虫化、兽化既与外来的各种压力有关,亦植根于人自身深处的原始罪性。如果说法国作家左拉的小说出色地表现了工业时代对人的压抑和人的异化,那么陀氏是表现人的原始罪性对人的异化的大师。面对人的原始罪性,如果没有对美与善的信仰来防护和遮掩,那么毒蜘蛛就会四处横行。它既出现在斯维德里盖洛夫的呓语中,又在伊波利特的梦境中爬行——陀氏极为形象地表现了人对毒蜘蛛的恐惧。乔治·斯坦纳认为,"陀思妥耶夫斯基以持续的方式利用这类意象,从而达到对人进行'非人化'和去人性化处理"①。进一步来讲，陀思妥耶夫斯基似乎已经痛苦地意识到了一个未言自明的事实——神人的时代已经成为历史，现代人自身已经堕落为半人半虫的怪兽。

变形和异化也是卡夫卡小说的核心主题，他从陀思妥耶夫斯基那里得到了许多灵感。当然，卡夫卡描写的变形与陀氏并不完全相同，他表达的是人的异化感、孤独感和荒诞感，表现的是人神内心深处的感觉及其思想的必然结果。陀氏展现的是人面对上帝和魔鬼、神人和人神道路之间必须做出选择的痛苦，表现的是人面临的危险甚至是甜蜜的诱惑。换言之，陀思妥耶夫斯基侧重表现的是人神思想最初在人的精神世界引发的震荡不安，卡夫卡描绘的则是20世纪已经跃过思想纠结并完全失去上帝庇护的普通小职员（现代人）的现实处境。可以说，20世纪人变虫的寓言是陀氏笔下人神之命运的自然延续。

在陀思妥耶夫斯基看来，19世纪六七十年代俄国社会革命的逻辑与人神思想具有相似的内在机理。他在小说中表现了人神思想所结出的畸形的"革命"果实，《群魔》中的彼得·韦尔霍文斯基和《卡拉马佐夫兄弟》中的斯梅尔佳科夫之流是其中最恶劣的。他从当时的社会风潮中看到的是人神企图重新洗牌和安排人类命运的努力与尝试，认为"俄国革命思想的真谛在于否定人格"（11卷：457）。他深感忧虑的是，为了革命乌托邦的实现，两个群体和阶层即有产者和无产者之间水火不容，阶级之间只能以对抗和相互毁灭的方式存在，"正义的激情"将引发人自视为义和在正义口实下"为所欲为"的冲动，而仇恨的火焰将扭曲人身上的上帝形象。陀氏之所以对法国历史上发生的无数次革命和预感到将要发生的俄国革命抱有怀疑就在于

---

① ［美］乔治·斯坦纳：《托尔斯泰或陀思妥耶夫斯基》，严忠志译，浙江大学出版社2011年版，第200页。

此。他是站在维护爱与和解之道的立场看待革命的,他担心它将煽动仇视,释放出人最为阴险、最为黑暗和原始的恶,自认为革命的结局必然是以玛利亚的理想始,以所多玛的罪恶终,而这或多或少与人神思想具有某种关联。作为彼特拉舍夫斯基小组这个带有革命性质团体的成员之一,经过了苦役和流放生涯的磨砺,陀思妥耶夫斯基在表现数十年间俄国历史上风起云涌的革命浪潮及其思想背景时,对于人神思想及其虚假的革命乌托邦保持着高度警惕,并对人类的历史和未来提出富有终结性和预言性的创见。

陀思妥耶夫斯基也预见到人神思想的另一可能性:极端地"追求"共同生活道路,为了整体的秩序与和谐而不惜使用任何手段,结果只能带来极端的专制、极端的不自由;将一部分人作为材料和工具必然导致整体上的腐朽、败坏和对所有人生命权利的损害。从纳粹暴政以及其他极权政治那里,都能发现人神思想可能结出的这种恶果。诚如乔治·斯坦纳所言,宗教大法官的传说"确实以不可思议的预感,提前揭示了20世纪出现的极权主义统治的种种倒行逆施:对人实施思想控制;精英统治阶层掌控着湮灭人性的救赎力量……让个人生活完全服从公众生活"①。在希特勒以及任何极权政治代言人身上都能看到宗教大法官的影子,历史的现实镜像让人们清醒地意识到人类社会可以堕落的极限。这充分显示出陀思妥耶夫斯基敏锐的睿智先见。

三 有罪的"圣人"

在陀思妥耶夫斯基的小说中,尽管吉洪、佐西玛长老、马卡尔等圣徒和梅什金、阿廖沙这类准圣徒都以"接受了人的本性的上

---

① [美]乔治·斯坦纳:《托尔斯泰或陀思妥耶夫斯基》,严忠志译,浙江大学出版社2011年版,第304页。

帝"① 即神人的原则来生活，但罪性也在其人生的某一阶段或某一心理瞬间显现出来。譬如，佐西玛长老在年少时曾"近乎野蛮、残暴，甚至蛮不讲理"（15卷：469），虐待仆人、嫉妒、骄傲。阿廖沙在打定主意去找格鲁申卡的时候，心里怀着堕落和放纵的狂想——虽然信仰的一时坍塌给他的心灵造成了巨大创伤可以理解，但如果严格按照耶稣基督的训诲，"凡看见妇女就动淫念的，这人心里已经与她犯奸淫了"（太5：28），那么阿廖沙已经是陷于罪中并被罪捆绑了。

《白痴》的主人公梅什金公爵身上的罪性特征最为鲜明。这一人物本来是作家要建构的基督化的形象：在作家的构思中，梅什金公爵被称为"基督公爵"，作家要借这一形象"塑造一个十分美好的人"（21卷：521—522），一个以完全的"无辜"为特征的"大写的人"。但作家只是部分地实现了最初的意图。在小说的第一部，梅什金公爵开诚布公、平等地对待每一个人，很快赢得了他们的爱。在加尼亚打他耳光时，他没有还手，正如基督教导的那样："有人打你的右脸，连左脸也转过来由他打。"（太5：39）他唤醒了纳斯塔西娅的羞耻感。在命名日晚宴上，虽然两人仅仅相识一天，但他深切的怜悯和完全宽恕的爱使纳斯塔西娅断然把自己的命运交给她心中这个"真正的人"来决定。他也得到了罗戈任的信任、友谊和尊重。但从小说第二部开始，他不再能够完全坦然面对罗戈任，心中疑神疑鬼，总不能打消自己关于罗戈任要杀人的想法："难道能肯定罗戈任要杀人吗……我这样公然无耻地胡乱推测，岂不形同犯罪，岂不是卑鄙无耻吗？"（9卷：314）在自我谴责和对自己做出要"光明磊落"的表示后，他开始相信罗戈任身上的"同情心"，但很快他又"相信自己心中的魔

---

① ［俄］索洛维约夫：《神人类讲座》，张百春译，华夏出版社1999年版，第177页。

鬼了"。这个魔鬼就是，他一定要确证他的预感，即罗戈任是否在跟踪他，是否想要谋杀他，他"从夏园出来，唯一的目的就是要看到那双眼睛"（9卷：317）。他本来已向罗戈任许诺"不再见她"，但他还是向纳斯塔西娅住的房子走去，只因为"这种卑鄙的预感"已经牢牢地控制了他。虽然他想立刻跑到罗戈任那里拥抱罗戈任，解释和了结一切，但他无法摆脱心中的魔鬼。梅什金对罗戈任的怀疑，是导致罗戈任走向绝望的部分原因。在纳斯塔西娅被杀的悲剧发生后，梅什金深悔不已："他突然明白了，在此时此刻以及很久以前，他说的一切都不是他该说的，他做的一切都不是他该做的。"（10卷：823）在一定程度上可以说，罗戈任就是梅什金公爵的黑暗一面："梅思金（即梅什金——笔者注）与罗果金（即罗戈任——笔者注）的关系是明确的。罗果金就是梅思金的原罪。"①

梅什金对纳斯塔西娅和阿格拉娅的感情比通常人们所理解的要复杂得多。对于纳斯塔西娅，他并不是坚定的同情和救赎者，他时常在爱、恨和恐惧等多重情感与情绪之间纠结。在发现无力介入纳斯塔西娅的生活后，他甚至开始躲避她；而在预感到纳斯塔西娅可能影响到他与阿格拉娅结婚时，他心中又生发出愤恨的情绪："又是'这个女人'！为什么他总是觉得，这个女人恰好会在最后时刻出现并像扯断一根烂线似的毁灭他的前途？……他怕的是纳斯塔西娅·菲利波芙娜这个人。"（10卷：762—763）乔治·斯坦纳指出，"梅思金（即梅什金——笔者注）的'罪行'是对爱抱有太多激情，这是因为，即使存在盲目的爱（见《李尔王》），也存在盲目的怜悯。公爵同时爱上了阿戈拉亚（即阿格拉娅——笔者注）和纳斯塔夏（即纳斯塔西娅——

---

① ［美］乔治·斯坦纳：《托尔斯泰或陀思妥耶夫斯基》，严忠志译，浙江大学出版社2011年版，第133页。

笔者注），然而他无法在情感上左右这两个人"①。梅什金公爵对纳斯塔西娅的复杂情感引发的问题是，当怜悯以强烈的激情力量显现时，被怜悯者是否能够承受；施怜悯者是否可能会以自己的强力摧毁被怜悯者的自我意志；或者说，充满激情的怜悯是否会引发其他不良后果。当罗戈任告诉梅什金"你的怜悯可能比我的爱更强烈""从过生日那天起，她就爱上你了"（9卷：291）时，他看到了梅什金怜悯情感的高尚之处，也洞察到其中的激情因素以及结果，因此胸中充溢着怨恨之情。而当梅什金指责罗戈任爱妒忌、情欲强的时候，当他不敢再坦然面对罗戈任和纳斯塔西娅时，他是否在害怕他的拯救情怀和深切怜悯中所包含的像情欲一样的破坏力量？如果说梅什金身上怜悯的激情同堕落的激情一样都带有可怕的毁灭性，那么他对纳斯塔西娅的爱就与《圣经》中的基督之爱还有相当的距离。当梅什金曾反省到自己"什么也干不成"时，很可能是在表达他无法抵达基督怜悯之爱的挫败感和绝望。

此外，作家对吉洪和佐西玛长老之外的一些神父角色的刻画，也极力凸显其罪性特征，对某些神父履职和尽责的程度还借他人视角提出了质疑。《罪与罚》中的神父出现了两次，每次都与马尔梅拉多夫家发生的事故有关。第一位神父出场于马尔梅拉多夫被轧伤和濒死之际，叙事者把读者引向对于马尔梅拉多夫一家的同情和对社会公平的质疑，也引向一种期待——神父的到来，不仅会带来精神上的安慰，也将在物质上纾困救急。当神父出现在门口时，"过道上的人群朝两边闪开"。在忏悔仪式和领圣餐仪式的过程中，众人退到一边，"都没有跨进屋子"，在屋外挤得水泄不通。英国学者斯蕾特指出，神父此

---

① ［美］乔治·斯坦纳：《托尔斯泰或陀思妥耶夫斯基》，严忠志译，浙江大学出版社2011年版，第150页。

刻对于在场众人扮演着重要角色:"首先,他是给人带来安慰的稳固的社会结构的一部分,也是事情的既定程序的一部分……神父也要给人提供更深层次的安慰。"① 但他只是例行公事式地安慰深受丧夫之痛的卡捷琳娜,没有与她的处境产生切身关联。所以当卡捷琳娜把她衣衫褴褛、饥肠辘辘的孩子指给神父看时,他只能说出"上帝是仁慈的;您祈求上帝帮助吧"之类的陈词滥调。可以看出,"神父关于什么属于宗教领域什么又不属于的理解非常僵化,他的基督教避免卷入生活中的问题"②。当卡捷琳娜质疑上帝的"仁慈"时,神父令人可悲地回答说,以这种方式批评上帝是"罪过";他又斥责卡捷琳娜对丈夫说话过于刻薄,没有"宽恕"自己的丈夫。作家清晰地显示出两人是谁更理解宽恕的含义:"卡捷琳娜一直在病人身旁忙碌着,端水给他喝,替他擦去头上的汗珠和血迹,扶正枕头。她只是偶尔转过身跟神父说上句话。"(7卷:232)卡捷琳娜对丈夫的深情和发自内心的理解与神父情感的缺乏构成了鲜明的对比。正是在这个意义上,作家对神父的角色提出了批评。

《罪与罚》中出现的第二位神父主持了卡捷琳娜的祭祷仪式。尽管小说提到他"在祝福和告辞时,有点儿好奇地四下打量着",不太明白自己当下的处境,但他本人及他所履行的宗教义务并没有受到作家批评。相反,小说中的祭祷仪式庄严肃穆,营造出类似于"回忆中的教堂"的氛围:把屋子照得豁亮的阳光,冉冉升起的香炉里的烟,沉浸于祷告的人。这种氛围引起拉斯柯尔尼科夫对过往的回忆,让他

---

① Angela Slater, Dostoyevsky's Attitude to Institutionalized Religion, Ph. D. dissertation, Liverpool University, 1983.

② Angela Slater, Dostoyevsky's Attitude to Institutionalized Religion, Ph. D. dissertation, Liverpool University, 1983.

意识到很久没有听过祭祷声了。这一场景与第一位神父的出场反差如此巨大，说明作家虽然极力质疑官方教会代表的价值，但对崇拜体验本身的价值丝毫没有怀疑。这种反差也表明，在上帝面前，所有人都不能真正脱罪，即便履行圣职的牧者也要在真实的崇拜体验中走近上帝，进而给罪人们带来安慰。

总的来看，陀思妥耶夫斯基展示了罪在"恶人"、人神和"圣人"等人物身上的普遍存在。但作家并没有将自我置于更高的审判立场，而是将所有人物摆在上帝面前，以神性之光来洞照人身上的黑暗，使所有的罪孽无处隐藏。对陀思妥耶夫斯基来说，罪孽的本体性和普遍存在，并不必然导致对人的否弃，反而可以由此走向神性救赎。东正教神学和俄罗斯人的观念尤其强调对罪人的爱。作家也正是以无比深情的爱来展示罪人们灵魂的不幸与痛苦。诚如德国哲学家劳特所言，在陀思妥耶夫斯基这里，"上帝诅咒罪孽。但是，上帝不诅咒罪人；而且，它通过自己博大的爱始终同他们在一起。它始终准备面对他们。它把一切人，也把罪孽深重的人召唤到自己跟前来"[1]。意识到人身上的罪，是对上帝神性的回应和救赎的起点。陀思妥耶夫斯基从来没有对人失去信心和希望，他始终坚信人身上依然保有依稀可辨的上帝形象，罪人依然具有从罪恶的极处飞升到善美天堂的可能性。

第四节 "已经没有罪孽"？

悖论的是，无论是就世俗意义还是宗教意义来看，虽然陀思妥耶夫斯基小说的主人公常常陷于罪恶，他们却又声称或坚信自己没有犯

---

[1] ［德］赖因哈德·劳特：《陀思妥耶夫斯基哲学》，沈真等译，东方出版社1996年版，第370页。

罪，甚或整个世界并无罪孽。他们既能高呼着"已经没有罪孽"，勇敢地举起斧头，又会因深重的罪孽意识发出悔悟的叹息。这充分地体现了陀思妥耶夫斯基小说调性的复杂与深刻。

一 罪孽的否认者

陀氏小说中罪孽否认者的名单中，"地下室人"列在首位。他声称自己是无辜的："最最难堪的是，我是无辜的罪人，可以说是由于自然的规律而成了罪人。"（6卷：175）拉斯柯尔尼科夫也在自我意识中完全扯断了自己的行为与犯罪的联系，因而在实施犯罪的过程中超常地理智和谨慎："在他干事的整个过程里，他的理智和意志会坚强如故，镇定自若，原因就是他要干的事'不是犯罪'。"（7卷：89）拉祖米欣家的乔迁喜宴上，六个人挤在一间屋子里为"犯罪是否存在"等问题争吵不休，多数人认为犯罪是对不公正的社会制度的抗议，一旦社会结构恢复正常，罪孽就会销声匿迹。在决意要自杀的基里洛夫的新"思想"中，穷困、死亡、奸淫、谋杀都与罪孽无关，"一切都好，一切"（11卷：294）。宗教大法官相信人类将拿起面包作为旗帜来反对基督并宣称罪孽将不被人所知："这人间的魔鬼正是以这食物为名起来反对你，给你交战，并战胜你……你知道吗，再过若干世纪，人类将用他们的绝顶聪明和科学向全世界宣告：没有犯罪，因此也没有罪孽，而只有饥饿的人群。"（15卷：399—400）结果便是"几十亿不知道罪孽为何物的幸福的赤子"（15卷：413），将奉他为精神领袖，由此卸去"自由的重负"并生活于"平静而又谦卑的幸福"之中。佐西玛长老在临终遗言中，指出不是底层百姓而主要是上层人士在否认罪孽：俄罗斯的平民百姓知道自己处在罪恶之中并为之痛心疾首，但上层人士"已经不要基督了，而且他们还宣称，已经没有犯罪，因此也已经没有罪孽。不过按照他们的看法，这话也对：因为既然你已经没有了上帝，那还是什么犯罪呢……"（15卷：499—500）凡此种种，道出了陀思妥耶夫斯基面对的思想现实——人们倾向于从社会环境角度去看待个人的犯罪问题、人的罪性问题，出现了将个人的自由意志和权力凌驾于一切道德、信仰和法则之上的强人……对这一思想现实的思考如丝线般缠绕在陀思妥耶夫斯基的重要创作中。

那么，面对充满罪行的活生生的历史和现实，面对人的内在罪性，陀氏笔下的这些人物何以能够如此"超然"？他们判定自己无罪的依据何在？"已经没有罪孽"的认识论根源何在？

二 "已经没有罪孽"说的思想根源

陀思妥耶夫斯基小说中那些"脸色苍白的罪犯"，以及其他人物的行动与命运，往往是由其热烈拥抱、深信不疑或舍身验之的思想决定的。而这些思想几乎不是舶来品就是多少有点夹生的个人"试验品"，但这并不影响它们在当时的俄罗斯风行一时。"已经没有罪孽"的种种说辞，也并非本土的产物，而是西方利己主义、功利主义等哲学思想传入俄国引发的回声。

在拉斯柯尔尼科夫的"超人"学说中，"不平凡的人"被赋予了杀人犯罪的权力，但他们并不视其为罪孽行为，这源于施蒂纳的《唯一者及其所有物》中宣扬的利己主义思想。尤·谢列兹聂夫、多米尼克·阿尔邦和史蒂文·卡斯德提供了诸多显示作家了解或阅读过该著作的证据。尤·谢列兹聂夫谈道："施蒂纳的《唯一者及其所有物》曾经风靡一时（别林斯基没有少谈这本书，彼得拉舍夫斯基小组的成员围绕它也开展过不少辩论）。"[①] 由此不难想象，陀思妥耶夫斯基至

---

① ［苏］尤·谢列兹涅夫：《陀思妥耶夫斯基传》，徐昌翰译，人民文学出版社2011年版，第197页。

少参与或听到了关于施蒂纳的一些议论。阿尔邦则直接从作品中寻找线索:"在施蒂纳的著作中,我发现了《罪与罚》的明显痕迹,还有拉斯柯尔尼科夫的思想,甚至语言……拉斯柯尔尼科夫是施蒂纳思想的直接继承者。"① 他提到了一个有趣的细节,即拉斯柯尔尼科夫曾经"写过一篇书评"并与波尔菲里展开了关于犯罪的讨论,以及暗示说引起拉斯柯尔尼科夫的兴趣并写下评论的正是施蒂纳的这本《唯一者及其所有物》。史蒂文·卡斯德则将《群魔》中一些人物的上帝观念溯源至施蒂纳、黑格尔、费尔巴哈等人。总之,虽然陀氏小说中并未出现施蒂纳的名字,但这位宣扬利己主义思想的哲学家对作家的影响可以说是毋庸置疑的。

  施蒂纳的利己主义思想相当复杂,在历史上也产生了深远的影响。其核心观念是,个人作为利己主义者,有权越过宗教、道德、法律以及国家和民族等各种"共同体";个人唯可信靠的原则是自我的权力,并依此实现各种权利。在施蒂纳看来,犯罪与"固定观念"有关,罪孽由于自我权利的维护者与作为类的"人"的概念和社会整体之间的冲突而产生:"我却由于自己力量的完整性而与自己给与自己权利或从我自己处取来权利,并且对于任何优势的力量来说,我都是一个最不思悔改的罪犯。"② 也就是说,罪来自一个异己力量的裁决,它不在自我的属性之内,反而是自我的压制者。施蒂纳又指出,个人的真正本质和意义是成为"利己主义者""唯一者",这就需要个人不再相信任何关于罪孽的学说,更不能被它束缚手脚。"如果说宗教

---

① [法] 多米尼克·阿尔邦:《陀思妥耶夫斯基》,解薇、刘成富译,上海人民出版社2009年版,第136—138页。
② [德] 麦克斯·施蒂纳:《唯一者及其所有物》,金海民译,商务印书馆1989年版,第221页。

提出了我们全都是罪人这样的命题，那么我就与之相对提出另一个命题：我们全都是完善而从无更多的需要的。（因为我们在任何时候都是我们能够成为的一切。）因为我们不沾染任何缺点，故而罪孽就没有任何意义……我们全都是完善的，在世界上没有一个人是罪人……不存在什么罪人和有罪的利己主义。"① 拉斯柯尔尼科夫也是同样的腔调和声音——拉斯柯尔尼科夫曾经认为，真正的强者、拿破仑式的人物可以跨过血泊，他们非但不被视为有罪反而被历史尊为英雄，他要检验一下本人是否也能居于道德良心和法律之上。而佐西玛长老的言论可以视为对施蒂纳观点的抗议，他关于"否认罪孽者"与上帝敌对关系的见解是睿智的，极端"利己主义者"否弃罪孽的同时也必然否弃上帝。

在俄罗斯风行一时的来自边沁的功利主义思潮，也在否认罪孽的相关说辞中留有痕迹。② 边沁设想了人趋乐避苦的本能，由此提出对于个体与社会都适用的要实现"最大多数人的最大幸福"的目标。车尔尼雪夫斯基、皮萨列夫等人深受此说影响，陀思妥耶夫斯基则不以为然。他并不同意人有"避苦求乐"的本性，同时也担心功利主义思想落入以追求普遍幸福的名义而丢弃道德善恶标准的窠臼。因此，陀思妥耶夫斯基在多处批评和讽刺了车尔尼雪夫斯基的"合理利己主义"论、"一双靴子要胜过普希金"的文艺社会功用论和皮萨列夫的"有益"论。《罪与罚》中的列别贾特尼科夫公然喧嚷道："一切对人类有益的，就是高尚的；我只懂得一个词，有益！"（8 卷：470—

---

① [德] 麦克斯·施蒂纳：《唯一者及其所有物》，金海民译，商务印书馆 1989 年版，第 400—401 页。
② 据《费·陀思妥耶夫斯基全集》第 7 卷中文译者，"陀思妥耶夫斯基年轻时接触过边沁的著作，在他于 1844 年 9 月 19 日致 П. А. 卡列平的信中曾谈到边沁"（参见陈燊主编《费·陀思妥耶夫斯基全集·第 7 卷》，河北教育出版社 2001 年版，第 186 页）。

471）触动拉斯柯尔尼科夫紧绷神经的是一位大学生关于如何实现社会利益最大化的言辞，正是这次偶然的聆听拨动了他的心弦并促使他为了"共同的事业"而采取行动。

  用老太婆那些注定要葬送在修道院里的钱，可以兴办和办好成百上千桩好事和创举！可以使成百的人，也许可以使成千的人走上光明大道；可以使数十户人家免于贫穷、破产、毁灭和堕落，免于进花柳病医院；只要拿到她的钱，这一切都可以办到。杀死她，把她的钱拿来，有了这些钱，以后就可以献身于全人类和公众事业：你以为怎样，成千上万件好事还不足以弥补一件微不足道的罪行吗？用一条人命，可以换取成百上千人的生命，使之免于沉沦和堕落。一个人的死可以换来一百个人的生——这笔账是最简单不过的！（7卷：83）

陀思妥耶夫斯基在此深刻地暗示了功利主义者为了建立人类整体"和谐"、普遍秩序和"共同幸福"可能付出的代价——面对"全人类和公众事业"，一个人的牺牲何足挂齿，因为"一切都计算过了"，唯一重要的就是确保能够精确无误地实现最大利益；于是，杀人的罪孽被轻轻地抹去，正如拭去一粒微尘。且看拉斯柯尔尼科夫在杀人之后的辩词："我只有一次生命，永远不会再有第二次，因此我不愿坐等着'共同的幸福'降临……我只是不愿意捏着自己口袋里的一个卢布，看着母亲挨饿而不管，而去等待'共同的幸福'。说什么'我为共同的幸福添一块砖，所以我感到心安理得'。哈哈，可你们为什么把我给漏了呢？"（7卷：346）在拉斯柯尔尼科夫看来，"共同的幸福"虽是不可企及的梦想，但"我"有权拿它作为旗帜，像拿破仑那样跨过一切界限和原则"为所欲为"，因为自我利益的实现也意味着为"整体的幸福"添砖加瓦。手段是次要的，罪孽更是无谓的，这便是拉斯柯尔尼科夫的逻辑。伊波利特洞察到这一逻辑惊人的恐怖并发出了抗议："这里只不过需要我的微不足道的生命、一个原子的生命来从整体上给某种普遍的和谐锦上添花，来增添和减少点什么，来形成某种反差……"（10卷：559）宗教大法官则许诺了这一逻辑所导向的"幸福"幻象："在我们这里所有的人都将是幸福的。"（15卷：410）总之，在陀思妥耶夫斯基看来，虽然在追求普遍幸福的潮流中偶尔也会出现目的纯粹、行为高尚的人士，但由于否认了罪孽的存在即取消了道德上的善恶之别，"崇高"的人生目标难免会堕落为不惜采用任何手段、不对任何结果负责的自私自利的行为和态度。

在陀思妥耶夫斯基的小说中，罪充斥于各个角落，充塞于每个灵魂，或长久或瞬间主导着人的生命，甚或使人陷入万劫不复的境地。但同时，在作品中某些角色高声宣告"已经没有罪孽"，人可以"为所欲为"。这再次显现了陀思妥耶夫斯基小说独特的复调性特征——每一种思想、每一个声音都面临着质询和抗辩，真理之光是在云雾的罅隙中微微泄露出来而非朗朗普照大地。因此，只有从陀思妥耶夫斯基的整体世界观入手来考察他关于罪的根源、恶果以及赎罪之可能性等问题的理解，将罪的问题与自由、苦难和救赎等命题系于一端加以探讨，才能洞察陀思妥耶夫斯基人学世界观的全貌，聆听到复调乐章背后最震撼人心的主旋律。

第二章　原初的自由：罪之根源

陀思妥耶夫斯基对罪之根源的探究非常深入。他否定形形色色的环境说，反对简单地将罪归结为环境、制度、贫穷导致的结果。在《作家日记》中，他直接指出"环境论"的危害："环境论将人的一切过犯归咎于环境，使人完全解脱个人应负的道德责任和义务，不再独立思考，陷入极度的奴役中，最终完全丧失自我。"[①] 在《〈安娜·卡列尼娜〉是具有特殊意义的事实》一文中，他鞭辟入里地分析道，罪恶源于人的心灵本身，任何一种社会制度都不能使人摆脱恶；只有最高主宰知晓世界的全部秘密和人的最终命运，每一个体走向精神完善，整个人类才有出路。在他看来，西欧世界提供的两种解决犯罪与罪行的办法——法律和激进革命，都不能将人类从罪责和犯罪行为中解救出来，因为它们对于罪之根源的设定都存在偏颇。

陀思妥耶夫斯基通过考察人的自由来探究罪的根源，他的小说中关于罪的所有问题，都与自由这一命题相关。他把罪的根源溯至人原初的自由，归结为人对自由的滥用和对上帝的背弃。别尔嘉耶夫指

[①] 转引自张变革《从孩童的世界到世界的孩童——陀思妥耶夫斯基后期创作中的孩童问题》，《外国文学研究》2009年第4期。

出，"自由是陀思妥耶夫斯基所有创作的核心、自由是理解他的世界观的钥匙……陀思妥耶夫斯基深入考察了各种途径，各种减轻人类自由重负的途径，各种塑造没有精神自由之人的途径。陀思妥耶夫斯基具有真正天才的关于自由的思想"①。廓清陀思妥耶夫斯基对自由的理解就可以进入其整体世界观的中心地带，从而把握作家对人性和人的命运的基本看法。而"自由"一词有如此众多的定义和争论，以至以赛亚·伯林称其为"一个同幸福与善、自然与实在一样……意义漏洞百出以至于没有任何解释能够站得住脚的词"②。伯林区分了两种较为核心的自由观念："消极自由"与"积极自由"——前者是一种"免于……"的自由，即"不受别人阻止地做出选择的自由"；后者是"去做……"的自由，即"成为某人自己的主人的自由"。③ 不过似乎很难借用以赛亚·伯林备受争议的概念区分来界定陀思妥耶夫斯基的自由观。因为，陀思妥耶夫斯基虽然也常表现非理性的自由（有些类似于伯林所说的"消极自由"），但作家始终是在人神关系的总体框架内来演绎作为整体的人在自由中的命运。陀思妥耶夫斯基呈现出的是基督教的自由观，他使小说中的人物置身于类似亚当堕落前所处的那种原初的自由中，从而洞察了人的罪性的秘密、罪恶和苦难的根源。同时，他也将神人的自由带到主人公那里，表明了救赎的方向和可能。

第一节　罪与人的自由

陀思妥耶夫斯基不只看到在自由之中包含人的全部尊严，而且窥

---

① ［俄］尼古拉·别尔嘉耶夫：《陀思妥耶夫斯基的世界观》，耿海英译，广西师范大学出版社2008年版，第39页。
② ［英］以赛亚·伯林：《自由论》，胡传胜译，译林出版社2003年版，第189页。
③ ［英］以赛亚·伯林：《自由论》，胡传胜译，译林出版社2003年版，第200页。

见了自由中藏裹着人性的秘密，于是将人引至原初的自由那里，用绝对的自由，终极的自由来探究人性，察看人心。他笔下的主人公似乎不为任何其他目的存在，唯一所做的事情就是检视自由的极限。作家以此来探求在自由中人的处境和命运，并坚决为人的精神自由进行辩护。

一 个体生命和精神自由的绝对价值

陀思妥耶夫斯基在世界面前为人辩护，甚至在恶面前为人执言，因为他肯定个体生命的绝对价值，他从人的身上看到了自由。人通向自由的道路是悲剧的道路，人会受到恶的诱惑，制造混乱和苦难，但不能因此而否弃个体生命的存在或者取消人身上的自由。这就是陀思妥耶夫斯基关于自由与人的生命存在关系最基本的理解。

陀思妥耶夫斯基始终守护着人身上的上帝形象，坚持人的生命的神圣来源，并在这个意义上反对任何剥夺个体生命和精神自由的行为。费奥多尔·卡拉马佐夫是阿廖沙的肉身之父，同时也跟阿廖沙一样是上帝的孩子，在忧心上帝的惩罚。在《群魔》中的一位普通军官"老粗大尉"说道："如果没有了上帝，那么我还算什么大尉呢？"（11卷：281）伊万的长诗《宗教大法官》既是对信仰的指控，同时也是"对耶稣的赞颂"。在作家笔下，在普通人的心灵世界中，在上帝的悖逆者、冒犯者、亵渎者和道德败坏者那里仍然有对上帝的意识，他们有意无意地将自己的意念、行为同其生命的神圣来源联结为一体。即便是人在自由中败坏了自己的生命，有辱人身上的上帝形象，成了上帝的"坏孩子"，陀思妥耶夫斯基仍坚决维护生命和精神自由的神圣性，认为人的价值就来源于神圣的自由。

在陀思妥耶夫斯基那里，自由首先意味着个体生命存在的绝对性，意味着对这种绝对性的尊重。自由就是人的生命本身，失去了对生命的尊重，窒息和扼杀人的生命也就取消了人的自由。他的小说出色地展示了人生命的微贱，人堕落的可怕以及"人身上的上帝形象"可以被玷污到怎样肮脏的地步。谋杀、奸淫、仇恨、嫉妒、骄傲、贪婪等诸般罪恶充斥人间，孩子们从生活的地狱中发出惨叫和哀哭。此情此景让伊万不再接受上帝的世界而"离经叛道"。阿廖沙在听到八岁的孩子如何被将军放狗撕成碎片的事情时忍不住发出"正义"的呼声："枪毙！"同时"脸上现出一丝苍白的凄苦的笑"（15卷：380）。人的罪孽如此深重，使得阿廖沙只能对宽恕的"无能为力"发出"凄苦的笑"，一时失去对基督之爱的信心转而同意用暴力来消除恶。然而，陀思妥耶夫斯基始终坚持，任何人都没有权利以任何名义来消灭个体的生命及其自由，哪怕是以善的名义，以整体和谐的名义也绝不允许。即便被视为"虱子"（《罪与罚》中被拉斯柯尔尼科夫杀死的放高利贷的老太婆）、"毒蛇"（《卡拉马佐夫兄弟》中的费奥多尔·卡拉马佐夫）、"小丑"（《白痴》中的列别杰夫），即使被所有人唾弃，生命亦有其生存的权利。作家甚至借梅什金之口表达了这样一种观点，即哪怕是一个人杀了人，也不能出于惩罚目的而剥夺他的生命："因为一个人杀人而处死他，是比犯罪本身大得无可比拟的一种惩罚。根据判决杀人，这比强盗杀人可怕得多，无可比拟地可怕。"（9卷：29）这种惩罚之所以可怕，就在于死刑判决使人完全失去了生的希望；这里包含陀思妥耶夫斯基自身的生命体验。在小说中，陀氏对所有戕害生命的行为一概加以谴责：拉斯柯尔尼科夫试图跨过血泊，最终疏离了世界和自我，证明他自己也是一只微不足道的"虱子"；意念中杀了人的斯塔夫罗金在痛苦中杀死了自己；精神上弑父的伊万发了疯。作家以此证明，人无权手沾别人的鲜血，毁灭他人生命的自由必然带来自我生命的毁灭。

大大小小的"宗教大法官"们所有以善的名义来计划、算计群体生活的尝试，是对人及其自由的另外一种侵犯方式。他们未必消灭人的肉体生命，然而由于剥夺人的精神自由，事实上将人降格为畜群和动物。希加廖夫的理论之所以可怕，就在于它包含摧毁人的精神生命的倾向："他建议，把人类分成不相等的两个部分，作为问题的最终解决办法。十分之一的人享有个人自由和支配其余十分之九的人的无限权力。这十分之九的人应当丧失他们的个性，变成类似牲畜的群体，在无限服从的条件下，经过一系列的彻底转变，达到原始人的纯朴，类似最初的伊甸园……使十分之九的人丧失自由意志，转变为一群牲畜。"（11卷：498）在陀思妥耶夫斯基看来，以希加廖夫为代表的大法官们只是借了自由的名义来统治人，他们真正信奉的是虚假的自由，是压制和暴力，而真正的自由只能在基督身上找到，只能来自生命的创造者上帝。

陀思妥耶夫斯基也看到，意欲剥夺他人生命和自由的行为中含有论断的成分，而人的罪人身份使人无权来论断人。在《圣经》中，人身上的上帝形象已经败坏，所有人的生命自"第一亚当"堕落以后都深陷罪恶；人与人之间的差别只是面容不同、罪的显现方式不同而已，在共同的罪性面前无人有权决定别人的生死。有着虔信之心的索尼娅深知这一点。所以当拉斯柯尔尼科夫向她追问卢仁是否有权继续活着任其胡作非为时，索尼娅回答说："一切由我来决定，这怎么可能呢？谁派我来裁决谁该活，谁该死呢？"（8卷：515）虽然承受了深重的苦难，看清了卢仁的伪善，但她依然坚持《圣经》中"你们怎样论断人，也必怎样被论断"（太7：2）的教导，依然相信只有上帝才有权裁断人的生死。

陀思妥耶夫斯基以精神自由的名义捍卫人之为人的尊严。他视自由为上帝赐给受造之人的赠礼，人在自由中答谢上帝的馈赠；人的全部尊严从自由而来，由自由所赋予。"自由是每个按照上帝形象和样式创造的人的基本内在特征，这个特征包含着创造计划和绝对完美。"①"地下室人"是人的绝对自由、非理性的自由的倡言者。在他看来，人根本就不是"某种类似钢琴琴键或管风琴琴销的东西"（6卷：191），人也并非像理性和科学指引的那样去行动，而是靠任性的意愿自由地行动，人的自由要高于人的利益清单上的一切，如理性、荣誉、安宁、幸福等；人的尊严在于人拥有自由意志，人"自由的份儿"是通过无规律可循的自由意志显示出来的。陀思妥耶夫斯基的人物要么像"地下室人"那样自由行事——这种自由有时甚至表现为自取其辱，自甘堕落，自毁生命；要么要求别人尊重其自由和独立行动的意愿。《群魔》中的列比亚德金尽管在经济上完全依附于斯塔夫罗金，但他仍然渴望斯塔夫罗金尊重其"最后的财产"——精神上的独立。在陀思妥耶夫斯基的笔下，上帝自由的赠礼常常蜕化为人的重负，但作家并不因此否认自由对于人的价值和意义，也不因此而主张取消自由。

在对人之精神自由的守护中，陀思妥耶夫斯基深刻地揭示了关于自由的悖论。自由是神恩，是赠礼；自由同时也是重负。自由说明了人的全部高贵，证明了人的全部尊严；自由也显出了人的卑微和罪恶。在陀思妥耶夫斯基的世界中，宣称绝对自由的人走向了对自由的反对。正如别尔嘉耶夫所言，人神那里不可能有自由，因为他已经离弃了神："最自由的只有与神灵本性相联系的人之本性，它一旦脱离

---

① ［俄］尼古拉·别尔嘉耶夫：《自由的哲学》，董友译，学林出版社1999年版，第120页。

开神灵本性,一旦视自己为神,就要受自然方面的必然性奴役,变得无能为力。"[1] 宗教大法官的统治就建立在使人成为"必然性"的奴隶之上;他鄙视人的自由,认为人根本就无法承受自由的重负;人只有一条出路,接受"奇迹、神秘和权威"。在他看来,人只是物质的、肉体的存在,人的全部理想就在于"面包"。他否弃人的精神自由,因为他只看到了人在自由中的软弱、悖逆和反叛即人在"第一自由"[2] 中的败坏,否定人获得更高的自由即在基督里重获自由的可能。就如在伊甸园中曾经诱惑人堕落的古蛇那样,宗教大法官的统治、势力、权威及所有希望就寄托于人的"第一自由"。但是人已经识破大法官的迷惑伎俩,人并未与上帝完全断绝关系,人依然从上帝那里寻求安慰和希望。作家告诉人们,存在人与上帝握手言和的可能性,因为人身上的上帝形象并没有被完全玷污。这一可能性已通过十字架向世人显明——基督的受难、牺牲隐藏着救赎的奥秘、自由的奥秘;基督本人就是通向"神人类"的自由之路。陀思妥耶夫斯基致力于揭开基督"自由之爱的奥秘",试图将领悟到的自由的真理告诉每一个人。

陀思妥耶夫斯基对人之精神自由的捍卫,在诗学原则方面表现为"现在时里"与主人公的对话。作家笔下的每一个人物都自由地发声而没有受到压制,都在自由地行动而不受作家的任意干涉。主人公自身也都表现出对自由的极度渴望,极强的尊严感。哪怕最微不足道的人物、最丑陋的灵魂,作家也任其表达自我,陈述思想。作家始终坚持与主人公的对话立场,每一个人物都是"自在之你"。巴赫金也认

---

[1] [俄] 尼古拉·别尔嘉耶夫:《自由的哲学》,董友译,学林出版社1999年版,第125页。

[2] 指"第一亚当"的自由,即人类始祖亚当和夏娃自由地选择违背上帝禁令偷食禁果而堕落。

为，在陀思妥耶夫斯基的这些复调小说里，作者对主人公所取的是"认真实现了的"和"彻底贯彻了的"对话立场："这一立场确认主人公的独立性、内在的自由、未完成性和未论定性。"① 陀思妥耶夫斯基关于人的自由的哲学同其诗学原则达到了完美的统一。

二　原初的自由

陀思妥耶夫斯基展示的是人从原初的自由走向被自由奴役的悲剧之路，即别尔嘉耶夫所谓的"自由的悲剧"："陀思妥耶夫斯基遭遇并透彻研究的即是该自由的悲剧。"② 尽管精神自由的实现需要诉诸强大的"神律意识"，因为"自由是精神的聚和性，而不是精神的放纵，自由是严峻的与艰难的，而不是轻松的……自由产生苦难和悲剧"③；但陀思妥耶夫斯基反对将人直接放置在善的道路上，而是将人置于最初的自由那里去选择善或恶。在他看来，"人的价值，他的信仰的价值须以承认两种自由为前提：善与恶的自由和在善之中的自由，选择真理的自由和在真理之中的自由"④。只能选择真理和善的自由已经是自由的反面，是强制，是暴力，是恶的一种形式。基督教的上帝既给出了"第一亚当"的自由，又许诺了基督的自由。人的道路就是从"第一亚当"开始走向基督或背离基督的道路，人自由地走在这条道路上——这就是陀思妥耶夫斯基笔下人物的共同命运。

---

① ［俄］巴赫金：《巴赫金全集》第五卷，白春仁、顾亚玲译，河北教育出版社1998年版，第83页。
② ［俄］尼古拉·别尔嘉耶夫：《陀思妥耶夫斯基的世界观》，耿海英译，广西师范大学出版社2008年版，第41页。
③ ［俄］尼古拉·别尔嘉耶夫：《自由精神哲学：基督教难题及其辩护》，石衡潭译，上海三联书店2016年版，第109页。
④ ［俄］尼古拉·别尔嘉耶夫：《自由精神哲学：基督教难题及其辩护》，石衡潭译，上海三联书店2016年版，第41页。

陀思妥耶夫斯基将原初的自由放置在人的面前，人由此出发。这里，人的自由先在于理性、善恶、道德、世界、上帝、他者，或者说人在开始自由行走时根本就罔顾这些因素的存在，人只寄身于自我的意志、意愿、情感、思想和行动中。这里不是自由高于界限，而是根本就没有界限。在原初的自由中，人推倒了各种有形无形的石墙，然后面对空无进行选择，开始行动。陀思妥耶夫斯基由此来勘测自由的极限、自我的极限。

在原初的自由中，人只奉行自我的法则，只听从自我的意愿，毫不顾忌理性的作用。"地下室人"看到了理性的有限，认识到理性只是人的部分能力，理性服膺于人的意愿，人的生活由意愿来主导："理性是好东西，这是无可争议的，但是，理性却只是理性，它只能满足人的理性能力，而意愿却是整个生活的表现，就是说，它是人的整个生活的表现，包括理性和所有伤脑筋的事情在内。"（6 卷：195）而意愿是任性的、非理性的、随意的，甚至是疯狂的。"地下室人"意识到理性的法则是窒息人的、死亡的法则，撞破了理性的石墙，透过裂隙看清了人极度渴望非理性的自由和独立的内心秘密："一个人，无论何时何地，无论他是何许人，都喜欢如他所希望的那样去行动，而绝对不想按照理智和利益所吩咐的去行动；他想要的可能违反自己的利益，有时候甚至是就应该这样（这已是我的观念了）。自身的、随意的、自由的意愿，自身的，即便是最野蛮的任性，自己的，有时甚至达到疯狂的想象……人需要的只是一种独立的意愿，而无论这一独立性的代价多高，无论这一独立性会导致什么结果。"（6 卷：193）陀思妥耶夫斯基笔下所有人物似乎都在证明"地下室人"的这一洞见。用理性的眼光看，拉斯柯尔尼科夫可以在头脑中想一想"超人"的事情，绝不该"脸色煞白"地拿起斧头成为疯人；马尔梅拉多夫就该珍惜来之不易的机会，以努力工作而不是再度堕落来挽回作为一个正常人的尊严；罗戈任面对骄傲的纳斯塔西娅，只要稍微回转一下心意，也不至于最终成为杀人凶手；基里洛夫哪怕是稍稍清醒一丁点，就能认识到自己只是个无法拯救任何人的普通人而已……然而，这些应该和不应该、可能与不可能是"正常人"所想的事情，陀思妥耶夫斯基笔下的人物根本不会做以上设想，因为他们不受任何外在法度、规则、道德的限制，他们是自我绝对的主人，只听从自己内在的声音，只乐意率性而为，有时甚至追随某种神秘力量来行动。就思想、情感和行动的能力以及表现出的生命力而言，他们远远超出了一般人同时也不屑于像一般人那样过平庸无奇和毫无个性的生活，而他们的悲剧就源于此。

在陀思妥耶夫斯基笔下，人在原初的自由中站在了"善恶的彼岸"，人所拥有的不再是单一的、选择善的自由，而是选择善或选择恶的自由，选择无动于衷的自由。此时，善与恶的界限还不完全明确，善的法则或恶的法则都还没有强加到人的头上；甚或人混淆或颠倒了善恶的法则，在自由中丢弃了道德法则。人被推至空无之中进行决断。拉斯柯尔尼科夫面临的就是这种空无。在他眼中，人的生活与善恶道德无关，只是弱肉强食的自然法则在起作用；谁能跨过法律和世俗道德的界限，谁就可以成为拿破仑，成为英雄。在道德的真空中，在自然法则、功利法则的视界中，杀死放高利贷的老太婆的"最无用的生命"就是历史的必然而不是犯罪。在原初的自由中没有罪孽的位置，这就是支撑拉斯柯尔尼科夫杀人的内在信念。他只是用他的"理智"在犯罪，"为了犯罪而犯罪"。为了测度"人类自由的终极界限"[①]，

---

① ［俄］梅列日科夫斯基：《托尔斯泰与陀思妥耶夫斯基》卷二，杨德友译，华夏出版社 2009 年版，第 133 页。

他不得不同"一般的罪孽"做斗争，结果，无限之自由成了加诸己身的苦役和十字架。

在"地下室人"和《卡拉马佐夫兄弟》中的丽莎那里都出现了对人在原初的自由中对于世界和他人完全无动于衷的精神状态的渴望。"地下室人"声称，为了确保他"能永远有茶喝"而让"世界毁灭"也在所不惜。受到伊万的影响，丽莎陷入疯狂的幻想：她想象自己把四岁的小男孩儿钉在墙上，但毫不为他的呻吟声所动，而是坐在他对面悠闲地吃她最喜欢的蜜饯菠萝。遭到伊万的"鄙视"后，她产生了类似于基里洛夫的"一切都好"的体验："那个孩子十指被剁也蛮好，受人鄙弃也蛮好。"（16卷：902）这种无善无恶、对一切都无动于衷的内在体验，使人获得了一种"超越"一切外在事物的虚假的自由感。

在原初的自由中，人的自由甚至高于自我的生死。伊波利特和基里洛夫都面临着死亡这一自然法则的考验。伊波利特强烈意识到疼痛、疾病和死亡对他生命本身的威胁，对他自由的限制。基里洛夫则相信，生命就是与自由的较量，自由高于生命本身，最高的自由需要杀死自己来证明；如果生命中还存在人的肉身的疼痛、恐惧、痛苦，人就依然是不自由的："谁想要最大的自由，谁就应该敢于杀死自己……此外没有自由；一切都在这里，此外就一无所有。"（11卷：143）他们都将自杀行为作为强大的自我意志的证明，作为自己不受死亡辖制的自由的证明。

在原初的自由中，人走向或悖逆上帝。这是陀思妥耶夫斯基笔下所有人物共同的生命道路。世上似乎只剩下两条道路可供行走——人而神的道路和神而人的道路。两条道路都隐而未显、崎岖不平，并且不可思议地纠结在一起。主人公时常站在两条道路的岔口，用整个生命去丈量其深浅高低。在这种原初的自由中，生命只是起点，即每时每刻都意味着新的起点，随时面临新的可能性。陀思妥耶夫斯基精彩地展示了各种可能性并许诺了最高的可能性——从大罪人到圣徒仅有一步之遥，地狱的另一端连接着天堂；而上帝，始终召唤着人们从原初的自由出发迈步走向他。

三 "个体思想者"的自由

陀思妥耶夫斯基小说中的人物从原初的自由出发，走在充满挑战和凶险的道路上，等待他们的往往是堕落、失败、绝望、惩罚和痛苦。自由之路反而成了奴役之路，自由成为人身上沉重的负担。然而作家并不因此去减轻甚至取消自由的重负，而是在更高的意义上维护精神自由的绝对价值。在他看来，通向更高的自由即沐浴在基督圣爱中的自由、善的自由，必须经由荆棘之路和旷野中的流浪，任何以同情和安慰的名义来减轻自由之路上的痛苦的做法都是对人之精神自由的亵渎。自由之路就是十字架之路——这就是陀思妥耶夫斯基对自由充满悖论的理解。

陀思妥耶夫斯基关于自由的悖论往往通过思想的悖论来表现。在他的小说中，人在思想中显示了自己的自由，思想者是思想的主人；但人又往往成了思想的奴仆，无从逃离被奴役的命运。在陀氏那里，思想中的人，他的自由自主与受戕受害共在，这成了悖论式的存在；思想的巨人往往又沦为思想的奴隶和祭品，变成思想怪物。思想通达智力思辨、激情和灵魂的深层，具有巨大的威力，而且这种力量往往是无可阻拦的，因而也是可怕的，在不同程度上毁灭着它的主人。作家既表现了思想和智识对于人的必然性品质，又将人的思想与罪性联系起来——强大的思想力量导致了人对上帝的过度思虑和偏离，也使得人不是向上超越而是无可避免地走向堕落。同样，思想者也无法完全主导思想落实于行动之后的结果，是思想而非其主人先于事件并主导了人的整个行动和命运。正如纪德所说的那样，"思想不行动，但它促使行动。在陀思妥耶夫斯基的好几部小说中，我们看到这一奇怪的角色分工，这一令人不安的关系，这一隐秘的默契，一方面，是一个思想着的人，另一方面，是在前者的启迪下代替他行动的人"①。斯塔夫罗金和彼得·韦尔霍文斯基、伊万和斯梅尔佳科夫之间，都是思想者同行动者之间的这种同体双生关系。思想衍化为模仿者拙劣的行动，不再受到思想者的管束，思想的悖论就寓于其中。

"个体思想者"的命运极典型地显示出自由的悖论、思想的悖论。在陀思妥耶夫斯基后期小说中，拉斯柯尔尼科夫、基里洛夫、希加廖夫和伊万都是形而上的罪犯、思想上的犯罪者。有多少种可怕的思想，也就有多少种思想上的犯罪；这些"脸色苍白的罪犯"都有强有力的思想。他们因某一思想而存在，因执着于某一思想而堕落犯罪。他们思考的是人为何而存在、善与恶和上帝存在的问题。对这些问题，他们不是静态地观照，漠然地反思，而是用生命本身去体验、检视和实践自己的理论，为之生，为之死。在这些思想巨人那里，思想就是存在和生命本身，就是他们的命运；他们因思想而痛苦或惊扰不安。思想造就了个性，也造成了个体的悲剧。个性因思想而丰满，而陨落。思想的威力遍及每一个体，而且这些思想往往是形成中的、变化着的、未定型的、未验证的。这与人物的动态发展和未完成性是一致的。拉斯柯尔尼科夫只是在思想

---

① ［法］安德烈·纪德：《关于陀思妥耶夫斯基的六次讲座》，余中先译，广西师范大学出版社2006年版，第124页。

上预谋了杀人而没有对如何操作进行预谋，他是在验证思想的过程中犯下杀人之罪的。

可以借用克尔凯郭尔"个体思想者"的概念来界定这些独特的犯罪者。克尔凯郭尔区分了思辨思想家和"个体思想者"的区别，前者以纯思代替了实存，"他将不再把自己作为一个生存者，因为他本身已得不到生存，因为他身上已没有任何后来要被理解的东西"①。他们中了"反思病"的毒害，成为生存的看客，在个人的实际存在和行动与思想之间出现了深深的裂隙。而"个体思想者""既是一个生存着的个人，又是一个思想着的个人……在他所有的思索中，他必须把自己是一个生存着的个人的思想包括在其中"②。他们进行的是两个维度的反思，是"双重反思"(the Double Reflection)：既对思想或学说进行反思，又从生存论的维度将自身与某一思想或学说的关联进行反思。因之，思想就不是客观的、外在于自己的静止物或思维的衍生物，而是与自我的呼吸、血脉和行动连为一体甚至根本无法与自我分离的属我之物。在陀氏那里，每一位犯罪者个体的思想与行动是高度一致的，犯罪者就是某一思想的代言人。就此意义而言，这些罪犯都具有哲学家的气质，而且都是为了思想敢于牺牲自我生命的苏格拉底式的激情哲学家。

这些"个体思想者"以单个的自己、独立的个体孤傲地存在，拒绝被简约或抽象为"我们""众人"，由于抱持卓尔不群的思想而自视高于"我们"和"众人"。他们的确有拜伦式的英雄气概，但他们

---

① 转引自孙毅《个体的人：祁克果的基督教生存论思想》，中国社会科学出版社2004年版，第65页。

② 孙毅：《个体的人：祁克果的基督教生存论思想》，中国社会科学出版社2004年版，第67页。

又因迷恋和沉浸在思想中有了更多的忧郁，也更为高傲。他们仅为思想而存在，他们整个人就是某一思想的化身。他们意识到自己存在所担负的全人类使命（基里洛夫），意识到自己的非对象性存在。并且，他们对自我生命的处置，并非出于思辨性的冷静反思，而是受激情式的个体性反思的主导。

第二节 罪与"上帝之死"

陀思妥耶夫斯基关于罪的根源的思考，与思想家尼采对于人类现代命运的反思殊途同归。撇开两人的差异不论，尼采振聋发聩的呼声"上帝已死"在多大程度上受到陀氏的启示，我们不得而知。尼采在公开或私人言论中，从不掩饰对陀氏的仰慕。他说："陀思妥耶夫斯基是唯一一位能让我从其学到某种东西的心理学家；我把与他的相识看作一生中最美妙的成功。"[①] 在1888年11月20日给勃兰兑斯的信中，尼采又提到他从陀氏那里了解到"高深的基督信仰理论"："关于陀思妥耶夫斯基的道德文章，我固然愿意无条件接受你对他的那种批评，可是由于我从他那里获得了最有价值的心理学资料，所以我才如此尊重他，崇拜他。我现在有一种想法，不论陀思妥耶夫斯基如何跟我的思想底流相反，我都会产生一股不可思议的力量来对他表示感谢。换句话说，我今天敬爱陀思妥耶夫斯基，就如我对帕斯卡尔的敬爱。我之所以要这样强调，是因为帕斯卡尔曾给我无限的启示，而陀思妥耶夫斯基则是唯一给我高深基督信仰理论的人。"尼采对陀氏的"敬爱"，不仅仅在于后者对犯罪心理细腻深刻的把握，更因为陀

[①] ［俄］列夫·舍斯托夫：《尼采与陀思妥耶夫斯基》，田全金译，华东师范大学出版社2015年版，第7页。

氏同样是在上帝缺席的背景下探讨强者、庸众、罪犯、自由等问题。尼采宣告"上帝死了",因此需要"重新估定一切价值"。陀思妥耶夫斯基则设想,"如果没有上帝",人的自我和世界会发生什么。对人的自我进行价值重估后,陀思妥耶夫斯基发现,罪恶的根源,在于人的心灵世界中"上帝已死"。

在陀思妥耶夫斯基看来,人滥用上帝自由的赠礼,在自由中背弃并杀死了上帝,从而走向犯罪和堕落。他一贯从人神关系的层面审视罪的根源,强调罪同人神关系的破裂具有深层的关联。虽然陀思妥耶夫斯基也写到杀人、抢劫、奸淫、纵火等罪行,但他不是主要从法律层面而是从道德和信仰层面来探讨罪的问题。在法律层面,《群魔》中的斯塔夫罗金和《卡拉马佐夫兄弟》中的伊万都是无罪的;然而,他们又都在深思罪恶的问题,为自己意念中的杀人之罪勇敢地背负起十字架。浸淫于东正教信仰传统的陀思妥耶夫斯基最关切的是罪同上帝信仰之间的关系问题。因此,在他的笔下,凡是陷入罪之牢笼的人物都是怀疑、远离和亵渎上帝的人,都是对上帝信仰产生动摇的人。陀思妥耶夫斯基对上帝存在本身并不存疑,只是"在他面前总是横亘着(在不同时期须以不同方式予以解决的)许多问题,即从上帝为了世界,为了人及其历史作用的存在中,究竟能得出什么结论"[①]。他甚至在明明知道上帝存在无法证明的情况下(正如伊万承认他的欧几里得式的头脑永远无法证明上帝存在或不存在)还为上帝存在提供"证明":"现实的(创造的)世界是有限的,而非物质的世界是无限的。如果平行线相交,那么这个世界的规律便终结。但在无限中,平行线会汇合,因此无限是存在的……如果存在无限,那么也就存在上帝和

[①] [俄]瓦·瓦·津科夫斯基:《俄国哲学史》上卷,张冰译,人民出版社2013年版,第465页。

不同于现实的（创造的）、建立在另外规律之上的世界。"① 带着对上帝存在的确信，作家展开了对人面对上帝的不同态度和人的命运与苦难之间必然联系的探究——他笔下走向自杀或杀人的主人公无一不是在拒绝了上帝之后遗失了生命的完整性，其生命整体不再面向神性而是单单面向世界或孤独的自我。

拉斯柯尔尼科夫走向杀人犯罪道路的过程就是他逐渐远离上帝的过程。母亲在寄给他的信中提及幼年的拉斯柯尔尼科夫坐在母亲膝头学念祈祷词的"幸福"情景，这道出了拉斯柯尔尼科夫自幼濡染于宗教信仰的事实。在同一封信中，母亲还表达了她的担心："罗佳，你还像原来那样祷告上帝，相信我们的创世主和救世主的仁慈吗？我害怕，心里很害怕，当今流行的不信教的风气是否沾染了你？"（7卷：48）拉斯柯尔尼科夫是否如母亲担忧的那般被"不信教的流行的风气""沾染"了呢？答案是肯定的。当他在放高利贷的阿廖娜·伊凡诺夫娜那里典当完东西后，偶然听到了一位大学生和青年军官关于杀死这位老太婆的谈话，这场谈话与他的思想相合并被他视为生命中的"定数和启示"。大学生滔滔不绝地说，如果把这位像蟑螂或虱子一样有害和微不足道的老太婆杀死，把她的钱拿来就可以为"全人类和公众事业"的利益做出巨大贡献。这种功利主义之利益最大化理论的极端化设想之所以流行，正是"不信教"之风沾染了青年人思想的结果。在这种设想中不再有对上帝的敬畏，不再有对犯罪及惩罚的顾忌。小说也直接写到拉斯柯尔尼科夫对上帝的疏离。虽然在他沉溺于犯罪的"幻想"中时，他还能祈祷，还能向上帝发出吁求："上帝啊，给我指路吧，我要摆脱我这种可恶的……幻想！"（7卷：76）但他同

---

① 转引自冯增义《陀思妥耶夫斯基论稿》，上海文艺出版社2011年版，第212页。

上帝之间极其脆弱的关系即刻就被一个可乘之机扯断了：他偶然得知第二天某时他准备杀掉的那个老太婆将一个人待在家里，于是"一切就突然最后决定了"；他开始听命于"超人"的声音而非上帝来行动。

　　作家甚至通过服饰来彰显《罪与罚》中拉斯柯尔尼科夫等人的犯罪倾向及对上帝的背弃，同样用服饰象征一些人物对上帝的尊崇。正如美国阿肯色大学的珍妮特·图克（Janet G. Tucker）教授所说，拉斯柯尔尼科夫的服饰从一开始就指向反叛和谋杀，指向他对基督的拒斥。尽管外面的街道上非常酷热，拉斯柯尔尼科夫依然戴着一顶"德国帽"出了门。"他特别在意这顶显眼的外国帽会让他在实施杀人的那天显得可疑，却完全忘记了更重要的一点，'德国帽'将他同俄罗斯传统和道德观念深深隔断了……拉斯柯尔尼科夫已经危险地游离了东正教社群。"[1] 当他在大衣上缝上用来挂斧头的挂套时，衣服变成了杀人武器。拉祖米欣赠送拉斯柯尔尼科夫半旧衣服，象征着试图将他的朋友带回东正教的良善基础上。卢仁身穿的昂贵服装两次回应了《新约》对人的要求。他第一次拜访拉斯柯尔尼科夫时穿着奢华、光鲜，第二次出场时亦复如是，特别是他"德国式"（拉斯柯尔尼科夫"德国帽"的复制）的脸被有意突出。他崭新的服装透出的是骄傲而非谦卑，他的思想观念也与福音书中"爱邻人"的教导正相反："我把自己的衣服撕成两半，其中一半分给了他人，于是，我们俩都半裸着身子。"（7卷：185）与斯维德里盖洛夫相对，"丽莎维塔为人做衣服，在人的层面上行出了基督的爱和牺牲"[2]。以衣服为媒介，陀思妥

---

[1] Janet G. Tucker, *Profane Challenge and Orthodox Response in Dostoevsky's Crime and Punishment*, Amsterdam – New York：Rodopi B. V.，2008，p. 75.
[2] Janet G. Tucker, *Profane Challenge and Orthodox Response in Dostoevsky's Crime and Punishment*, Amsterdam – New York：Rodopi B. V.，2008，p. 79.

耶夫斯基还描述了杜尼娅在卢仁和斯维德里盖洛夫面前的弱势地位。而索尼娅和丽莎维塔同杜尼娅一样贫穷，她们的衣服表现出对于虚己式谦卑的接受，她们火红的帽子，让人想到与圣索菲亚相关的火。图克总结说："在《罪与罚》中，衣服占据了中心位置，象征着傲慢、谦卑、宽恕和救赎等伟大、普遍的问题，比任何物质主义或社会经济学的论证都显得更深刻。"①

在思想的层面，为了揭示人的罪性的深刻根源，陀思妥耶夫斯基聚焦于拉斯柯尔尼科夫等"个体思想者"，从人神关系层面进行了深度思考。陀氏笔下这些思想者与上帝的关系是个谜，正如这些人物本身是难以破解之谜那样。在一般意义上，人对上帝单凭理性的思考只有两种结果：上帝要么存在，要么不存在。这样，上帝存在与否只是一种可能性而非必然性，上帝的存在必须经由自我意识来确立。如此，在个人与上帝关系的维度上，个人是不依赖上帝存在的，自我是独立自足的；上帝只在自我意识的场域与"我"有关，一旦自我意识的主动面向偏离了上帝或整个意识场域，上帝便完全与"我"无关。对上帝的思想中更多地包含着自我理性的强大力量，是以理性和知识取代上帝的存在，而不是情感和意愿上对上帝的依赖和依恋。只有放弃了自我的自立自足性，放下自我成圣的可能性，丢弃依靠理性自我认知甚至抵达神性的高傲，完全地降卑和悔悟，才能接纳和承受那至高者的光照和恩泽。若非弃绝自我，仍囿于思辨，就有可能把相对误认为绝对，因为绝对者一旦经过思想的过滤就会降格为相对者。由此来看，陀思妥耶夫斯基小说中"思想家"们的僭越和犯罪是其思想逻辑的必然结果。

---

① Janet G. Tucker, *Profane Challenge and Orthodox Response in Dostoevsky's Crime and Punishment*, Amsterdam – New York：Rodopi B. V.，2008，p. 92.

在思辨的层面，这些"个体思想者"都触及上帝是否存在这一问题；而在生存论的层面，他们又把这一问题引向自身的存在，以所有的情感和激情献身于内向并化身为自身血肉的思想。与一般的虔诚的信徒不同，他们的思想活动与上帝没有形成生存性的关系或者形成的生存性关系十分脆弱。上帝之存在与不存在依然是殚思竭虑之后悖论式的问题，上帝仍然只是在"我思"之中，而不是对"我"产生启示、自我能在敞开中与之交流的那个更高的存在。当思想者认为上帝只是"应该存在"而非必然存在时，上帝对他们来说就真的不存在了。上帝沉默了，上帝完全退隐了，上帝死去了。远离了"有血有肉"的活的上帝，也就弃绝了真实的生命本身。他们杀死了上帝，也就杀死了他们自己。思想的高傲与灵魂的干枯总是相应而立的。譬如，伊万把上帝视为绝对、普遍的理想或人生的终极目标，但他拒绝了更高的存在，因而陷入绝望和罪孽。

吊诡的是，这些走不进信仰的思想家又是离上帝最近的人。他们不仅把人身上的理性力量发挥到了极致，以其强大的意志力和勇敢的决断走出庸人和凡人的行列，更重要的是他们的生命始终与对上帝存在这一问题的思考联结在一起。是让上帝主宰自我和世界，还是自我做主，对他们来说关乎生死存亡。正因他们的整个生命存在都与对上帝的思索相关，他们只有两种生存的可能性——要么热烈地拥抱上帝，成为圣徒；要么决绝地否弃上帝，成为疯人、杀人者或自杀者，由于无法解决上帝信仰问题而陷于极端不幸。拉斯柯尔尼科夫走向了上帝，斯塔夫罗金和伊万分别走向死亡和疾病。上帝被逐出精神世界后，自我就成为王者。然而这一王者的命运，注定是俄狄浦斯式的流浪至死。德国神学家潘能伯格曾指出："只要人的生命运动是趋向上帝的，那么，在这种运动自身中也就实现了与上帝的同在。"① 陀氏小说中的思想者，也距离成为真正的上帝信仰者仅有一步之遥。

　　这些思想的巨人都经历了对上帝的绝望，绝望后就是心灵的不安，对上帝的冒犯和叛逆。拉斯柯尔尼科夫将人分为两类——"普通的人"和"特殊的人"，认为历史上供奉的一些偶像和"英雄"其实是杀人如麻的罪犯。在某种意义上可以说，他确实洞察到了历史中的不平等和不公义现象。然而由不平等和不公义出发来否弃平等和公义本身，试图跻身于"伟人"的行列，这无疑是自我放逐式的叛逆。在他对人的分类中，唯独没有预留上帝的位置或者说以上帝面向来理解人。在他的意识中，就如后来伊万所认为的那样，上帝的存在与不公义的世界是不可调和的，因此可以丢开上帝来统观世界上所有的人。当他这样做的时候，当他将某些特定的优越性甚至杀人流血的犯罪权利赋予天才式人物并视之为理所当然的时候，其中的逻辑就包含以独立个体的无限自由取代至高者的可能性，也就默认了人拥有为所欲为的绝对权利、走向堕落的权利。

　　当将这种超人哲学付诸实践的时候，拉斯柯尔尼科夫只能陷入无法主宰自我的不安与绝望，因为人始终是非自立的，人靠着自己永远无法同自己形成一种单纯的关系。但不安也不是完全消极的。一方面，他可能是个体迈向罪的起点，因为个人难以成为觉醒自我的真正主人，它极易使个体在绝望中滑入罪的深渊；另一方面，它毕竟是精神觉醒的标志，意味着个体的人开始意识到人的双重性存在而非自我的单一性的事实。

　　精神在遭遇不安之后会滑入绝望的体验。绝望有两种形式——软

---

① ［德］潘能伯格：《人是什么——从神学看当代人类学》，李秋零、田薇译，上海三联书店1997年版，第51页。

弱的和违抗的。前者会走向自我的封闭，对自我抱有恨恶和怜惜的双重情感；违抗式的绝望则会引发带有极度怨恨的行动，以此显示对面向的他者或至高者的不满。《少年》主人公阿尔卡季的"冒犯"属于后者，也是绝望的一种表现形式。他反叛"公众"分派给他的任何角色、地位和使命承担，不愿成为"公众人"，不相信爱，自己也不愿意爱任何人。问题是，当不再以公众的立场来确立自我的伦理价值立场后，我何所是、我何所依就成为必须解决的问题。阿尔卡季认为，他靠着自己的"思想"能够完全应对一切。然而由于思想与生存隔绝，阿尔卡季的行动并无稳固的根基："由于我的所有思想其实都是别人的，因此当需要独立做出决定时，我到哪儿去找到自己的思想呢？而且根本就无人指导。"（14卷：398）同时，他的思想带有高傲的个人主义式英雄的印记，即相信靠着自我坚强的意志和无限的力量达到任何目标，甚至可以引领众人，让众人对自己顶礼膜拜。靠自己的力量而弃绝他人或更高者力量的背后，隐含着对他者和更高者的刻意冒犯。他人和至高者不能给世界带来什么，也不值得"我"去依赖，这就是阿尔卡季"思想"的内在逻辑。所以，他的思想和言行总是难免冲撞、冒犯别人；对人冒犯是他确证自己存在和获得尊重的方式，然而这种冒犯又让他付出更多的代价来获取尊重。这成了一个可悲的恶性循环。

但陀思妥耶夫斯基又辩证地揭示出，绝望也可能意味着人生新的起点和转向。陷于绝望的伊万拒不接受上帝创造的世界。然而，绝望又把他带到上帝面前，在拒斥抑或接受的犹疑中实现深刻的精神觉醒。韦尔西罗夫也献身于思想，但他已经走出绝望，意识到要去爱身边具体而实在的人，他先前对思想的单一崇拜可能会导致生命的枯萎："一个高尚而有修养的人，由于追求高尚的思想，有时会完全脱离现实需要，变得可笑、任性和冷漠，简直可以说变得很愚蠢，而且不单在实际生活中，最后甚至在自己的理论上也变蠢了，因此有责任务实，有责任至少让一个有现实需要的人获得具体的幸福，这样才能使一切得到改善，并使施善者本人的精神重新焕发起来。"（14 卷：634）这种对思想被"悬空"的危险性的认识以及对如何获得"具体的幸福"的理解，意味着获得新的自由和新生的可能性。

第三章 "孩子的眼泪"：罪的恶果

陀思妥耶夫斯基通过自由来探究人的悲剧命运，揭示出罪恶的根源在于自由这一真理，并表现了人为自由所付出的沉重代价，即人不得不主动承担罪带来的各种恶果。自处女作《穷人》始，他的一生都在大声控诉恶如何摧残人的生命，毁灭善和美好："小人物"杰武什金失去了他心爱的瓦连卡；《白痴》中纳斯塔西娅"复活"（其名字的意思①）的希望归于破灭，美善的生命最终被黑暗吞没；《群魔》中沙托夫的人生刚刚绽开，就成为"共同事业"神坛上的祭物；《卡拉马佐夫兄弟》提到八岁的孩子被将军家的狗撕成碎块的惨剧⋯⋯陀氏小说展示的罪的恶果，大致可以归为四方面：心灵的痛苦、自由的丧失、与他者的疏离以及以"孩子的眼泪"为代表的触目惊心的苦难。

第一节 心灵的痛苦

陀思妥耶夫斯基深刻地揭示了人的灵魂陷入罪中的痛苦。人在罪

---

① ［美］莉莎·克纳普：《根除惯性：陀思妥耶夫斯基与形而上学》，季广茂译，吉林人民出版社2003年版，第112页。

中就丧失了自由，与上帝、与善割断了联系，完全受恶的奴役和驱使，成为"恶魔的俘虏"——这些都内在地表现为精神上的痛苦。《圣经》虽然也写到人在罪中的痛苦，如使徒保罗在《罗马书》第七章写到他内心如何经受灵与肉交战的分裂，但仍显为抽象。陀思妥耶夫斯基则用具体生动的画面，用一个个鲜活的人物展示了这一点。在他笔下，"不是外在的惩罚等待着人，不是法律从外部使人遭受沉重的统治，而是从内部、内在地显露的神性始源击溃了人的良心；由于上帝之火，人在其自己选择的黑暗和空虚中被烧尽"①。

《罪与罚》绝大部分篇幅都是在描写拉斯柯尔尼科夫遭受的多重惩罚和无与伦比的痛苦。当罪的意念在他心中逐渐扎根时，他的自我开始出现分裂。他心中一直有另外一个声音在质疑他将要采取的行动的合法性，使他不得不追寻足以让自己信服的借口，直至坚决认定"他干的事'不是犯罪'"，然后再凭着坚强的意志去实现它。在犯罪的那一刻，自我完全被罪捆绑而迷失，他不再是自我的主宰者，只有机械的力在推动犯罪的实施。"几乎完全是一种机械力施加于他的身上：就好像有人拉着他的手，拖着他走，不容抗拒，不容东张西望，挣也挣不脱，不走也不行。就好像他的衣服一角卷进了机器轮子，他也就被拖进机器里去了"（7卷：89）。这种可怕的无意识彻底摧毁和埋葬了他。而犯罪之后记忆力和思考能力的丧失，以及肉体上的发烧、昏迷、疯狂，是自我死亡过程的延续，是炽烈得足以毁灭自我的罪恶之火的余烬。

杀人之后，拉斯柯尔尼科夫感觉到自己心中发生了巨大变化，不再有任何情感能够打动他。"他的心一下子变得如此空荡荡的。一种

---

① ［俄］尼古拉·别尔嘉耶夫：《陀思妥耶夫斯基的世界观》，耿海英译，广西师范大学出版社2008年版，第45页。

阴沉痛苦的孤独感忽然以明确的意识闯入他的心灵……他心中发生了一种完全陌生的、全新的、突如其来的、从来不曾有过的变化。他不是理解到，而是清楚地感觉到，实实在在地感觉到，他不仅不能像刚才那样动感情……"（7卷：128）他感到自己同所有人心灵之间都隔着无法跨越的沟壑，再也不能跟所有人交心地、平等地谈话。对整个世界也开始厌烦："他产生了一种难以克制的新感觉，而且一分钟比一分钟强烈：这就是对他迎面遇到的一切和周围的一切，怀有无限的、几乎是生理上的反感，一种执拗的、愤懑的、敌视的反感。他觉得所遇到的人都很可憎，他们的面容、步态、一举一动都很可憎。假如有谁开口跟他说话，他也许会干脆啐上几口，咬上几口……"（7卷：136—137）弃绝了人和整个世界后，唯一的感觉只能是厌烦，只能是对自我的恶感。恶感达到极端，就会让人弃绝自己的生命，就会自杀。而拉斯柯尔尼科夫也并非没有想过自杀。如此可悲的生命状态，使他无法再去诚心地去爱任何人。之前在遇到处于险境可能被人欺负的少女时，拉斯柯尔尼科夫会毫不犹豫地热心相助，而在杀人后，他"亲手用剪刀把自己同一切人、一切事的关系剪断了"（7卷：142），在遇到落水者时无动于衷，对他人生命毫无怜惜之心。

在理智上，他试图说服自己是无罪的，自己有足够的力量同罪孽做一番较量；然而罪恶感如此强烈，内心如此痛苦，又使他意识到自己的软弱、卑鄙和罪恶。当心灵逐渐从谵妄状态苏醒过来，生命力开始重新主导生活的时候，意志和力量就重新成为生命的空气，他活下去的愿望也愈来愈强烈，罪的意识完全被挤压到边缘。这时他认为他的生活"没有与那个老太婆同归于尽……力量，需要力量；没有力量，将会一事无成；而力量是需要用力量来获得的，他们对此却一无所知"（7卷：237）。他暂时摆脱了悔悟和罪恶感而感受到自我的存在和力量。然而,"新生活"不可能如他所愿轻易地展开,与现实世界和他人之间的鸿沟阻碍了深入交流和自由对话的畅行。他也意识到自己不可能跨过鲜血和尸体而心安理得,作为一个软弱的人,他不该自认为可以"为所欲为":"我有自知之明,我预感到自己不行,可怎么竟敢带着斧头去杀人!我本该明白的呀……"(7卷:344)他开始明白他杀死了善的原则,他是个卑鄙的人:"我杀死的不是一个人,而是一个原则!这个原则我倒是杀死了,但却没能越过这个坎儿,仍然留在了这一边……我所能做到的,只是杀了人。其实我就连杀人也不会……我比那只被杀的虱子也许更加可恶、更加卑鄙……"(7卷:345—346)他此时才看清自身的罪孽和渺小。然而在投案自首前,在彻底认罪前,拉斯柯尔尼科夫仍然无法彻底获得心灵的安宁,而这种不安又会诱发新的犯罪欲念来折磨他,哪怕这些欲念只在刹那间出现:"就在这一瞬间,他疲惫的内心突然出现一种强烈的憎恨,他恨不得去杀掉两人中的一个:斯维德里盖洛夫或是波尔菲里。至少他感觉到,如果不是现在,那么以后他也会干得出来。"(7卷:565)对一切都无所谓和拒不认罪时的狂怒,仍停留在原来的思想中。直至他听从索尼娅的劝告情不自禁地跪在广场中央亲吻大地时,他承受的"无可排遣的痛苦和恐慌"才转变为一种"欢乐和幸福的心境"。

伊万也经受了同样的痛苦。他并没有像拉斯柯尔尼科夫那样犯下实际的罪行,只是在意念中犯下了弑父的罪,但同样背负了沉重的十字架。他长久地良心不安,指控自己是杀人凶手,对父亲被杀负有罪责。他质询自己为何事发当晚会跑到楼梯上去偷听,当时是不是暗自希望出现凶杀。他告诉自己,如果斯梅尔佳科夫是杀人罪犯,那么他就是同谋罪犯,因为他怂恿和默认了罪行的发生。他先后三次同斯梅尔佳科夫会晤,每次都忍受着巨大的痛苦和折磨。阿廖沙洞悉伊万心中的痛苦，托言"受上帝指派"来安慰他："在这可怕的两个月中，当你只身独处的时候，这话你对自己说过很多次……你指控你自己，你向自己承认这凶手不是别人正是你自己。但是杀人的不是你，你错了，凶手不是你，你听见我的话了吗？"（16卷：930）但是，把自己从凶手的位置撇开，转而相信德米特里杀死了父亲，这同样丝毫不能给他带来安慰。"是不是因为我在内心深处同他一样是个杀人犯呢？"他时常扪心自问，对自己进行道德审判；一种"隐隐约约的""灼痛的感觉"不断刺痛他的心。在谵妄状态中，魔鬼化身成年过半百的绅士来造访他。罪感带来的惩罚最终使他陷入了自我分裂和疯狂的境地。

在陀思妥耶夫斯基笔下，这些人物承受着与上帝和世界隔绝的痛苦，承受着良心上的折磨，其程度远远超出由刑事惩罚而来的肉体上的痛苦。但作家并不否认痛苦的正面价值——它们既是为自由必然付出的沉重代价，又往往强化了主人公的罪性意识和忏悔意识，意味着走向救赎的可能性。

第二节 自由的丧失

在陀思妥耶夫斯基那里，罪的问题就是人的自由问题。人不是环境被动的产物，而是作为自由个体的主动承担者。人的自由先于罪，罪是自由的恶果，但不能因此而否弃自由。正是人的自由意志、人在为善为恶的自由中产生了罪，而不是环境造成了人的罪恶。作家在任何场合都坚决反对将人堕入罪恶的原因片面地归结为环境的影响，终生都驳斥以各种形式出现的环境论。《罪与罚》中拉祖米欣对环境决定论者义愤填膺的抗议，代表着作家的基本立场："犯罪是对社会制度不正常的一种抗议……他们认为，一切都由于'环境的影响'，别无其他原因！这是他们喜爱的口头禅！由此直接引出结论，加入社会结构是正常的，那么一切犯罪便一下子不复存在，因为没有什么可抗议的了，所有的人一下子全变得正直了。天性无须考虑，天性可以忽略，天性无法指望……"（7卷：320—321）当受到众人攻评时，拉祖米欣进而揭穿环境决定论者的残酷和伪善："但你说，一个四十岁男人猥亵十岁少女，难道这是环境迫使他做的吗？"（7卷：322）面对罪恶，陀思妥耶夫斯基不是肤浅的人道主义者，而是以自由的名义，以责任的名义维护人的形象和尊严，要求生命主体为自己的行为担责。别尔嘉耶夫对此精到地评论："陀思妥耶夫斯基整个的精神气质反对以社会环境肤浅表面地解释恶和犯罪，并在此基础上否定罚。陀思妥耶夫斯基痛恨这种正面的、积极的人道主义理论。他在其中看到了人性深度的否定，对人精神自由以及与自由相关责任的否定。如果人只是外在社会环境的消极被动的反射，如果他不是一种责任的存在，那么，就不存在人，也不存在上帝；不存在自由，也不存在恶与善。"[1] 如果将人的罪单单视为环境的产物，那就是在取消人高贵的自由意志，放弃恢复人身上的上帝形象的可能性。

在作家笔下，人陷入罪恶的悲剧就是自由的悲剧。他的主人公在对绝对自由的渴求中走向罪并失去了自由。人的自由总是有限的，承认人之有限与受限，就是承认个体自由的有限性。但是少年阿尔卡季和伊万都极力表明自身的绝对性，强调自我的绝对主宰和自由，拒不承认自我的有限性。阿尔卡季自以为可以单纯地依赖"思想"而活，可以凭借自我坚强的意志实现任何可能性。他所珍视的"思想"的核

---

[1] ［俄］尼古拉·别尔嘉耶夫：《陀思妥耶夫斯基的世界观》，耿海英译，广西师范大学出版社2008年版，第55页。

心就是"我能","我"绝对地自立、自主、自决,为善为恶全出于个人的自由意志而不取决于任何他者。而伊万将"一切都是允许的"作为行动指南,自我的绝对性成为面向自我、面对世界的法则。最终,自由冲破了一切界限,"强大"的自我为所欲为,将阿尔卡季和伊万引入罪的泥淖。同样,基里洛夫也将人的自由意志绝对化,以至走向虚无。陀思妥耶夫斯基揭示了这些人物的共同命运——在绝对的自由中深陷罪恶,失去了真正的自由。

陀思妥耶夫斯基看到,人身上的理性和非理性力量都要求绝对的自由,结果都将人引入罪恶。"地下室人"道出了人的非理性本质:虽然人的本性渴望和谐,期待永恒的幸福,但同时人也喜欢寻求新鲜、混乱和刺激,渴望封闭在满是蛛网的角落里饮鸩孤独。在"地下室人"看来,永恒的和谐只会让人觉得乏味和单调,所以,人们哪怕为了从破坏和痛苦中榨取一点点短暂的快乐而付出生命代价也在所不惜。这就是人总是飞蛾扑火般地跌入罪中的原因。人之高度发达的理性也同样将人带入罪中。拉斯柯尔尼科夫、基里洛夫、伊万等人物显示出了强大的理性力量,但当他们将自己置于上帝的位置,以人取代神时,他们就宣称人可以为所欲为。这就必然导致,他们要么无法自存,杀死自己;要么跨过血泊,沉沦杀人。

自由导致了罪,罪是自由之子。罪又使人失去了自由,在罪中人就丧失了自由。正如深谙自由辩证法的别尔嘉耶夫所说,"人应当走自由之路,但当人在自己自由的恣意妄为中不想知道任何高于人的东西时,自由就转化为奴役,自由毁灭人"[①]。陀思妥耶夫斯基极为出色地展示了这一真理。拉斯柯尔尼科夫犯罪时完全处于无意识的状态,

---

① [俄]尼古拉·别尔嘉耶夫:《陀思妥耶夫斯基的世界观》,耿海英译,广西师范大学出版社2008年版,第45页。

"不知被一股什么样的力量牵引"似的难以自制，几乎是在不知不觉中举起斧头砍向对象。人在罪中变成了"机器"，成了惯性力量的俘虏。最典型的是利普京，在杀害沙托夫的前夜，他退缩了，想逃离罪恶的阴谋，于是锁起房门收拾行李，并且他手中有早已准备好的护照。但他头脑中一团乱麻，一股惯性的力量向他证明，他只能在"干掉沙托夫"以后才能逃跑："现在他只不过是一个笨拙的没有知觉的躯体，一团按惯性运动着的物质，但是推动他的却是一股外在的可怕的力量。"（12卷：696）在杀死沙托夫之前，利普京虽然宣称包括他在内的所有人保留着行动的"自由权力"，然而恶魔已经掌控了每个人的灵魂，远胜过对沙托夫同情的力量或其他力量。正如别尔嘉耶夫指出的那样："陷于罪孽之后，人已经不可能自由地以其自然人力得到拯救，回到存在的起源那里去，因为他已不自由了：他的本性已堕落，受恶的自发势力奴役，半途上转到非存在领域中去。"[1] 沙托夫被杀死时所有人已经成了"非存在"，已经不再是活的生命：他们围着尸体"什么也不干"，几乎不能有所行动；后来在捆绑尸体时"失去了知觉"，在杀人犯罪中他们无疑也杀死了自己。这一切充分暴露出人在罪孽之中的软弱无力，人在罪中自由行善能力的丧失。

第三节　与他者的疏离

人悖逆上帝而陷入罪恶，也就疏离了上帝和他者，造成自我的封闭，与他者的隔绝；同时生命个体完全被恶奴役，人的心灵不得不为此承受无尽的惩罚和磨难。陀思妥耶夫斯基全面深入地展示了罪所带

---

[1] ［俄］尼古拉·别尔嘉耶夫：《自由的哲学》，董友译，学林出版社1999年版，第125页。

来的这些恶果。

罪导致自我的封闭，使得生命个体成为"唯我主义"的"幻想家"。"地下室人"就是这样的"幻想家"，用这个生命演绎着由自我封闭导致的悲剧："先生们，你们可明白什么是幻想家吗？这是彼得堡的一种可怕的事物，是人格化了的罪过，是无言而神秘的、沉闷而粗野的悲剧，充满恐惧、不幸、曲折、纠葛和结局。"（17卷：44）"幻想家"们大概有这些特征：脸色苍白，眼光游移不定，喜怒无常，将一切都赋予幻想的色彩，落落寡合，漠视大众，丧失爱的能力。在基里洛夫和少年阿尔卡季身上，都不难发现这些特征。他们都喜欢一个宁静的角落来安居，用以逃避现实："往往现实在幻想家心里唤起沉重的讨厌的印象，于是他急着躲进自己梦寐以求的宝贵角落里，那地方实际上常常落满灰尘，又脏又乱。"（17卷：46）这种自我封闭式的幻想，被神学家潘能伯格视为罪恶的体现："自我固有一种坚持自己的目的、观念和习惯的倾向，固有一种在某种程度上封闭自身的倾向，而不是进入开放的倾向……试图摆脱自身的人，只会陷入幻想；因为他在自己可能达到的地方，到处都把自身携带进去。"[1] 而这种"把自己封闭在自身之内的唯我性就是一种罪恶"[2]。巴赫金则对这些悲剧主人公深表同情："陀思妥耶夫斯基的作品中，悲剧性惨变的基础，向来是主人公意识上唯我主义的孤僻性，是他闭锁在个人天地中的孤独。"[3]

---

[1] [德]潘能伯格：《人是什么——从神学看当代人类学》，李秋零、田薇译，上海三联书店1997年版，第52页。

[2] [德]潘能伯格：《人是什么——从神学看当代人类学》，李秋零、田薇译，上海三联书店1997年版，第58页。

[3] [俄]巴赫金：《巴赫金全集》第五卷，白春仁、顾亚玲译，河北教育出版社1998年版，第10页。

自我走向封闭，必然导致与他者和谐关系的断裂。陀思妥耶夫斯基笔下的罪人们对庸众的鄙弃，对亲朋之爱的敌视和冒犯正是自我与他者关系断裂的表现。无论是拉斯柯尔尼科夫还是少年阿尔卡季和伊万，他们思想中都暗含支配他者的倾向。这种支配的极端，就是作为强者或思想创造者的自我可以任意杀死他者。拉斯柯尔尼科夫是法律意义上的杀人凶手，斯塔夫罗金和伊万是精神上的杀人罪犯。对他者的支配欲侵袭了一切，甚至也意欲涵纳对上帝这个最高他者的支配。然而，"一个人想支配另一个人的那种人际关系作为人的关系必然走向终结。只有作为信赖关系，只有尊重同类的不可支配的人格，人际关系才能够存在"①。这些主人公所体验到的只能是关系的破裂和自我中心的碎片，整全的统一性和心灵的安宁与他们无缘。由于悖逆上帝，离弃上帝，他们作为个体之人的力量就缺乏了根基和规约，而人的有限性、自我中心和唯我立场又使得人必然需要一种超越此世的力量源泉。他们在罪中摒弃了这一力量源泉，与上帝、他者和自我本身都暂时处于疏离和隔绝状态，由此堕落为受到世界和他者"统治"的被支配者。陀思妥耶夫斯基深刻地揭示出这一点——拉斯柯尔尼科夫、斯塔夫罗金、阿尔卡季和伊万尽管拥有"强大"的思想，但在一些时刻又听命或受制于兰伯特、彼得·韦尔霍文斯基和斯梅尔佳科夫之流，沦为他人权力、意志的奴仆甚至是牺牲品。

　　在拉斯柯尔尼科夫、希加廖夫等思想巨人身上极易看到他们同"大众"之间关系的疏离。他们都以人类的精神导师、启蒙者和引领者自居，将自己的生命同某种对于大众的独特的"使命"合二为一（基里洛夫的口气是多么热烈），对大众抱有"热情"。就某种意义而

---

① ［德］潘能伯格：《人是什么——从神学看当代人类学》，李秋零、田薇译，上海三联书店1997年版，第32页。

言，他们是"思想"的创造者，而且总的说来，他们表现出的创造活力和巨大能量都是罕见的。但在他们眼中，"大众"浅薄平庸，只是低于他们的次等群体，只配被动地接受或执行其思想或理论。所以，他们骨子里对大众都十分冷漠甚至鄙视，耻于与之为伍。《少年》中的阿尔卡季将自己置于和大众完全对立的处境中：他宣称，大众只会限制和影响自我意识的发展和个体独立性的保持，他唯一的希望是找到一个角落孤独地思考。"地下室人"唯一的渴望，也是偏于一隅去织就那张思想大网。难道仅仅是彼得·韦尔霍文斯基之流对民众的生命，对他人的生命践踏在脚下吗？当然不是，在拉斯柯尔尼科夫的超人理论中就包含仇恨和暴力的种子，将民众视为奠定历史前进和成就伟人事业的材料；基里洛夫无意间将大众置于卑弱怯懦的境地。他们都在"思想"上"超越"了民众甚至自以为有权来安排民众的命运，然而却根本就不了解民众，并经常被民众视为敌人。

第四节 "孩子的眼泪"

在陀思妥耶夫斯基的小说中，罪不止戕害个体的生命，还制造世间的各种苦难，尤以"孩子的眼泪"为最。他对于苦难的态度是复杂的。一方面，他对处于苦难之中的人类抱有无限的同情。正如别尔嘉耶夫指出的那样，陀思妥耶夫斯基为人类无尽的苦难而悲伤，他的心始终在滴血。他的第一部小说《穷人》描写的是两个苦苦挣扎继而生活的希望被吞噬的小人物的命运。他终生都在控诉各种各样的苦难，特别是对苦难中最孤弱无助的孩子们的命运尤为关注。另一方面，作家并不满足于对苦难现实的直接再现，而是在形而上的层面思考苦难的根源、苦难同人的罪性和上帝信仰的关系以及如何消除苦难等问题。通过"孩子的眼泪",陀思妥耶夫斯基不仅展示了罪所造成的苦难之果,揭示了苦难对于赎罪的意义,还对传统的神正论问题做出了独特的回应。

一 苦难的象征:"孩子的眼泪"

陀思妥耶夫斯基一生都在为"孩子的眼泪"忧心如焚。他笔下的孩童,多是孤苦无告的,受尽贫穷、欺凌和折磨,命运悲惨。作家以深深的怜悯之情展示了一幕幕人间惨剧。

《穷人》中的瓦连卡十二岁时因家庭遭遇变故举家从乡下搬到彼得堡,寄宿在亲戚家中,在父母亲先后病故后落到"恶人的魔掌里",被威逼利诱嫁给地主贝科夫,最终未能逃脱厄运。戈尔什科夫九岁的孩子死掉了,后来他自己也发疯而死,留下两个更小的孩子与母亲相依为命。杰武什金在街头遇到过一个十来岁的小男孩,他拖着病歪歪的、瘦弱的身子在严寒中沿街乞讨,哆嗦着,像一只从破巢中跌落下来的小鸟,手脚全都冻僵了,喘不过气来;更惨的是,从他的咳嗽声中就能听出死神已经在不远的角落等待着他,而他无可逃脱,没有得救的希望。"这就是他整整的一生!"杰武什金悲痛万分地慨叹道。在小说《涅托奇卡·涅兹万诺娃》中,九岁的孩子涅托奇卡整个童年生活都被涂上了阴暗的色调:父亲沉溺于自视为旷古奇才的幻梦,终日纵酒,同母亲争吵不休,全家生活困窘无望。这个早熟的孩子无法明白,为什么她看到其他人的外表好像跟她的父母都不一样,为什么在她蜗居的角落从来没有欢笑和喜悦。《永远的丈夫》中的小女孩丽莎则成为养父泄愤的对象,遭受仇视和虐待,在被弃的痛苦中悒郁而死。在《罪与罚》中,卡捷琳娜和她的孩子们被房东赶走,之后孩子们被疯癫的母亲强逼着去"卖艺"乞讨。《群魔》中十四岁的少女玛特廖莎成了斯塔夫罗金淫欲的牺牲品，最后上吊自杀。

在《卡拉马佐夫兄弟》中，伊万揭示的孩子们遭受的苦难更是骇人听闻。在他眼中，孩子们纯洁无罪，清白无辜，特别是七岁之前的小孩子，仿佛是与成人天性完全不同的另一类生物。尽管不相信基督"爱邻舍"的教诲，但他认为能够在近处去爱孩子们，无论他们是邋里邋遢还是相貌丑陋。所以他对孤弱无助的孩子成了大人施虐的对象感到激愤万分，收集到许多相关"实例"，特别是"收集了很多很多有关俄国儿童的情况"（15卷：377），一一向阿廖沙道出。他讲到土耳其士兵带着极大的快乐折磨儿童，把他们从母亲的怀中夺走，当着母亲的面把吃奶的婴儿向上抛掷然后用刺刀接住挑死；一名士兵在离他的脸四俄寸的地方用手枪瞄准了孩子，"那孩子快乐地呵呵笑着，伸出两只小手想抓住手枪，突然那个杀人的行家里手对准他的脸扣动了扳机，把他的小脑袋打了个稀巴烂"（15卷：372）……在俄罗斯，两位受过教育的父母"想尽一切办法"虐待一个五岁的小女孩："对她拳脚相加，用鞭子狠狠地抽……把她打得遍体鳞伤、浑身青紫；最后，他们竟挖空心思地折磨她：在大冷天，在天寒地冻的夜晚，把她关进茅房，锁起来，冻了一夜……他们便用她拉的屎抹了她一脸，并逼着她把这屎吃了，而且这还是母亲，母亲硬逼着她这么做的！"（15卷：378）伊万讲述的类似事例还有许多。借用他的话来说，这些材料构成了"整个地球从地表到地心都浸透了"人间血泪的最有力也最直接的证明，无辜的孩子们就是成人兽性的牺牲品。对此，他提出一连串问题：谁有权用孩子们的苦难来换取永恒的和谐？为什么孩子们应当受苦？为什么孩子们应当对他们祖先的堕落犯罪负责？在伊万质询与控诉的强音背后，是陀思妥耶夫斯基对浸没于苦难中的孩子们撕心裂肺般的痛惜和由衷的同情。在写给柳比莫夫的信件中，作家为他的主人公伊万提出以下辩护。

> 一位二十三岁的青年人注意到了这件事（指"五岁的小孩子学不会请求"这一细节——笔者注），仅此就已表明，他考虑过这种事，他比许多同龄的年轻人更认真地为此而痛苦。人民一般是从总体上表示同情，对类似的细节不加注意，而一个二十三岁的年轻人却注意了，那就是说他用了心了，他在头脑里进行了思考，他是孩子们的律师，不论他以后会怎样装扮成一个无感情的人，但他身上有着对孩子们的同情和最真诚、最温存的爱心。在小说中这个伊万后来间接地犯了罪，但他犯罪不是出于算计，不是由于贪得遗产，而可说是出于原则，是为了思想。之后他对此不能控制并出卖了自己，也许正是因为这次在分析孩子们的痛苦时，他未能放过这种看来是微不足道的细节。(22卷：1104)

陀思妥耶夫斯基将伊万称为"孩子们的律师"，认为他的身上有对孩子们最温存的爱心，这何尝不是作家本人的境况？作家一直关注现实社会发生的惨剧，为孩子们遭受的不幸鸣不平。除了小说，19世纪70年代，他还多次在《作家日记》上发表文章和随笔呼吁关注儿童的凄惨处境。但陀思妥耶夫斯基绝不是一般意义上的人道主义者，对于苦难只知道含情脉脉、软弱无助地流下同情的泪水；面对"孩子的眼泪"，他不只宣扬同情与怜悯，而且也坚信苦难的价值。这就是陀思妥耶夫斯基屡遭误解的"残酷"之处。可以说，陀思妥耶夫斯基本人即苦难的化身。他一生经受了监禁、苦役、流放、病痛、贫困和污蔑等诸般苦难；然而从他的书信中，读者看到的更多的是一颗在血泪中仍然唱出恩典颂歌的充满柔情的心，是忍耐、顺服和承担。

二　苦难的价值

在陀思妥耶夫斯基笔下，"孩子的眼泪"是人类承受的巨大苦难的缩影，充分显示出人性的罪恶，揭开了世界这个大魔盒中装满了恶的真相。而一旦揭开现实虚伪的面纱，其惨不忍睹的内里就暴露无遗——责任心和爱荡然无存，苦难的制造者已堕落成原始的野兽，其人性的扭曲、阴暗和畸形让人难以再对上帝创造的世界抱有充分的信心。伊万从血淋淋的苦难现实，从"孩子的眼泪"中窥见了人类可怕的兽性："任何人身上都蕴含着兽性，这是一头动辄发怒的野兽，一头听到被虐杀的牺牲品的叫喊便感到一种沸腾的快感的野兽，一头刚被解开锁链就横行无忌的野兽，一头因纵欲过度因而染上各种脏病、痛风、肝病等等的野兽。"（15卷：378）但伊万认为，并没有人为人的罪性所造成的苦难承担责任，没有人在现世受到足够的报应和惩罚。因此，除非亲眼看到不公义的、充满苦难的"荒谬"现实有所改变，否则他无法再继续相信上帝的公义，也无法与世界和解。正是由苦难出发，伊万宣布他拒绝接受"上帝创造的此世界"。此世的苦难同上帝存在和基督之爱的分裂与矛盾，使他陷入撕裂般的痛苦和绝望。无辜孩童受难的真实事件尤其令他心痛，苦苦纠缠和折磨着他；因为在他眼中，最高的和谐连小孩子的一滴眼泪也抵不上。在这一涉及神正论的问题上，伊万感受最为强烈的是作为爱者的基督的缺席，感受到的是隐匿的上帝死寂般的沉默甚至是残忍的默许。出于对弱者的怜悯、同情和对各种人间血泪的痛心，伊万提出这样的问题：如果上帝存在，如果上帝是至善的，那么，他为何会允许这些人间苦难的发生？如果说为了最高的和谐可以牺牲无辜的孩子的眼泪甚至生命，那么，在这样的和谐中是否还有上帝的爱？由此，经由人间的苦难和对世人的爱，伊万走上了怀疑上帝的道路，站在了走向无神论的十字路口。

陀思妥耶夫斯基深刻地揭示了伊万的悲剧——他一方面承认上帝的存在并"乐意"接受他，另一方面又拒绝接受上帝所创造的世界，认为上帝是各种苦难和罪恶的魁首。伊万并不是一个简单的无神论者和怀疑论者，他纠结于上帝存在与否、善与恶、苦难与救赎等问题无法自拔，他的灵魂也因此陷于痛苦的深渊。在《卡拉马佐夫兄弟》的创作草稿上，作家这样写道："恶棍们撩惹我，说我对上帝的信仰是愚昧和落后的。（……）我可不是像傻瓜和盲目信仰者一般地信仰上帝……可是他们愚蠢的本性就连做梦也想不到我所经历过的否定的巨大力量……伊万·费奥多罗维奇是深刻的。他不是当代那种无神论者，他们在论证自己的无信仰时所证明的只是其狭隘的世界观和愚钝的蠢材。"（22卷：1245）就某种意义而言，伊万对上帝的反抗与他对上帝的呼唤是同质的——他高举基督之爱的旗帜，呼唤它此世的临现，期待它来战胜苦难。他也曾如宗教大法官那样热烈地寻找和信仰《圣经》中那位作为精神存在的上帝。但在俗世中，在地上的王国中，他发现一切都与真正的耶稣之道背道而驰，地上的王国已堕落成一个敌基督和反基督的世界，这里横行的是另一种现象和法则——自由之爱被强制的善取代，且是拿了自由的名义；对面包的渴望和追求压倒了一切，盖过了对神圣信仰的愿望；教会和国家的联合使得信仰堕落为权力的附庸；丢弃上帝之后，"一切都是允许的"就成为新法则，强权支配了整个世界……这样的处境使得伊万相信人类只能作恶而毫无行使基督之爱的能力，上帝也不再垂爱世人。

问题的关键在于，究竟是上帝还是人类应为人世间的苦难担负责任呢？伊万并不相信人类具有承受上帝所赋自由的能力，而正是这一神圣的自由是罪恶和苦难的根源。在否弃了人的精神自由后，伊万必然视上帝为人之罪恶与苦难的承担者。伊万极为鄙视使人陷入不幸的自由："关于我们的整个地球从地表到地心都浸透了人间的其他血泪——我还只字未提……人似乎是自作自受：给了他们天堂，他们偏要自由，而且偷了天上的火种，他们早知道这样做只会遭到不幸，所以不必可怜他们。"（15卷：381—382）伊万对自由的鄙薄是对人的贬损，也是对上帝的亵渎。伊万所面临的可谓"最后的诱惑，宗教大法官的诱惑"[①]。在宗教大法官眼中，自由带给人类的是"骚动、暴乱和不幸"的命运，人类"软弱的灵魂"只会以为"做自由人实在太可怕了"，根本无力承担上帝赠予的精神自由。在宗教大法官的理论和伊万的思想中贯穿着同样的逻辑——自由导致了苦难，而自由是上帝赋予不堪重负的人类的，因此，上帝应该为苦难负责。

陀思妥耶夫斯基经历了怀疑大熔炉的冶炼，在精神上已经处于超越伊万的阶段了。他克服了限制和剥夺人的自由以使人从苦难中解脱出来的诱惑，从苦难中看到了赎罪的力量和走出罪恶循环怪圈的希望。在他看来，苦难是由人的罪恶造成的，是人在自由地选择善和恶时追随后者造成的。人是苦难的肇始者，因此，是人而不是上帝应当为苦难负责。在基督教信仰中，初造之人，亚当和夏娃在偷吃知识树上的果子之前并没有沾染任何罪孽，伊甸园中也没有苦难。悖逆上帝是人自由的选择，罪孽、死亡和苦难从此降临世间。上帝对人类进行惩罚，要求人类承担罪孽的后果，这是对人的自由及主权的尊重。陀思妥耶夫斯基对苦难、罪恶和自由的理解完全符合这一信仰传统。他认为，苦难的存在与人在自由中悖逆和不信上帝的选择有关，制造苦难的罪恶行为本身就是背弃上帝的行为。他展示了失去信仰将会导致

[①] [俄]尼古拉·别尔嘉耶夫：《自由的哲学》，董友译，学林出版社1999年版，第167页。

何样的苦难和悲剧，并用这种方式来证明相信上帝存在的必要性。他不是在理性、推理和欧几里得几何的三维空间中去论证上帝的存在，寻找上帝的踪迹，而是在苦难中、在人的罪性与自由中深情地呼唤上帝。他指出，无论是制造苦难者还是受难者，都应该重回上帝的怀抱。苦难与恶已是一种客观存在，人们无法靠自己的力量走出罪恶的循环，唯有靠着上帝的恩典才有可能在抗争中走向救赎，实现生命的意义。人类的使命就在于创造性地利用自由，努力战胜苦难的根源，即摆脱罪恶，与上帝复合并获得自上帝而来的恩典。佐西玛长老在他的临终遗言中讲到，要"咬牙忍受"罪恶行径和苦难带来的痛苦，用来自上帝的"光明"照亮他人的道路；人单靠自身的智慧无法建立公正的生活，但靠着上帝恩赐的爱就能获致"大欢喜和狂喜的境界"，快乐的眼泪将浇灌大地；与基督同在就能战胜罪恶的根源，在更高的"普渡众生"的意义上实现生命的富足和快乐。长老的这些话语既是对伊万的回应，也是作家思想的正面表达。别尔嘉耶夫对此有很好的把握，他指出，"历史的任务不在于战胜苦难和不幸（结果），而在于创造性地战胜恶和罪（根源）。世界上有恶存在，不仅不是有利于无神论的证据，不仅不应使人们反对上帝，而且必然导致伟大的生活意义的意识、世界史伟大使命的意识"[①]。这几乎同佐西玛长老的说法如出一辙。

陀思妥耶夫斯基还"残酷"地指出，受苦的体验会帮助人涤除身上的罪恶，苦难具有赎罪的力量。苦难具有多重形态，上文提到的拉斯柯尔尼科夫和伊万承受的痛苦就是其中具有形而上意义的苦难。各种层次的苦难都与人的罪性体验有关，人在苦难中如果能够面向更高的存在

---

① [俄] 尼古拉·别尔嘉耶夫：《自由的哲学》，董友译，学林出版社1999年版，第129—130页。

知罪悔改，那么恶就会被战胜和焚毁。上帝的力量穿越苦难的绝境，给人带来意义和安慰："苦难在自身中，通常是无意义的，在对某一受难者的关注中，才有某种意义提供出来，这种提供出来的意义只会在充满依赖地与一切荒谬针锋相对中被把握到，以便能够懂得：一种处境哪怕如此无望、无意义和无出路，——但即便在这里也有上帝存在，不仅仅在光明中、在快乐中，甚至在黑暗中、在悲伤中、在痛苦中、在忧郁中，我也能够遇见上帝。"① 在苦难中对上帝的呼求和遭遇上帝的体验，已经远离并战胜了苦难，已是喜乐、至福的体验。

陀思妥耶夫斯基笔下绝大多数人物都如波尔菲里那样明白"受苦受难是包含着深意的"（8卷：584），或者用其生命证实了苦难中的"深意"。在《死屋手记》中的一些罪犯身上，在索尼娅、格鲁申卡等人那里，苦难和不幸都同灵魂净化与救赎有紧密的关联。在拉斯柯尔尼科夫、斯塔夫罗金和伊万等人物身上，承受苦难不仅意味着承受物质的贫穷或疾病的折磨，也不只意味着承受精神的痛苦，还包含对自我出于自愿的否定。这种否定意味着放弃高傲的自我，承认自己的"不能"，从而实现生命的彻底翻转。《罪与罚》中的"分裂派教徒"米柯尔卡根本没有杀人却主动认罪，因为他相信"理当去受苦"，应该在苦难中涤除身上的罪恶。德米特里身上赎罪的渴望如此强烈，以至"想用苦难的办法使自己重新做人"（16卷：1176）。经受过"三次磨难"并感受过带有启示性梦境之后的德米特里，已经从罪恶的深渊开始向"高尚的人"上升。伊万在对上帝恶魔式的反叛和抗议中承受了无尽的痛苦，但心中对基督的信仰和渴慕之火始终未曾熄灭。在经历了约伯式的诘难和怀疑的熔炉后，伊万的信仰可能会被新的体验

---

① ［瑞士］汉斯·昆：《论基督徒（下）》，杨德友译，生活·读书·新知三联书店1995年版，第627页。

和领悟锻造得更加坚定和成熟:"伊万·卡拉马佐夫……他们的反抗上帝不是形而上的对上帝的厌恶和彻底选择恶,这些人在探索,在为人类清扫道路。"① 伊万在铁屋中的彷徨和呐喊是对苦难之痛和上帝之爱的重新审视,是基督信仰内部更新和变革力量的冲撞。

但陀思妥耶夫斯基绝不因苦难有赎罪的作用而倡言去追求苦难,苦难作为罪恶、自由不可避免的结果必须努力加以根除。苦难是走向赎罪的道路,但它的根源是恶,恶必须被战胜,被超越。接受苦难的客观存在并不意味着纵容苦难和罪恶,而是创造性地消灭苦难的根源,这就是陀思妥耶夫斯基关于苦难的辩证理解。

陀思妥耶夫斯基甚至提出更高的人道要求,即在苦难中仍然相信爱并坚持去爱人。在体认世界上的恶和痛苦之时仍能流着同情的泪水去爱,这是对绝对之善的正确回应,也是从苦难走向救赎之道最难跨越的一步。陀思妥耶夫斯基揭示出,如果从恶和痛苦走向了恨恶、绝望和诅咒,那么爱将荡然无存,爱的意愿也将变质为苦毒的仇视,个人将走向恶魔的道路而非赎罪的道路。伊万正是从人间血泪走向了绝望和恨,进而摇摆于信仰与不信仰之间。伊万对人之兽性的揭露和表现如针芒刺心般有力,他抗议的声音和痛苦的呐喊也是振聋发聩的。究竟该如何祛除血淋淋的恶,如何消除苦难?陀思妥耶夫斯基给出的答案极为残酷——试图用暴力来斩断一切、破坏一切、铲除一切,靠人手再造一个新天新地,实现人间天堂的幸福,只能引发新的罪恶,只会让天堂离人类世界更为遥远;正是因为存在如此多的苦难,才需要去爱有罪的人,爱所有人,包括伊万提到的凶狠如兽的人;唯有靠着基督名义下人心和人性的改变,靠着自由之爱,救赎才有希望。

---

① [俄]尼古拉·别尔嘉耶夫:《陀思妥耶夫斯基的世界观》,耿海英译,广西师范大学出版社2008年版,第168页。

第四章 从罪到救赎的灵魂转向

陀思妥耶夫斯基对罪及其恶果进行了严厉控诉,但他的最终用意不是"定罪"和惩罚,而是彰显拯救的必要性以及救赎的可能性,通过洞察人身上的幽暗来"攻克己身"。他相信,人在吞下罪的恶果、"喝下这杯苦酒"时可能会带着罪感重新自由地回归至高的善,认罪悔改;因此,罪恶并非必然是人的最终命运。从产生罪性意识、接受惩罚到精神复活的灵魂磨难中,包蕴着陀氏关于罪的"辩证法"。

第一节 罪性意识的双重可能

罪必然导致痛苦和苦难,必然遭到惩罚。在陀思妥耶夫斯基那里,惩罚之所以必要,既是人的主体性地位理当担负责任的要求,更是因为惩罚能唤醒人的罪性意识。

一 惩罚与人的罪性意识

陀思妥耶夫斯基极为看重人的罪性意识,肯定惩罚对于唤醒人的罪性意识起到的积极作用。他不同意为了减轻痛苦而取消惩罚,而是坚持惩罚和痛苦对于人的正面价值，视其为人必须为自身罪恶担当的责任以及救赎的起点。这符合正统的基督教思想："由于人受到了原罪的玷污，他的得救的历史就只能由教化和惩罚构成，这既是正义的，也是仁慈的。"① 陀思妥耶夫斯基将惩罚表现为一种有效的拯救形式，认为惩罚唤醒了人的罪感和尊严。恶、痛苦、惩罚既是罪的后果，同时也开启了由罪走向救赎的可能性。陀思妥耶夫斯基对陷入罪孽的人抱有一种深沉的情感，对所有人包括罪孽最为深重的人复归上帝之爱的可能性坚信不疑，认为这种可能性就寓于人的上帝意识和罪咎意识之中。

陀思妥耶夫斯基试图表明，人的罪性意识具有双重可能性——罪性意识的深处既有可能遭遇神性光照的乍现，亦有可能为无边的黑暗所笼罩。灵魂的锻造就是出离黑暗进入光明的反复和激荡，就是在善恶此岸与"善恶的彼岸"的双重站立中不被摧垮的过程。罪性意识是一把双刃剑，既有可能借此抵御撒旦的侵袭而投身上帝的怀抱，亦极有可能划伤自己而血流如注。别尔嘉耶夫曾经坦言："如果罪性意识是我注定要走的精神道路不可避免的因素；那么，特别为这种意识献身，并且无限地深化它，就会导致对生命力的压制和削弱。罪性的体验可以发生在启蒙和复兴之前，也可能转化成无边的黑暗之凝聚。"② 斯塔夫罗金宣称，他可以为了赎罪而寻求"无穷的苦难"，但他拒绝了吉洪建议的苦修，也没有公开忏悔。所以说，他抛弃了卷入再生的最后机会。③ 拉斯柯尔

---

① [德] 卡尔·洛维特：《世界历史与救赎历史：历史哲学的神学前提》，李秋零、田薇译，生活·读书·新知三联书店 2002 年版，第 208 页。

② [俄] 尼古拉·别尔嘉耶夫：《自我认知》，汪剑钊译，上海人民出版社 2007 年版，第 157 页。

③ Alexandra F. Rudicina, "Crime and Myth: The Archetypal Pattern of Rebirth in Three Novels of Dostoevsky", Publications of the Modern Language Association, Vol. 87, No. 5, October 1972, p. 1068.

尼科夫既经历了灵魂的伤痛，又在委身中品尝了"复兴"的喜悦。他对罪的反复思量和体认是对神圣存在的积极回应，具有祛除疏离和阻隔、修复神人之间关系的作用。在这个过程中，他意识到个体的匮乏、卑贱，进而渴求赎罪，渴望神性、完美和富足；这样，"罪与欠"就成为他克服恶和走出心罚并与神圣存在建立信任和交托关系的起点。他在广场上下跪和亲吻大地的举动是他走出孤立状态、与民众共同体和世界复和的象征。而对于费奥多尔·卡拉马佐夫来说，长期堕落的生活已麻醉了他的罪恶感，罪更多地意味着"无边的黑暗"。同阿廖沙的相处再次唤醒了他的罪性意识，至少使他将眼光投向自我的实存，从而能够在个体的自我审视中为觉醒提供契机。

出于对罪人的同情，陀思妥耶夫斯基拒不接受罪人永远在地狱中接受惩罚的观点。格鲁申卡"一颗葱头"的寓言表明了作家的立场："坏女人"只因为施舍了"一颗葱头"而被允准拉出地狱的火湖，而所有人都不可能连一个善举都没有。在长诗《宗教大法官》所谓的序言部分，作家还提到名为《圣母巡视地狱里的诸磨难》的伪经故事：圣母巡视地狱，看到罪人在地狱里受到种种刑罚，"他们已被上帝遗忘"，于是噙着眼泪恳求上帝"不加区别地赦免"她看到的所有罪人。这个细节表明，作家不能忍受人在地狱中永远受苦的想法，坚信所有罪人都可能得到救赎。

二 "罪的辩证法"

在陀思妥耶夫斯基的世界中，罪和罪性意识是走向信仰和赎罪的起点，但信仰又需要经历怀疑的熔炉，其中包含"罪的辩证法"、善恶的辩证法。而远离和悖逆上帝、身处痛苦和负罪的悲剧现实中的人可能从人而神的道路转向神而人的道路，有罪和无罪、善与恶、信仰与怀疑之间并无截然分明的界限。巴赫金对此有深刻的认识："在他那个世界里，一切都与自己的对立面毗邻而居……对神明的信仰与无神论毗邻，在无神论中反映出自己，而且理解无神论；无神论同样与信仰毗邻并理解它。上升和高尚与堕落和卑鄙毗邻（如德米特里·卡拉马佐夫）。对生活的热爱与对自我毁灭的渴望毗连（基里洛夫）。纯洁和贞节可以理解罪过和淫欲（阿廖沙·卡拉马佐夫）。"① 卡萨娜·布朗克也指出，如果辩证地看，"陀思妥耶夫斯基似乎在说，通向正义之路并不比通向罪的道路冒险更少——这些献身于上帝的修士、长老和宗教大法官们，发现自己比那些不委身上帝的人更易受到恶的攻击"②。在那些亲近上帝或专门侍奉上帝的角色那里，陀思妥耶夫斯基将赎罪表现为善与恶的和解而非消灭恶的力量。在他们身上，善的力量超越和驾驭了恶的力量，从而远离罪，实现了"正义"。

所以，不能单单从罪孽出发固化、静止地看待作家笔下的人物或者由此得出悲观的结论。陀思妥耶夫斯基极力主张，罪孽是赎罪的起点而非生命的终点，存在赎罪的无限可能，不能对任何人丧失希望。他的主人公常常给人留下这样的印象——他们极易陷入谵妄状态，很难分清是正常人还是疯人。肺病、肝病、癫痫、神经质、歇斯底里症、嗜酒狂等"病症"不是单单地表现在人物的体质特征上，也渗入其思想风暴、信仰甚至神秘的哲学信念。病人们发出呓语、呼喊、争辩，喷涌出无限的、无以遮拦的精力，同时还带着不可遏止的冲动，

---

① ［俄］巴赫金：《巴赫金全集》第五卷，白春仁、顾亚玲译，河北教育出版社1998年版，第236—237页。

② Ksana Blank, *Dostoevsky's Dialectics and the Problem of Sin*, Evanston：Northwestern University Press, 2010, p. 65.

不惜同魔鬼打交道的孤注一掷的神气。他们此刻颐指气使，下一刻又俯首忍从；一时痛哭忏悔，瞬间又把灵魂交给魔鬼。因此，小说中到处是旋风般的运动，一切都不可预测。但是，就是在这些人物身上，在这种氛围中，陀思妥耶夫斯基表达着对救赎的渴望与期待。这植根于他对俄罗斯人性格中的极端性甚至是乖戾特征的深刻理解和准确把握。德米特里这一形象的塑造极具典型性。作家坦言："我还要更鲜明地刻画米佳·卡拉马佐夫（即德米特里——笔者注）的性格：他在不幸和误判的灾难临头时净化他的心灵和良心。他心灵上接受惩罚并非因为他所做的事，而是因为他过去胡作非为，他曾经可能而且想要犯罪，为此他将因法庭的错误而被误判。这个性格完全是俄罗斯式的：雷不轰鸣，农夫就不在胸前画十字。他的道德净化在进行预审的几个小时中已经开始，我正是为此而写第9卷的。"（22卷：1138）一个专事"胡作非为"的年轻人竟然可能通过"道德净化"变身为"大圣人"，德米特里的命运最能显示作家对罪的辩证理解。

所以说，陀思妥耶夫斯基不是简单、平面地表现人的罪孽和罪性，而是将其置于极限处境，让其在自我毁灭式的斗争中反复试炼，将人置于原始力量的洪流中或自我意志的砧板上严加考验。作家笔下的所有人物都在对上帝做出自由的回应，以其整个生命和存在来做出应答。这些人物不是世界舞台上的独舞者，而是以其生命演绎自身同上帝的关系。人在极限中自由地决定是仍处于罪孽之中还是投身于上帝之爱，由此展开并上演了一幕幕人生悲剧。对此，梅列日科夫斯基精彩地总结道："在陀思妥耶夫斯基那里，到处都是人的个性，这种个性被引向其最后的极限，从阴暗中的、自发性的、动物性的根中生长，发展到灵魂性的终极光辉顶峰，到处都是英雄般意志的斗争……按照英勇—斗争所占的主导地位，陀思妥耶夫斯基的主要作品，本质上完全不是小说，不是史诗，而是悲剧。"①

对人脱离罪孽、走向赎罪道路的确信，对罪和痛苦更高意义的肯定，充分显示出陀思妥耶夫斯基对基督救赎力量和基督之爱的信心，对罪人之不幸的无限同情。在《圣经》中，基督是以"苦弱"无辜的形象出现的，但正因为他的软弱无力方显出他赎罪者的身份和拯救的使命："耶稣基督作为受苦的存在，为我们担起罪过——在真理之光和爱的确实性中担起整个世界的罪过。罪过与无辜的辩证法在耶稣基督身上以同样的形式主体化了，他与同样承负着罪与无辜的人在主体形态上是无差异的。"② 在耶稣的悲剧存在和主动"承负"中，神圣之爱穿越痛苦降临人身。在《宗教大法官》中，陀思妥耶夫斯基表现了基督重临时安慰众人的场景。他悄无声息、毫无征兆地降临人间做短暂的驻留，他的降临不是要进行末日审判，而是为了满足人们长期以来对其再来的热切渴望，"来看望那些备受折磨、受苦受难，又臭又有罪，但却像婴儿般爱他的平民百姓"（15 卷：391）。降临之后，基督马上就为聚集起来的人群祝福，治病救人，使死人复活，赢得了人们充满激情和感动的颂赞。

第二节　精神复活之可能——以拉斯柯尔尼科夫为例

陀思妥耶夫斯基小说中的人物多是未定型的。读完每部小说，读者只能暂时确定人物当下的状况，却无法确切预知他们未来的人格发

---

① ［俄］梅列日科夫斯基：《托尔斯泰与陀思妥耶夫斯基》卷一，杨德友译，华夏出版社 2009 年版，第 228—229 页。

② 刘小枫：《走向十字架上的真——20 世纪基督教神学引论》，上海三联书店 1995 年版，第 408 页。

展和命运。巴赫金也指出，陀思妥耶夫斯基的小说主人公都具有"未完成性"特征。换言之，陀氏笔下的"恶人""人神"和"神人"，都走在从罪恶通向罪恶或从罪恶通向救赎的道路上，这也是陀思妥耶夫斯基关于罪的"辩证法"的重要体现。但一些研究者对此认识不足，更倾向于否定陀氏主人公走向精神复活并最终得以救赎的可能性。最典型者莫过于对《罪与罚》尾声部分拉斯柯尔尼科夫没有实现精神复活的种种意见。因此，非常有必要对各种不同意见进行重估，阐明该部分的诗学特征，揭示出作家传达宗教信念的独特方式，由此阐明作家关于罪的辩证理解。

一 关于拉斯柯尔尼科夫精神复活的论争

对于尾声部分，学界的看法基本可以归为两大阵营。其一是否定性的，认为拉斯柯尔尼科夫的精神复活不合情理，尾声部分在诗学上是失败的。譬如，英国学者厄内斯特·西蒙斯（Ernest J. Simmons，1903—1972）认为，"尾声显然是小说最弱的部分。拉斯柯尔尼科夫在基督教的谦卑和索尼娅之爱的影响下重生，这既无法让人从艺术上接受，在心理学上也不合乎情理"[①]。在厄内斯特看来，极度的自高自大会遏止拉斯柯尔尼科夫忏悔的意念，即便是在监狱中，他内在的二元对立也没有缓释。无论是在心理逻辑层面还是就艺术手段而言，自杀都是拉斯柯尔尼科夫唯一、上好的选择；而且作家在创作笔记中考虑过做此安排的可能性。至于作家为何违反逻辑，让主人公备受折磨的精神得到安宁，厄内斯特解释说，较为明显的原因是作家有意迎合读者对大团圆式喜剧结尾的喜好；但更重要的深层原因不甚了了，仅

---

① Ernest J. Simmons, *Dostoevski: The Making of a Novelist*, New York: Oxford University Press, 1940, p. 165.

能看出,作家为小说最后的落幕做了相当多的准备。

美国耶鲁大学比较文学教授迈克尔·霍奎斯特(Michael Holquist,1935—2016)在《陀思妥耶夫斯基和小说》(*Dostoevsky and the Novel*)一书中指出另外一个问题,即尾声与作为小说主体的侦探故事的时间节奏是不同步的,作家对尾声部分时间的处置显得随意和无奈:"陀思妥耶夫斯基在强调小说中时间的差异时承受了巨大痛苦。小说用了几百页讲述两周的事情,甚至最关键的第一部分只关涉三天之事;而尾声的最后一段却覆盖了拉斯柯尔尼科夫的整个余生。"①

美国阿肯色大学的珍妮特·图克教授认为,尾声的两章之间明显是分裂的:"第一章的'理性'同第二章的'无理性'('反理性'),反映并涵盖了整部小说中理性和超验王国的势不两立。尾声两个部分的分裂是拉斯柯尔尼科夫自身西方理性主义和东正教信仰的分裂的折射。"②

美国普林斯顿大学比较文学荣誉教授约瑟夫·弗兰克(Joseph Frank,1918—2013)的批评显得更为尖锐:"陀思妥耶夫斯基知道,为可能的新拉斯柯尔尼科夫寻觅到充分的艺术形象是一项艰巨的任务,这在小说简短的收篇处几乎无从着手。所以,尾声即便不算整体上的失败,至少不能让读者满意。"③

相似的看法在俄罗斯学界也不鲜见。舍斯托夫就曾指出,拉斯

---

① Michael Holquist, *Dostoevsky and the Novel*, Princeton: Princeton University Press, 1977, pp. 100—101.
② Janet G. Tucker, *Profane Challenge and Orthodox Response in Dostoevsky's Crime and Punishment*, Amsterdam – New York: Rodopi B. V., 2008, p. 213.
③ Joseph Frank, *Dostoevsky: The Miraculous Years, 1865 – 1871*, Princeton: Princeton University Press, 1995, p. 147.

柯尔尼科夫这类主人公的悲剧在于，"不能够开始新的、另一种生活。因此这一悲剧的悲惨程度是非常深的，且毫无出路"①。相应地，作家在《罪与罚》的最后一段做出"庄严的许诺"，要创作一篇新小说"告诉我们这一新的现实，拉斯柯尔尼科夫的新的出路"②，但作家从未兑现这一许诺，因为"陀思妥耶夫斯基理解并善于描写的仅仅是不安定的、矛盾的、探索的心灵。只要他一努力描写探索清楚的、平静的、理解透彻的人，他就立即会落入可耻的陈腐思想之中"③。

与之对峙的另一阵营的学者们倾向于认为，尾声有其自身的发展逻辑，较好地完成了小说的收尾工作；拉斯柯尔尼科夫在走向精神复活是可信的。比如，美国普渡大学的毕比教授（Maurice Beebe）认为，"在小说最后几页，拉斯柯尔尼科夫放弃了'思考'，这毫不奇怪，因为智识在整部小说中都代表着本质上的恶的力量"④。威斯康星大学麦迪逊分校的罗森谢尔德（Gary Rosenshield）教授在《〈罪与罚〉：无所不知的作者的技巧》（*Crime and Punishment*: *The Techniques of the Omniscient Author*）一书中为《罪与罚》的尾声做了更有力也更切实的辩护，证明尾声和主体之间存在有机联系。他指出，一方面，"文本中一些回忆性段落把我们远远带出尾声中的时间，进入叙事者所说的属于另一个不同故事的模模糊糊的世俗王国。因此，这些段落

---

① [俄]列夫·舍斯托夫：《思辨与启示》，方珊、张百春、张杰等译，上海人民出版社2005年版，第260页。
② [俄]列夫·舍斯托夫：《思辨与启示》，方珊、张百春、张杰等译，上海人民出版社2005年版，第261页。
③ [俄]列夫·舍斯托夫：《思辨与启示》，方珊、张百春、张杰等译，上海人民出版社2005年版，第261页。
④ Maurice Beebe, "The Three Motives of Raskolnikov", *College English*, Vol. 17, No. 3, December 1955, p. 153.

不仅预先假定了拉斯柯尔尼科夫的监禁，而且也预示着他漫长的重生过程"[1]。另一方面，尾声的前一章半基本上延续了前文的讽刺性语调，尤其是"叙事者对于拉斯柯尔尼科夫的处理与尾声的功能正相契合"[2]。他进一步指出，那些贬抑尾声的意见的错误在于，没有意识到需要从形而上和实践两个层面来理解拉斯柯尔尼科夫不可思议的改变。美国马里兰大学英语系的帕尼查斯教授（George A. Panichas，1931—2010）对《罪与罚》的尾声赞不绝口。在他看来，"《罪与罚》的结尾将陀思妥耶夫斯基置于精神艺术的先知传统中"[3]，作家既完美地表现了人的精神突围的时刻，又表达了新生的希望，不愧是"伟大的预言小说家"。

可以看出，学界争论的焦点集中在三个问题：一是尾声同小说主体部分是否协调一致，二是尾声的两章之间是否存在分裂，三是拉斯柯尔尼科夫的精神复活是否可信。相对来说，来自肯定和辩护阵营的一方往往能深挖文本，在细读中得出一些富有启发性的结论。而来自批评甚至指责阵营的看法或多或少忽视了尾声是两章而非一章的事实，对尾声与小说其他章节关系的理解较片面、僵化，抑或单就部分文本，单从宗教视角来阐释，有意无意忽视了作家传达神圣启示的诗性特征。各种不同意见的存在也说明，尾声的诗学问题和拉斯柯尔尼科夫是否实现了精神复活都是相当复杂、极具开放性的话题。读者不能简单地判定孰对孰错，而应在既有研究的基础上更加细致、深入地

---

[1] Gary Rosenshield, *Crime and Punishment: The Techniques of the Omniscient Author*, Bristol: Western Printing Services, Limited, 1978, p. 110.

[2] Gary Rosenshield, *Crime and Punishment: The Techniques of the Omniscient Author*, Bristol: Western Printing Services, Limited, 1978, p. 117.

[3] George A. Panichas, *Dostoevsky's Spiritual Art*, New Brunswick: Transaction Publishers, 2005, p. 46.

进行思考和勘探，重回文本进行细读，梳理出尾声部分的诗学特征，继而辨识出隐藏在诗学面孔背后的终极信念。

二 从《罪与罚》尾声的诗学特征说起

各种异议之所以产生，主要原因在于，尾声部分表现出相对的发散性，同小说主体的共时性特征存有较大差异。陀思妥耶夫斯基善于在某一时空中聚合各种现实材料和思想，在同时共处的场景中戏剧化地展示每一人物的个性。这种"同时共存和相互作用"在巴赫金看来，是"陀思妥耶夫斯基艺术观察中的一个基本范畴"[①]，"是他艺术地感知世界的特点"[②]；陀氏"复调型小说"中的人物世界、观念世界和复调型艺术结构都以"共时原则"为土壤。在《罪与罚》这部小说的主体部分，共时性不仅体现在近乎狂欢化的时空组合中，体现为拉斯柯尔尼科夫等人内在自我多重意识的同时并存；还体现为不同类型人物的复杂共存、相互影响，人物个性、思想之间多声部式的共鸣、掺杂和纠缠。主体部分多重元素瞬间的聚合共存，显然能给读者带来类似于"旋风般的运动"的强烈感受。

然而，伴随着故事进入尾声，作品立刻从共时聚焦的场域跃入长时段的多维空间和虚化空间，呈现出与小说主体截然不同的发散性特征，这在尾声第一章尤为明显。小说主体分为六部，集中展示了12天之内发生的故事。受短时段的限定，作品中的人物行为密集交叉，相互紧紧搅缠在一起，拉斯柯尔尼科夫的内心更是疾风暴雨般激荡起

[①] [俄] 巴赫金：《巴赫金全集》第五卷，白春仁、顾亚玲译，河北教育出版社1998年版，第37页。

[②] [俄] 巴赫金：《巴赫金全集》第五卷，白春仁、顾亚玲译，河北教育出版社1998年版，第39页。

伏。相对地，尾声只有全书二十五分之一的篇幅，却概述了近一年半发生的事情，对审判过程、杜尼娅和拉祖米欣结婚、母亲离世、拉斯柯尔尼科夫的监狱生活等事件的交代都相当粗略。在空间与场景设置上，在近于回忆录体客观、冷静的陈述中，尾声第一章根本就没有创设相对具体、固定的行动空间，读者只能从中把握到两个巨大的叙事视点——回溯叙事中的彼得堡和"道听途说"的西伯利亚。与前文拉斯柯尔尼科夫所寄身的阴暗逼仄的小屋、干草市场的嘈杂喧哗、妓女索尼娅向杀人犯拉斯柯尔尼科夫宣读福音书的真实场景不同，尾声第二章虽然聚焦于西伯利亚的苦役犯集中营，但拉斯柯尔尼科夫的生存空间被赋予了更多的象征意蕴。正如罗森谢尔德教授指出的那样，"在尾声中，我们被引入一个特定、暂时的王国，有助于走向《圣经》中永恒的真理的空间而不是作为现实存在的19世纪俄罗斯的贫民窟"①。多维、虚化空间的发散性特征，给读者带来如此巨大的心理落差，以至引起了阅读上的不适。当接近和进入尾声的时候，读者如果依然停留在阅读惯势中，仍痴迷于主人公拉斯柯尔尼科夫耸人听闻的犯罪行为，自我分裂的痛苦和矛盾而没有走出其"超人"理论布下的迷宫，那么，故事的戛然而止，主人公动荡不安的灵魂归于平静便会让人猝不及防，这时，不适、疑惑甚至非议也就自然而然地衍生了。

实际上，尾声部分的发散性特征与小说主体部分的共时性是并行不悖、互为补充的，两者作为一个整体展示出作家处理不同时空和场景的能力以及高超的创作技巧。1866年11月8日，作家在给《俄国导报》的编辑尼·阿·柳比莫夫的信中写道："我希望小说的收尾能

---

① Gary Rosenshield, *Crime and Punishment: The Techniques of the Omniscient Author*, Bristol: Western Printing Services, Limited, 1978, p. 118.

产生新的印象，能像发表之初那样引起人们对它的议论。"① 同年12月13日，在寄给尼·阿·柳比莫夫的另一封信中，陀思妥耶夫斯基写道："在这第6部之后的结尾工作，我现在已看得很明显；我已动手写尾声，如今很清楚，结尾比我预想的还要短（这是自然形成的，从文学角度看这样好些，效果更佳）。"（8卷：700—701）从中可以看出，作家对小说的收尾怀有很高的期待，对尾声的架构、篇幅安排力争做到自然而然，达到最完美的文学效果，而且作家似已了然于胸。而从最终呈现的文本来看，精心设计的尾声极好地传达了作家的宗教观念，诗学方面也是成功的。

首先，尽管略有突兀之感，但尾声部分与小说主体之间没有丝毫的断裂之痕。将两个部分连贯起来的艺术方式非常多，最重要的是借助整体的时间之流。从某种意义上说，尾声第一章和小说主体同属等待救赎的世俗时间，主人公拉斯柯尔尼科夫的人生沉浮其间。而到了尾声第二章，叙事逐渐聚焦于复活节前后这一短时段并定格于主人公精神蜕变的瞬间，是为神圣时间。尾声的最后两段则展望了终末意义上的盼望："还得在未来做出巨大的功绩才行……不过历史现在已经揭开了新的一页，这是人逐渐新生的历史；是人逐渐脱胎换骨，逐渐从一个世界转入另一个世界，逐渐了解前所未闻的崭新现实的历史。"（8卷：693）刚获得新生的拉斯柯尔尼科夫已经进入崭新的现实，在新天新地中凭借新的功绩走向未来，走向至福至乐的天堂世界。在过去—现在—未来这一线性的基督教时间之流中，堕落—救赎—盼望的整体叙事框架得以展开和闭合。

尾声第一章的回忆性叙事方式也将尾声部分与前文黏合在一起。

---

① ［俄］陀思妥耶夫斯基：《陀思妥耶夫斯基选集·书信选》，冯增义、徐振亚译，人民文学出版社1993年版，第159页。

第一章开首写道："西伯利亚，一条宽阔而荒凉的大河，岸边有一座城市，是俄国的行政中心之一；城里有一座要塞，要塞里有一座监狱。二级流放苦役犯罗季昂·拉斯柯尔尼科夫已经在这座监狱里关了九个月。从他犯罪时起，已过去一年半的时间。"（8卷：676）在这种回忆性叙事语调中，文本从主体部分的即时性叙事转入尾声回忆录式叙事方式，空间的转换与时间间隔宣告了主人公拉斯柯尔尼科夫彼得堡生涯的结束；因为，彼得堡的世界从亲历变为旧闻轶事，意味着过往只能以回忆的方式呈现。这既决定了接下来对前西伯利亚的法庭审判等事件只能是概述、回顾，又拉开了在第二章中展示主人公在西伯利亚的现时生活的帷幕。回忆体叙事使得主人公彼得堡过往犯罪的历史性行为化为记忆留在意识深处，但其现实层面的影响仍在继续：尾声第一章讲到拉斯柯尔尼科夫的母亲在极度担忧和恐惧中精神陷入错乱而死去，她是拉斯柯尔尼科夫犯罪行为的第三个牺牲品。第一章的回忆性叙事将彼得堡和西伯利亚两个空间有机统一起来，将男主人公的过往、当下与未来这三个时间维度聚合为一。此外，叙事者对拉斯柯尔尼科夫命运整体上的有力"掌控"以及个别重要场景的相似与对应，也使尾声部分与小说主体显得更为密切而非离心。

其次，构成尾声的两章虽有较大差异，但两者紧密相连，并行互补，具有统合一体的内在理路。譬如，第一章所涉的主要情节依然发生在彼得堡这片理性喧嚣至上之地，第二章则聚焦于象征着苦难之地、神圣之所的西伯利亚。这样，每章都与主人公灵魂的境况相对应，彼此又前后相续。彼得堡是拉斯柯尔尼科夫孕育其"超人"理论并谋划和杀人、抢劫的罪恶之地，也是拉斯柯尔尼科夫供认犯罪行为接受审判的地方。作家对审判过程使用了类似场景中常用的讽刺手法，使之滑稽得近于荒诞。拉斯柯尔尼科夫的供词在侦探和法官那里显得不可思议，他把自首原因归为"真诚的悔悟"，在他们看来"显得过于简单"，不能说明什么。对拉斯柯尔尼科夫的审判考虑到了罪犯"不正常的心理状态和贫困的处境"，并在调查取证的基础上做出了有利于罪犯的减刑处罚。讲究实证和理性精神的法律依法办案，同时也借鉴了最新潮的心理学理论，适当地考虑了人道因素，但在第一章几乎看不到有什么东西触动拉斯柯尔尼科夫的内心。经由索尼娅的书信，读者可以了解到，拉斯柯尔尼科夫初到西伯利亚时对一切都毫不在意，冷漠，沉默不语，这无疑是他在彼得堡时期精神状态的延续。第二章的场景是在西伯利亚监牢。拉斯柯尔尼科夫的精神世界逐渐走出彼得堡时期的阴影，直至发生突变。如此，在西伯利亚生活之前，对拉斯柯尔尼科夫及其他人物状况的交代就成为一种承前启后的过渡。

在叙事风格上，尽管第一章叙事简洁、客观，充满冷色调，第二章细腻、柔和，饱含情感，但这种所谓的"对立"不足为虑，因为这只是叙事中心和焦点的变化造成的，且是出自作家的精心设计。第一章是收尾工作，不可避免地涉及杜尼娅、拉祖米欣等多个人物的终局问题；对受审的拉斯柯尔尼科夫也只能加以同样外在的、一般性的介绍，或是对初到西伯利亚的拉斯柯尔尼科夫的状况进行一种侧面、间接、客观的概括。相对来讲，第二章是重点、焦点，承担更重要的诗学功能——解决拉斯柯尔尼科夫的精神归宿问题。所以，叙事焦点从扫描多个人物到聚焦拉斯柯尔尼科夫本人的行动、思想和生活的变化，从关注外在事件转换到洞察灵魂世界微妙悸动的变化，决定了相应的叙事方式和风格。最终，小说故事的主干情节完美收官，拉斯柯尔尼科夫的灵魂走向和最终命运成为尾声部分最耀眼的中心。

最后，综合来看，尾声同小说主体部分一致遵从了"基督教现实主义"的美学原则。扎哈罗夫对陀思妥耶夫斯基小说的创作理念和福音书的关系进行了深度分析后指出，"没有人像陀思妥耶夫斯基这样在小说诗学中掌握了新约圣经的美学原则——福音的现实主义"。"陀思妥耶夫斯基是第一个在作品中有意识地达到基督教现实主义高度的人。"[①] 按扎哈罗夫的解释，基督教现实主义的美学原则展现于"新约关于世界、人和弥赛亚的双重性（人性和神性）的理解中，也不可回避地反映在使徒行传中"[②]。简言之，这一美学原则指的是，诗意地表达上帝在场、基督显现或神圣之道开启过程中人的灵魂回应、变化和转向，在人和神的动态关系中表现人的各种可能性与未完成性。在尾声部分，无论是时间、空间的设置，还是叙事焦点的变化，抑或是一些细节的设置，都绝妙地体现了"基督教现实主义"的美学原则。譬如，尾声部分拉斯柯尔尼科夫奔赴的流放地西伯利亚，不仅是东方文化的象征，也是俄罗斯民族传统精神的根基所在。这里的河边、河水都喻示着人的精神污垢需要消除，灵魂可能变得纯洁，这同小说正文中写到的彼得堡肮脏的涅瓦河水形成对照。一些具体细节也充满象征含义，与人的精神动向密切相关。拉斯柯尔尼科夫拿出枕下的福音书，这本被索尼娅转送的被他杀死的丽莎维塔的圣书，开始重新去思考信仰问题；圣书阅读成为他走向上帝福音的新"现实"。最后两段更是直接预言式地宣告拉斯柯尔尼科夫和索尼得到新生活的可能性，指向一种新的、充满开放性的未来。

---

① ［俄］В.Н. 扎哈罗夫：《陀思妥耶夫斯基与福音书》，张变革译，《比较文学与世界文学》2016 年第 2 期。

② ［俄］В.Н. 扎哈罗夫：《陀思妥耶夫斯基与福音书》，张变革译，《比较文学与世界文学》2016 年第 2 期。

三 神圣启示的诗意表达

拉斯柯尔尼科夫的精神复活问题与尾声的诗学问题是联为一体的。如前所述，围绕最核心的问题即拉斯柯尔尼科夫精神复活，尾声第一章和第二章的前半部分做了充分预备：远离彼得堡来到西伯利亚的拉斯柯尔尼科夫精神上并未有太多变化，与他对母亲去世的淡漠反应一样，他对索尼娅极为疏远，对囚犯们满是憎恨。但若止步于此，那么就会像一些评论家那样得出结论说，拉斯柯尔尼科夫的精神复活过于唐突，不能让人信服，也没有得到充分处理。比如，英国布里斯托尔大学的 R. 皮斯教授认为："尾声没有处理复活的问题，它只是标志着新道路的起点。"[①] 其实，对于拉斯柯尔尼科夫有无实现精神复活、尾声部分的处理是否成功的问题，最好还是回到小说主体并对尾声第二章进行全面细读。

在叙事焦点转移到拉斯柯尔尼科夫最终的精神复活之前，作家在小说第六部第八章已开启了主人公的忏悔之旅。作品写到，当拉斯柯尔尼科夫走到干草市场的广场中央时，"他蓦地想起索尼娅的话：'去站到十字路口，先跪下吻一吻你玷污了的大地，然后向四周整个的世界大声说：我杀了人！'……他的心一下子软了下来，泪如泉涌。他就扑倒了……他感到一种欢乐和幸福的心境，在广场中央跪下，叩头到地，吻着这肮脏的土地。他站起来，又跪倒一次"（8 卷：664）。在人群中下跪和亲吻大地，这无疑是忏悔姿态和姿势的象征，拉开了拉斯柯尔尼科夫精神改变的大幕。之后，拉斯柯尔尼科夫来到警局，"舒缓而清晰地"承认他就是杀死老太太和丽莎维塔的凶手和抢劫犯，

---

① Richard Peace, "Motive and Symbol", in Richard Peace ed., *Fyodor Dostoevsky's Crime and Punishment: A Casebook*, New York: Oxford University Press, 2006, p. 95.

标志着他世俗法律层面认罪的开始。

作家充分展示了灵魂转向的难度：在传扬和撒那之前，真正的信徒都要经历无数次的熔炉锻造。环境的变化并不能像图克教授所说的那样自然而然地促成灵魂的转变，他认为拉斯柯尔尼科夫"拒绝屈服，因为在西方文化的背景中不可能救赎（尾声第一章可以看到这一点）。……拉斯柯尔尼科夫只能返回传统的俄罗斯东正教体系才能得救（第二章）"[①]。对于拉斯柯尔尼科夫来说，监狱里的"俄罗斯东正教体系"并不能直接触及灵魂，他的忏悔意识的生发还面临重重阻力："倘若命运能赐给他悔恨之心，一种强烈的悔恨，刻骨铭心，长夜难眠，痛苦得恨不得自缢投河，那该多好！啊，他会为此感到高兴的！痛苦和泪水，同样也是生活呀。然而他没有悔恨自己犯罪。"（8卷：685）不承认罪过，没有萌生强烈的忏悔意识，这就是自拉斯柯尔尼科夫到监狱后九个月以来的精神状况。但同时，在他的自我意识中，承认和忏悔罪恶的冲动又始终存在。监狱生活对拉斯柯尔尼科夫的最大影响在于，为他提供了时间上足够的"自由"去反思，让他更多地面向自己的灵魂，当然也仅限于此。此时，若非有新的契机猛烈地撞击灵魂，他的灵魂转向就不可能发生。

众多学者之所以不能接受拉斯柯尔尼科夫的灵魂转向，主要是认为这不合乎逻辑，无法用理性认识。但信仰的产生、灵魂的转变本就超出理性解释的范畴，只能从象征或形而上的层面来理解。在《罪与罚》中，作家特意设置了两个重要场景来诗意地表现主人公内在自我的裂变过程及其精神复活：一是拉斯柯尔尼科夫的梦境，二是他与索尼娅抱头痛哭的场景。

[①] Janet Tucker, *Profane Challenge and Orthodox Response in Dostoevsky's Crime and Punishment*, Amsterdam – New York: Rodopi B. V., 2008, p. 215.

拉斯柯尔尼科夫最后之梦充满象征意义。在梦中，出现了一种可怕的微生物，它们都是有智慧和意志的精灵，侵入人体后使得每个人都自以为只有他自己才掌握着不可动摇的真理；于是美和恶开始混淆，自视为唯一真理掌控者的人们提出各种"改正案"，并且开始相互指责、殴打、仇恨和残杀，结果农事荒废，大火、饥荒和瘟疫席卷了整个世界；最后"整个世界只有个别几个人得以幸存，他们是纯洁而优异人物，他们的使命是创造新的人类和新的生活，复兴和净化大地；可是任何人在任何地方都没见过这些人，谁也没有听到过他们的话语和声音"（8卷：690）。

与小说中的其他四个梦境差异非常明显，这一梦境的特点，罗森谢尔德教授将其归结为三方面：第一，非亲历性，拉斯柯尔尼科夫本人甚至不是参与者；第二，非单一性，可以假定为许多几乎同样内容的梦境的混合；第三，概要式和暗示性，象征着叙事者对于引起拉斯柯尔尼科夫疾病和犯罪原因的最明确表达。[1] 从隐喻、象征的层面来看，拉斯柯尔尼科夫也感染了传染性的疾病，即理性主义，他正是持守理性至上的信念，顽固地维护和实践"超人"理论的合理性、合法性，以至犯罪之后仍在自我辩护，没有悔意。但"关于瘟疫的梦是他对自身理性主义的谴责"[2]。在梦中，人们切断了与大地母亲的联系，开始变得凶残，滥杀无辜，这向拉斯柯尔尼科夫揭示了理性主义和"权力意志"带来的触目惊心的恶果。梦境赋予拉斯柯尔尼科夫另一双眼睛，让他看清了他在清醒的自我意识中无法看到的真理。就此而

---

[1] Gary Rosenshield, *Crime and Punishment*: *The Techniques of the Omniscient Author*, Bristol: Western Printing Services, 1978, p.119.
[2] George Gibian, "Traditional Symbolism in Crime and Punishment", *Publications of the Modern Language Association*, Vol.70, No.5, December 1955, p.993.

言，美国学者盖卞的这一看法不无道理："关于瘟疫的梦之后马上就是英雄的重生，这让人联想到《启示录》中千禧年和新耶路撒冷到来前的七场灾难。"① 拨开弥漫在神秘梦境中的宗教帷幕，可以看到拉斯柯尔尼科夫"备受折磨"和"忧郁痛苦"的灵魂深处正汹涌着发生激变的暗流。

另一个充满象征意义的是拉斯柯尔尼科夫和索尼娅抱头痛哭的场景。很明显，它同前文索尼娅向拉斯柯尔尼科夫朗读福音书的场景相对应：弥漫于两个场景中的叙事者的狂喜雀跃是一致的，同样的两个人物都处于终极的激情之中，拉斯柯尔尼科夫每次都面临着最后的考验和"最后的抉择"。所不同的是，此时的拉斯柯尔尼科夫一改对于信仰的讽刺态度，对索尼娅也不再居高临下地审视和逼迫。对于《圣经》，拉斯柯尔尼科夫也由排斥马上转为接纳。他一直没有翻看放在枕下的《圣经》，而现在，他拿出此书并做此想："难道她的信仰如今能不成为我的信仰吗？她的感情，她的追求，至少……"（8卷：693）索尼娅及她的信仰开始与拉斯柯尔尼科夫切身相关，象征着拉斯柯尔尼科夫同世界、他人关系的复活。

对于这一场景所包含的丰富宗教意蕴，俄罗斯宗教学家卡萨特金娜（Tatyana Kasatkina, 1963— ）更为深入地加以挖掘，揭示出文本中隐藏的圣像和圣像画元素。她认为"索尼娅不仅是救赎的象征，而且被描述为拉斯科尼科夫可以看到、察觉到的圣母像"②。她分析说，索尼娅在囚犯们面前的出现是一种自我显现，与之一致的是囚犯

---

① George Gibian, "Traditional Symbolism in Crime and Punishment", *Publications of the Modern Language Association*, Vol. 70, No. 5, December 1955, p. 993.
② Tatyana Kasatkina, "The Epilogue of Crime and Punishment", in Richard Peace ed., *Fyodor Dostoevsky's Crime and Punishment: A Casebook*, New York: Oxford University Press, 2006, p. 174.

的问候和"妈妈""母亲"的称呼,而索尼娅的微笑是"一种祝福的形式",会给他们带来欢乐。甚至,她被认为具有行使奇迹的能力,"有人还找她看病"。起初,拉斯柯尔尼科夫由于不信而对发生在他身边的这一切无法看见,对"圣母"的显现视而不见,更不理解囚犯们对索尼娅的敬爱;他也因此受到众囚犯的鄙视和嘲讽。在卡萨特金娜看来,作家以圣像画的形式浓墨重彩地展示了拉斯柯尔尼科夫人性复归的场景:"创作圣像画的时刻貌似经过特选,与渐进的文本分离,专为描述光照英雄的情境,移除了惯性时间流中的行动,移向永恒,进入圣像画必需的小窗口。"① 不难发现,作家确实赋予了拉斯柯尔尼科夫精神复活的背景无限的诗意和神圣:清晨六点钟的河岸边,在依稀可辨的歌声中,拉斯柯尔尼科夫眺望宽阔的大河;大河那边是"自由的天地","时间都停步不动了,好像亚伯拉罕及其部落的时代还没有流逝"(8卷:691)。这时,索尼娅悄然临到他的身边。卡萨特金娜还发现了文本同圣像画关联的更多证据。首先,她提醒读者一定要注意索尼娅的衣着——索尼娅穿着"破旧的斗篷大衣,扎着绿头巾",这具有一定的象征意义:"斗篷大衣是流行的服装形式,却常常象征着玛利亚的传统服装……绿色作为尘世生命之色,通常与玛利亚形象有直接关联,她代表人类、大地和地上所有的生物向上帝祷告。这常在圣像画中有所表现。"② 同时,玛利亚的绿色头巾也同拉斯柯尔尼科夫梦境中石头教堂的绿色炮塔相照应,接近索尼娅意味着他重归儿时

---

① Tatyana Kasatkina, "The Epilogue of Crime and Punishment", in Richard Peace ed., *Fyodor Dostoevsky's Crime and Punishment: A Casebook*, New York: Oxford University Press, 2006, p. 174.

② Tatyana Kasatkina, "The Epilogue of Crime and Punishment", in Richard Peace ed., *Fyodor Dostoevsky's Crime and Punishment: A Casebook*, New York: Oxford University Press, 2006, pp. 175—176.

的教堂。卡萨特金娜接着又分析了男女主人公的一些动作、姿势，认为索尼娅无声的出现、伸手邀约和安慰都使拉斯柯尔尼科夫变成基督婴儿成为可能，特别是"拉斯柯尔尼科夫抓住并紧握索尼娅的手，这一姿势决定了圣像的本质"①。最后，卡萨特金娜指出，圣像"创作"甫一完成，拉斯柯尔尼科夫就表示了崇敬之意，而索尼娅也完成了她的神圣使命。

经由这两个场景，作家诗意地表现了神圣启示的悄然临在，象征性地描画出拉斯柯尔尼科夫精神复活的轨迹——知罪悔罪，在爱中获得信仰和新生。尾声最后一段以肯定的叙述口吻证实了这一生命奇迹的实现——"历史现在已经揭开了新的一页"，拉斯柯尔尼科夫已成为新人。当然，这并不是说拉斯柯尔尼科夫变成了圣人，或者说他能够轻易战胜未来的各种挑战和考验。因为，"对陀思妥耶夫斯基来说，一个罪犯可以回归上帝。但是这一可能性空间是不牢靠的、充满漏洞的：它并不意味着自动地从可能性转变为现实"②。正如罗森谢尔德指出的那样，"尾声里，拉斯柯尔尼科夫没有转变为一个圣人。至多，他的生活方向发生了改变。从形而上的角度看，这的确是个奇迹，有足够的理由称拉斯柯尔尼科夫为一个新人；但就实践来说，他远未完全复活，正如叙事者明确指出的那样，这将发生在遥远的未来，还需要为之付出高昂的代价"③。在形而上层面，拉斯柯尔尼科夫已走上复活之路；而在实践层面，成圣之道仍遥遥无期。

---

① Tatyana Kasatkina, "The Epilogue of Crime and Punishment", in Richard Peace ed., *Fyodor Dostoevsky's Crime and Punishment*: *A Casebook*, New York: Oxford University Press, 2006, p. 177.

② Ksana Blank, *Dostoevsky's Dialectics and the Problem of Sin*, Evanston: Northwestern University Press, 2010, p. 36.

③ Gary Rosenshield, *Crime and Punishment*: *The Techniques of the Omniscient Author*, Bristol: Western Printing Services, 1978, p. 120.

第五章　救赎者的多重面相

陀思妥耶夫斯基揭示出人走在自由之路上的命运——人在自由之中走向恶,走向奴役和死亡,走向自我的封闭,走向精神的地狱;然而在这"存在的无底深渊"中,人又可以自由地走向善,走向终极与无限,走向自由的"他者",走向精神的天堂。堕落或救赎不仅仅是人的外在命运,更是灵魂深处的精神运动。陀思妥耶夫斯基既看到人性极端的恶,又从人身上残存的上帝形象看到了希望。他像普罗米修斯那样为人类取来火种,在人的心灵深处撒播神圣的光亮;又如希伯来先知那样洞悉了救赎之道,在俄罗斯大地上传扬美好的盼望。

陀思妥耶夫斯基提出的救赎之道既立足于东正教信仰传统,也杂糅了民间性和民族性的成分。所以,这里使用"救赎"这一概念并不限于宗教意义而与"拯救"近乎同义。其实,从古代希腊文化背景来看,这个术语起源于战争,特指支付酬金赎买俘虏的过程,本来是用于非宗教语境的。在犹太背景中,"救赎"(译自希伯来语词 ga'al,padah 和 ka'par)一词与家庭义务、神的恩典和赎价有关,并对《新约》中视基督为救赎者的观念打上了烙印。[①] 在陀氏那里,人的

[①] [澳] 莫里斯:《救赎:它的意义及重要性》,喻小菲、崔晓雄译,华东师范大学出版社2012年版,第109—138页。

救赎既与东正教信仰有关，又在现实的层面可以通过亲近人民得以实现。

　　陀思妥耶夫斯基指出，救赎的唯一出路在于确信救赎的可能，在于人同救赎者的和解。虽然被"上帝问题苦苦折磨了一辈子"，但他终生都对救赎者怀有美好的情感，特别是在晚年，竟至于每夜"长跪祈祷"（参见1880年11月给阿克萨科夫的信），虔敬之心可谓深切至极。从作家19世纪六七十年代的书信、小说和政论来看，他确信基督的形象唯独完好地保留在俄罗斯的正教中，俄罗斯民族将向世人显示基督的美好形象，担负起拯救世界的伟大使命。譬如，他在1873年8月号的《作家日记》中写道："难道不仅仅是在正教中才保留着基督的神圣而又完全纯洁的形象吗？也许，俄罗斯民族在全人类的命运中最主要的、预先选定的使命，便在于在自身中保留着基督神圣而又完全纯洁的形象，而一旦时候到了，就像迷失自己道路的世界显示这一形象。"① 陀思妥耶夫斯基的这一观点与历史上视俄罗斯为"第三罗马"② 的言论遥相呼应，显示出一位东正教信徒极强的选民意识与救赎使命意识。

　　出于对救赎的热切盼望，陀思妥耶夫斯基终其一生都对救赎者的形象有一种痴迷的爱。在1868年1月1日给侄女索·亚·伊万诺娃的信中，他写道："美是理想……在世界上仅仅只有一个绝对美好的人物——基督，因此这个无与伦比、无限美好的人物的出现无疑是一个

---

　　① 参见［俄］陀思妥耶夫斯基《卡拉马佐夫兄弟》（上）（全集·第15卷），臧仲伦译，第509页的页下注。
　　② 16世纪著名神父费罗弗厄依在写给沙皇伊凡三世的信中表达了俄罗斯为"第三罗马帝国"的学说："第三个新的罗马——你的强大帝国，是全体神圣信徒的教会——在普天下更为灿烂……看啊，两个罗马衰落了，第三个罗马在屹立着而第四个还没出现。"（转引自［俄］尼·亚·别尔嘉耶夫《俄罗斯思想的宗教阐释》，邱运华、吴学金译，东方出版社1998年版，第4页）

绝顶的奇迹。"（21卷：532）在1877年12月24日的备忘录中，陀思妥耶夫斯基又写道："备忘——一生为期，1、写一个俄国的'坎季德'，2、写一本关于耶稣基督的书……"① 不幸的是，时隔仅三年多，作家就去世了，他"写一本关于耶稣基督的书"的愿望也就此成了世人永远的遗憾。尽管如此，由于"陀思妥耶夫斯基对基督一生都怀有一种独特的、唯一的感情"②，作家已将他对耶稣基督的爱和信仰融入所有重要的作品——从《罪与罚》中的索尼娅，到《白痴》中的梅什金公爵，再到《卡拉马佐夫兄弟》中的佐西玛长老和阿廖沙，都或多或少具有耶稣基督的部分品性。他们纯洁的本性、无辜受难的命运和对救赎使命的主动承担在象征意义上暗合了基督的形象，从侧面间接地呈现出耶稣基督的部分面相。长诗《宗教大法官》还正面地展示了沉默的基督形象，留下了无限的想象空间。乔治·斯坦纳对陀氏描画出的耶稣面容给予了积极、有力的评价："在陀思妥耶夫斯基的世界中，耶稣的形象具有举足轻重的地位……他以充满激情的想象，详细刻画了上帝之子的形象，读者甚至可以将陀思妥耶夫斯基小说的主要部分当作对《新约》的一种解释……与托尔斯泰的做法不同，陀思妥耶夫斯基对耶稣的神性深信不疑，那种神性通过展现出来的人性特征，以非常有力的方式，打动他的灵魂，引起他的思考。"③

然而，基督形象的"具体化"必然充满悖论式的挑战。这源于基督教神学思想系统中基督身位的特殊性。《圣经》在提到基督的肖像

---

① ［俄］安娜·陀思妥耶夫斯卡娅：《陀思妥耶夫斯基夫人回忆录》，李明滨译，北京大学出版社1987年版，第339页。
② ［俄］尼古拉·别尔嘉耶夫：《陀思妥耶夫斯基的世界观》，耿海英译，广西师范大学出版社2008年版，第14—15页。
③ ［美］乔治·斯坦纳：《托尔斯泰或陀思妥耶夫斯基》，严忠志译，浙江大学出版社2011年版，第259页。

时引入了父与子之间的独特关系——"爱子是那不可看见之神的像"（西1：15）；这成为教会神学家特别是东方正教的圣像艺术理解、阐释和表现基督面容及其意义的根基；而基督以"道成了肉身，住在我们中间"（约1：14）的临在方式自然也包含最高的不可见者以可见的肉体生命形式与信徒同在。巴尔塔萨论到基督的这种可见的"形式"时强调："如果没有形式，一个人无论如何都不可能被深深迷住、被改变。而被改变正是基督教真正的源泉所在。使徒们就是被他们所见、所听、所触摸到的——被每一种表现为可见的形式所改变。"① 一直致力于圣容和圣像研究的当代学者亨利克·菲弗也指出，在基督教神学话语中，"基督，是一个独一无二的那个人。一幅肖像画是对所表现的人的复制，应该尽可能的相似于被表现者；应该传递其真正的面容"②。然而，人们虽可以靠想象力或启示将《圣经》中的话语转译为基督形象，使不可见者以多样化的形式呈现出来，但在绝对的意义上，那不可见者仍藏匿在深远之处。对基督形象的表现行动，无异于徘徊在可见与不可见之间的灵舞。在陀氏看来，基督形象的表现者必须具有像虔敬的俄罗斯修士那样纯洁的心灵。佐西玛长老在临终遗言中声称这些人代表着俄罗斯的未来："眼下，他们在潜心修道中继承远古的神父、使徒和殉教者的传统，完好而又不加歪曲地保存着基督的形象，坚持上帝真理的纯洁性，一旦需要，便将基督的形象显示于世界上摇摇欲坠的真理面前。"（15卷：495）囿于语言这一艺术表

---

① Hans Urs von Balthasar, *The Glory of the Lord: A Theological Aesthetics*, Vol. I: *Seeing the Form*, tran, by Erasmo Leiva - Merikakis, eds., by Fessio S. J. and John Riches, Edinburgh: T. &T. Clark, 1982, p. 33. 转引自宋旭红《当代西方神学美学思想概览》，中国社会科学出版社2012年版，第141页。

② [德]亨利克·菲弗：《基督形象的艺术神学》，萧潇译，中国社会科学出版社2005年版，第30页。

现形式，陀思妥耶夫斯基对基督形象的描摹往往负载着一定的基督论神学观念，但有时也展示出"可见的"基督的面容之美，甚至描摹出一幅如同圣像画一般的基督肖像。下面从五个方面揭示被作家寄予厚望的能带来人神和解、灵魂救赎的救赎者所具有的多重面相。

第一节　超越死亡法则的救赎者

对于陀思妥耶夫斯基来说，基督信仰同个体的死亡体验切身相关，是个体生命摆脱罪恶走向不朽的根基。对基督复活的信仰能够战胜对死亡的恐惧，恢复生命之间彼此善待的信心。

一　作家的"死亡经历"

死亡是生命个体的终末事件。任何人都必须面对肉身的趋死性和死亡的必然性。陀思妥耶夫斯基是经历过死亡判决的人，是一位对生死问题极为敏感的作家。跨越生死界限的精神体验如此刻骨铭心，以至在他的作品中留下了诸多印记。在《白痴》中，作家借梅什金之口表达了临近受死时的个体体验："最主要、最剧烈的疼痛也许不在伤口，而在于你明明白白地知道：再过一小时，然后再过十分钟，然后再过半分钟，然后就是现在，马上——你的灵魂就将飞离肉体，你将不再是一个人……在判决已经做出时，肯定逃脱不了死亡，可怕的痛苦就在于此，世上没有比这更痛苦的事了……基督也曾讲过这种痛苦和这种恐怖。"（9卷：29—30）死亡之恐怖在于，它带着狰狞的面目一下子从遥远未知的地方现身眼前，如同密不透风的巨网将人缠裹，毫无逃脱的希望。《圣经》如此记载耶稣基督被死亡的黑暗笼罩时心中的软弱与忧愁："我父啊，倘若可行，求你叫这杯离开我。"（太

26：39）然而，陀思妥耶夫斯基经历的绝不仅仅是死刑，他既品尝了骷髅地的滋味，又由此走向新生。在由假死刑改判为服苦役的当天，他写信给兄长米·米·陀思妥耶夫斯基说："今天我已临近死亡，怀着必死的念头度过了三刻钟，经历了生命的最后时刻，但我现在又一次活着！……生命是大自然的恩赐，生活是一种幸福，每一分钟都能成为毕生的幸福。"（21 卷：120—121）残酷无情的死刑判决促发作家越过必死的绝望转而视生命为神圣恩赐，这种跳跃只有在极度执着于生命和经历了死而复生锻造的人那里才有可能。

除了死刑判决的阴影，随时可能发作并导致昏迷不醒乃至死亡的癫痫病几乎伴随了作家一生。读过陀氏书信集的人，大概都会将他面临的两大困境归结为贫困和疾病。弗洛伊德和托马斯·曼就作家的疾病问题做足了文章①，却极少论及它对作家的死亡威胁，以及对他整个生命价值观念和人生信仰方面的影响。从作家的生命状态来看，清醒的死亡意识促成了他整个创作的动力来源与人生筹划，也促成他对人生价值和意义的思考。"神圣的疾病"体验也促使他多次在小说中描写疾病状态与另一世界的隐秘联系，或者将主人公置于濒死的极限情境去试炼。伊万由于神经错乱而几近癫狂之时，魔鬼穿

---

① 弗洛伊德在《陀思妥耶夫斯基与弑父者》一文中指出，陀思妥耶夫斯基"早期像死一样的发作症状可以被理解为他自我中的与父亲的认同作用，这一认同作用被超我当作一种惩罚容让着"（参见 ［奥］弗洛伊德《弗洛伊德文集·8》，车文博译，长春出版社 2004 年版，第 150 页）。这位精神分析学家主要以俄狄浦斯情结来解释陀氏癫痫发作的原因和意义。托马斯·曼在《评陀思妥耶夫斯基——应恰如其分》一文中将陀氏的癫痫症称为"神圣的疾病"，一方面给予了正面评价："在癫痫病人陀思妥耶夫斯基身上，我们就几乎不得不把疾病看作过剩的力量的一种产物，一种强烈感情的爆发，是极好的健康的一次放纵。"另一方面又对陀氏的"负罪感"大做文章，从精神分析的角度将陀氏的癫痫病解释为"植根于性欲之中，是性冲动的一种狂暴的爆发性的表现形式，一种变相的性交，一种神秘莫测的放荡行为"（参见 ［德］赫尔曼·海塞等《陀思妥耶夫斯基的上帝》，斯人等译，社会科学文献出版社 1999 年版，第 70—86 页）。

越地狱之门来拜访他。《白痴》中得了痨病而毫无疗救希望的伊波利特面对的唯一问题就是"生存还是毁灭",他最终决定以自杀的方式来对抗死亡的绝对性:"我不能留在人世了,因为人世的生活具有如此奇怪的捉弄我的形式。这个幽灵使我感到屈辱。我不能屈从于以蜘蛛的模样出现的神秘的力量……大自然宣判我只能再活三周,这大大限制了我的活动,也许只有自杀是我还能按照自己的意志来得及开始和结束的唯一行动。"(10卷:555—560)勇于对抗自然法则,主动向死神显示自己的力量和意志,从这种决绝中可以听到基里洛夫"人神论"的声音片段。基里洛夫认为,人的生命要继续存活,必须有足够的信仰作为支撑;谁敢于挑战死亡、战胜死亡,谁就将开启新的信仰之门。凡此种种描写,无一不与作家的死亡经历以及思考有关。

亲历各种死亡事件尤其是至亲之人的先后离世,陀氏始终纠结于人的肉体与灵魂的归宿、生命是否可以不朽等问题。几乎没有任何作家像陀思妥耶夫斯基那样屡次承受如此深切的死亡灼痛。1864年4月16日,面对陈放在眼前的妻子的尸体,陀思妥耶夫斯基写道:"玛莎躺在桌子上。我还能同玛莎见面吗……常言说人的毁灭和死亡是彻底的毁灭和死亡。我们却知道绝不会是这样……"[1] 在亡妻的尸体旁,陀思妥耶夫斯基追问能否再同妻子相见,沉思人的死亡和永生,反省自己对妻子的爱即人间之爱同基督之爱的距离。此前,他已先后经历了母亲、普希金和父亲的死亡带来的悲痛[2];此后,他又承受了数次

---

[1] [苏]尤·谢列兹涅夫:《陀思妥耶夫斯基传》,徐昌翰译,人民文学出版社2011年版,第279页。
[2] 作家最喜欢的俄国诗人普希金于1837年1月29日逝世。陀氏是约在3月间,即他母亲2月27日去世(年仅36岁)后才获知诗人去世的消息。极度哀痛的陀思妥耶夫斯基多次请求父亲允许他为普希金服丧。陀思妥耶夫斯基的父亲于1839年6月去世。

同样的痛击。1864年7月10日，兄长米哈伊尔·陀思妥耶夫斯基去世；1868年5月12日，出生不到两个月的女儿索菲亚夭亡；① 1878年5月16日，两岁多的次子阿列克谢夭亡。这一连串的死亡事件带来无尽的悲痛，逼迫作家对"死亡和颠覆死亡之可能性"② 进行全面深思，强化了他对基督复活的信仰，这也成为陀氏小说创作的重要内容和主题之一。

对陀思妥耶夫斯基来说，是否相信基督能够复活是维系信仰的关键所在。阿尔邦曾记录了一件与此相关的旧事："巴塞尔的一幅画强烈震撼了费多尔·米哈伊洛维奇，那是贺尔拜因的《死去的基督》。作家对妻子说道：'这样的一幅画可能会使人失去信仰。'他妻子还记得，'费佳注视着那幅画，脸上露出恐惧的神情，就像最初癫痫症发作时那样。'离开美术馆时，作家再一次来到这幅作品前驻足凝望，将它永远铭记在心中。"③ 在《白痴》中，梅什金面对同一幅画作，说出了同样的话。劳特认为："陀思妥耶夫斯基接受了他（基督）的死及其全部可怕的自然景象……如果他不复活，如果他不是上帝，那么他就既不能成为救世主，也不能成为生活的源泉。那时就证明不了：有可能取得更高水平的道德……"④ 这就是陀思妥耶夫斯基论证基督神性"独创的方法"。

---

① 陀思妥耶夫斯基在三天后写给迈特夫的信中说："现在有人劝慰我，说我还会有孩子的。可是索尼娅在哪里？这个小人儿在哪里？我可以大胆地说，为了这个小人儿我情愿接受背十字架的苦难，只求她能够活下去。"（参见《费·陀思妥耶夫斯基全集·第21卷》，河北教育出版社2009年版，第570页）

② [美] 莉莎·克纳普：《根除惯性：陀思妥耶夫斯基与形而上学》，季广茂译，吉林人民出版社2003年版，第2页。

③ [法] 多米尼克·阿尔邦：《陀思妥耶夫斯基》，解薇、刘成富译，上海人民出版社2009年版，第144—145页。

④ [德] 赖因哈德·劳特：《陀思妥耶夫斯基哲学》，沈真等译，东方出版社1996年版，第351页。

二　救赎者与死亡法则

陀思妥耶夫斯基认为，人受到死亡法则的限制，靠自己的力量无法突破；基督若不能胜过死亡这一自然法则，他的神性就值得怀疑。基督的死亡是唯一、永恒的事件，他的复活也具有同样的意义。正如梅列日科夫斯基所言："对于陀思妥耶夫斯基来说，基督乃是对等级的现象世界的否定，乃是对高级的现象世界的肯定，乃是永恒的无和永恒的有——亦即死亡和复活。"①

《群魔》中基里洛夫的命运从反向证明了这一点。面对人的肉体必将死亡和朽坏的事实，基里洛夫赋予自我意志以神性，进而将自己等同于人神（超人）。在他看来，基督的死而复活是谎言和欺骗，现在他可以打开新的门槛，靠着绝对的自由意志逾越死亡法则，他将取代基督成为拯救世人的新神："你听听这么一个伟大的思想……一天结束了，两人都死了，他们出发，但是既没有找到天堂，也没有复活……如果自然法则连这个人也不怜惜，连自己的奇迹都不怜惜，甚至连他也被强迫生活在谎言之中，为一个谎言而死去……这事将由我开端并且结束，门就打开了。于是我拯救了世人。"（12卷：762—763）基里洛夫相信，他开枪打死自己所显示出的自由意志的强大力量，将使他的肉体生命发生改变以至不朽，并将带给世人新的启示。伊琳娜·帕佩尔诺对此指出："基里洛夫之死重新上演了苏格拉底以及基督死亡时的情形，也将两种死亡模式合并在一起……这是一位具

---

① ［俄］梅列日科夫斯基：《托尔斯泰与陀思妥耶夫斯基》卷二，杨德友译，华夏出版社2009年版，第245页。

有强烈自我意志的基督、自杀者基督,他是新神。"① 尽管这位"新神"认为自己高举着爱人类的旗帜,然而事实证明,他的努力只能以失败告终,他的"受难"只是趋死赴死,毫无复活的希望。更具讽刺意味的是,被他赋予救赎使命的自杀事件,只是使他成了以彼得为首的五人小组逃脱杀害沙托夫之罪的替罪羊而已。加缪视基里洛夫的自杀为荒谬者的反抗行为,指出:"他在死亡的逻辑中添加上一种极度的欲望,这种欲望为角色展现了他的全部前景:他要自杀,为的是要成为上帝。"② 这使他注定成为一个悲剧性的"荒谬的角色"③。

《白痴》中罗戈任的命运也与否定基督永恒的死亡与复活关系密切。小说直接或间接地多次提到罗戈任家一幅出自小荷尔拜因手笔的基督画像。这幅名为《死去的基督》的画作就挂在阴暗大厅的房门上方。作家借伊波利特的眼睛再现了令人恐怖的画面:"这完全是一个在上十字架前就受尽折磨的人的尸体,他遍体鳞伤,在背着十字架和倒在十字架下时受到了看守和民众的毒打……画上的这张脸被打破了,而且肿了起来,布满可怕的、带着肿块和血污的青伤,眼睛睁着,眼珠歪斜……"(10卷:551—552)伊波利特意识到,问题不在于表现受苦的基督,而在于画作宣告的是死亡这一终极自然法则的胜利和基督的完全失败。梅什金公爵忍不住惊叫起来:"可是看了这幅画,有人会丧失信仰的!"(9卷:299)伊波利特也有同感:"在看这

---

① [美]伊琳娜·帕佩尔诺:《陀思妥耶夫斯基论作为文化机制的俄国自杀问题》,杜文鹃、彭卫红译,吉林人民出版社2003年版,第181—183页。
② [法]加缪:《西西弗的神话:加缪荒谬与反抗论集》,杜小真译,陕西师范大学出版社2003年版,第126页。
③ [法]加缪:《西西弗的神话:加缪荒谬与反抗论集》,杜小真译,陕西师范大学出版社2003年版,第126页。

幅画时，好像觉得大自然是一头巨大的、铁石心肠和不露声色的野兽……这幅画所要表达的和无意之中传授给你们的，正是这样的看法：存在着一种神秘的、蛮横无理的、毫无理智而又永恒的力量，一切都服从于它。"（10卷：552—553）伊波利特只是偶然看到画作，便产生了基督在自然法则面前屈膝且毫无复活希望的深刻印象；由此也就不能指望极为欣赏此画的罗戈任还能对基督的强大力量怀有坚定的信心。当梅什金一提到见过这幅画，罗戈任"身上突然出现了奇特的烦躁情绪"，他转而问梅什金是否相信上帝，随后表示说他"喜欢看这幅画"，他的信仰"本来就在丧失"。对这幅画的喜爱正与他后来跌落的命运相契合。

与之相对，作家描述了佐西玛长老临终时因信仰基督复活而得到巨大安慰、安然走向另一世界的场景："他虽然感到很痛苦，仍旧笑吟吟地看着大家，慢慢地从安乐椅上滑落到地面，双膝下跪，接着便脸朝下，匍匐在地，伸出自己的双手，似乎处在一种愉悦的大欢喜中，亲吻地面和祷告上帝（诚如他自己教导的那样），静静地、快乐地把灵魂交给了上帝。"（15卷：516）俄罗斯圣徒传也常常以同样的方式结尾，这几乎成了一种固定的模式。在这些圣徒人物平和、优雅的趋死中包含着作者对基督的信心——正是因为战胜了死亡法则，基督才成为所有人包括濒死之人的救赎。

在追悼亡妻写下的笔记中，陀思妥耶夫斯基已认识到自我的法则与基督的爱之间的距离。在小说中，他更多地对基督的死而复活同基督之爱的关系以及人究竟如何获得永恒生命等问题进行思考。对他来说，是否相信基督死而复活是整个基督信仰的根基，一如《圣经》所言："死人若不复活，基督也就没有复活了。基督若没有复活，你们的信便是徒然，你们仍在罪里。"（林前15：16—17）然而，如果说相信个体的死亡唯有依靠基督信仰方可超越,那么,对基督死而复活的确信中也包含对基督之爱的肯定:"深藏在陀思妥耶夫斯基心中的理想就是基督之爱,人类一旦拥有了它,就会获得永生。"① 在《卡拉马佐夫兄弟》中,陀氏描写了最高级、最精致的人类之爱的形式,即宗教大法官对民众的爱,这种爱与基督之爱形成了鲜明的对比。基督之爱是一种牺牲的爱,经由死亡赐予复活和新生,陀氏因此而将《约翰福音》第 12 章第 24 节作为最后一部作品的题词置于扉页:"一粒麦子,不落在地里死了,仍旧是一粒;若是死了,就结出许多子粒来。"

第二节　美如何拯救世界

陀思妥耶夫斯基还将救赎者视为拥有世上唯一美好面容的人物。将救赎者基督与美联系起来,既是东方教会的传统使然,也与作家一贯认为美具有道德力量、"美将拯救世界"的主张有关。在俄罗斯东正教圣像画传统中,人们一向将基督视为那不可见者之美在尘世的范型。亨利克·菲弗指出,西方教会的基督形象往往靠表现美和丑(由痛苦而引起的扭曲变形)来传递信仰,而"在东方教会,基督需要化身成美丽的形象,因为只有美丽的形象才能作为神本来形象的完美肖像画,只有一幅绝对美丽的肖像才能理想地展示所要表现的人物形象,也即范本"②。陀思妥耶夫斯基置身于这一传统,很自然地将基督面容与美联系起来。

---

① [美] 莉莎·克纳普:《根除惯性:陀思妥耶夫斯基与形而上学》,季广茂译,吉林人民出版社 2003 年版,第 11 页。
② [德] 亨利克·菲弗:《基督形象的艺术神学》,萧潇译,中国社会科学出版社 2005 年版,第 50 页。

一 美关乎心灵的"和谐"与"宁静"

首先需要明白陀思妥耶夫斯基对美的基本看法。他高举美的旗帜，反对庸俗的物质主义、功利主义，是艺术之美的坚定拥护者。《群魔》中斯捷潘的言论代表着作家的立场："莎士比亚和拉斐尔——高于农奴解放，高于民族性，高于社会主义，高于年轻一代……你们可知道，你们可知道，没有英国人，人类能生存下去，没有德国人也行，没有面包也行，唯独不能没有美，因为没有美世界上完全无事可做了！……没有美，科学连一分钟也支持不了。"（12卷：599—600）这显示出的并非作为小说家的陀思妥耶夫斯基对艺术地位与功能自我崇拜式的盲信，也不是在无意之间对自我创作意义的辩词，而是作家对人的精神需求的洞悉，体验了美的超越精神和道德力量后做出的肯定。作家对美的理解与唯美主义者单纯追求"为艺术而艺术"的个体灵感充盈状态无关，与功利主义者讲究美和艺术的实际功用不同（这两者正是作家所要批判的）——作家是将美同心灵的和谐，同道德理想、真和善联系起来看待的。在写于1861年的《波夫先生与艺术问题》一文中，陀氏指出，"人渴求美，寻找美，接受美，是没有任何条件的……美既体现着和谐，也体现着宁静"（17卷：140），美感会使人的内心发生某种变化，人在陷入矛盾境地或冲突之时尤其需要美。他忠实拥护柏拉图美的绝对理念说，也接受席勒关于美感具有教化和提升人的意义的观念。一如莉萨帕罗（W. J. Leatherbarrow）所说："他终生都反对这样的观念，即不道德或是非不分的道德品质能与形式上的吸引力结合并产生令人满意的审美体验。"[①]

[①] W. J. Leatherbarrow, "The Aesthetic Louse: Ethics and Aesthetics in Dostoevsky's Prestupleniye I Nakazaniye", *The Modern Language Review*, Vol. 71, No. 4, October 1976, p. 858.

陀思妥耶夫斯基肯定的是人寻求美的努力以及其中包含的实现道德理想的愿望。他借沙托夫之口解释道："美的起因，如哲学家们所说，也是道德的起因，他们把两者等同起来，我把它叫得更简单一些，那就是——'寻找上帝'。"（11卷：310）在人追求超越和神圣，追求至善的渴念中，陀思妥耶夫斯基看到了人身上的上帝形象，人身上的神性之美。在他笔下，这种美常常被玷污，但从未消失。即便是在荒淫无耻、极端堕落的老卡拉马佐夫那里，也能从他对地狱里究竟有没有钩子的忧心中见出一丝人性之光。因此，用善恶二元论的非此即彼的辩证法无法洞察陀氏人物内心的秘密，也无从识见到荆棘野地中飘逸不定的芬芳。

梅什金这一形象最大限度地展示了人性之美所能达到的高度。在创作《白痴》之前，陀思妥耶夫斯基颇费了一番踟躇，觉得自己一直没有做好充分准备来刻画一个正面的、美好的人："很早就有一个想法苦苦地折磨着我，但我又不敢动笔用它来写小说，因为这个想法颇难处理，我对它尚未做好准备，虽说它十分迷人，而我也喜爱它。这个思想就是塑造一个十分美好的人。"（22卷：521—522）陀氏是比照基督刻画梅什金这一人物的。其中，最显著的便是他身上各种美好的品性，诸如谦卑柔和、忍耐顺从和对所有人极具包容性的爱。由于人性的弱点，这位"基督公爵"显示的基督之爱没有也不可能一以贯之，但这并没有掩盖他作为道德典范的光辉。

然而，陀思妥耶夫斯基绝不会将人全然美化：他总是一方面表现人性之美，同时又试图表现上帝形象在人的身上如何遭受污损，以及人的神性之美被罪的暗影遮蔽之后所剩的虚假的美。斯塔夫罗金徒有美的外表，具有蛊惑人心的强大力量，内里却是"绝顶聪明的蛇魔"。同样，梅什金之所以无法挽救罗戈任，就在于基督的面容对人而言是可望而不可即的，他无法完全地放下自己，无法完全地相信他人和自己。阿廖沙之所以有可能以革命暴力去实现修道生活无法达到的善，就在于人在面对诱惑和试探时无法做到同旷野中的基督一样。

这样，陀思妥耶夫斯基就表现出在人身上聚合着关于美的可怕矛盾，一方面是"寻找上帝"，即渴望和追求美；另一方面是道德上的不完美甚至是自甘堕落。德米特里感叹："美，这是可怕而又恐怖的东西！它之所以可怕，就因为它难以捉摸，捉摸不透，因为上帝给我猜的只是一些哑谜。这里，两岸可以合拢，这里，所有的矛盾可以同时并存……美！然而我不忍看到的是，有的人，甚至心灵高尚、智力超群的人，也是从圣母的理想开始，以所多玛的理想告终。"（15卷：165—166）这里包含陀氏一贯的辩证法——美不能用简单的善与恶来衡量，在美中完全对立的因素聚合并存，美永远是谜一样的存在。这就是自称为"大老粗"的德米特里（真不知这样想问题的人怎么可能是"大老粗"）意会到的关于美的真谛。在《白痴》中，梅什金将美称为一个谜："对于美是很难下评语的；我还没有做好思想准备。美是一个谜。"（9卷：103）

然而，在破解这个谜时绝不能因为矛盾的存在而以为美与恶可以长久共处。在陀思妥耶夫斯基看来，美是纯粹的、属善的；混淆美丑之分，取消善恶之别只能使人滑向美的对面一端，即堕入恶的幽谷。沙托夫激愤地指出斯塔夫罗金的错谬："您好像对人说，您不知道在兽性的淫荡与任何伟大功绩，甚至是为人类而牺牲的功绩之间有什么区别？这是真的吗？您在两个极端里发现美的吻合、欢乐的一致？"（11卷：314—315）在沙托夫眼中，善就是善，它永远是美好的；而恶不同于善，永远是丑陋的。这就是沙托夫能坚定地走向基督而斯塔夫罗金反之愈行愈远的根由所在。

二 "美将拯救世界"

在陀思妥耶夫斯基看来，美的极致、美的理想只能体现在耶稣基督身上。换言之，美就是基督，基督就是美；理想的美只属于基督——只有基督之美是唯一的奇迹，任何人都不能享有这一奇迹。这使得陀氏的基督形象与法国思想家欧内斯特·勒南（Ernest Renan，1823—1892）《耶稣传》中的基督形象有了天壤之别：前者虽有了人的面容，但基督之美是独一无二的；后者则是人伦的典范，人人可以效仿他而自动地获得神的荣美。唯一美好的面容只属于基督，这无疑宣告了神与人之间有着绝对的"不可通约性"，神和人之间有一个永远无法跨越的沟壑，由此就不难理解为何年轻时代的卡尔·巴特会痴迷于陀思妥耶夫斯基。他在激情澎湃的《〈罗马书〉释义》中极力强调神与人之间绝对的距离和间隔："俗中无圣。因欲成圣，所以非圣……甚至保罗、先知和天国使徒也不例外！甚至耶利米、路德、基尔克果、布鲁姆哈特也不例外！甚至圣方济各也不例外！圣方济各在'爱'、童真和严厉方面远远超过了耶稣，正因为如此，他在本质上是个指摘者……无论在什么意义上，基督都不在义人中间。"① 卡尔·巴特的本意当然并不是"指摘"圣徒们的品性之美，而是强调任何人都不可能如基督那样完美，强调人在完美的基督面前的欠缺和"不义"，这与陀氏认为只有基督拥有"世上唯一肯定的美好的面容"有异曲同工之妙。

因此，陀思妥耶夫斯基提出的"美将拯救世界"也只能在这个意义上加以理解，即基督美好的面容具有无可抗衡的力量，人认识、理

---

① ［瑞士］巴特：《罗马书释义》，魏育青译，华东师范大学出版社2005年版，第58页。

解和接纳这一点，就可以靠着基督来拯救世界。在《白痴》中，纳斯塔西娅所代表的容貌之美（世俗之美）尚且具有"颠倒世界"的力量，显现出基督之美（神性之美）的梅什金公爵当然就具有更大的力量——所有人都被他吸引，都在走向他，"美将拯救世界"的说法正是由他提出并影响到伊波利特、阿格拉娅等人。在陀氏看来，基督之美是完全的神性与完全的人性的结合；人虽不能至，却可仰望。靠着对美的信仰，人可以就近至美者来照出自身的污秽。梅什金和阿廖沙领受过了基督之美的光照，继而又光照他人，这是他们深受所有人喜爱的原因。

第三节　对人的自由之爱

在陀思妥耶夫斯基的小说中，唯一一部从正面描写耶稣基督形象的作品，就是《卡拉马佐夫兄弟》中的"宗教大法官"。它最为集中地体现了作家对基督教和人类终极命运的理解。然而让人颇为费解并引发众多争议的是，在这篇"论基督的文章"——《宗教大法官》中，面对咄咄逼人和滔滔雄辩的宗教大法官，耶稣基督自始至终都不可思议地沉默无言。那么，"基督谜一样的沉默是什么意思"[①]？基督为什么选择沉默？基督的沉默对倨傲的大法官产生了怎样的影响？这些都是既诱惑人又折磨人的问题。英国批评家琼斯·马尔库姆曾专门探究过耶稣基督面对宗教大法官为何保持沉默的问题。在他看来，"该小说中的沉默绝不仅仅是戏剧性的策略……它是小说叙事的主要

[①] ［俄］弗金：《伊万卡拉马佐夫长诗"宗教大法官"中沉默的动作》，载梁坤主编《新编外国文学史——外国文学名著批评经典》，中国人民大学出版社2008年版，第293页。

组织原则"①。耶稣对大法官沉默的一吻表明了沉默的重要特征——模糊性（Ambiguity）。宗教大法官严守他不信上帝的秘密并沉默将近九十年，他是陀思妥耶夫斯基所有无神论者形象的典范。宗教大法官的沉默和耶稣的沉默是两种沉默的并置：伊万和大法官保持沉默，是为了免得开口忏悔而泄露秘密；耶稣的沉默则是内在的平和与沉静。甚至可以说，宗教大法官和伊万用言语所表述的是半真相（Half-truth）而不是长期隐藏的真相；耶稣则从他们的解释中察觉到另一半真相，即他们仍然困扰于一种潜在、无言、未识的信仰。马尔库姆的解读不无道理，但没有充分地揭示耶稣基督沉默背后的深意。

耶稣的沉默给人的感觉似乎是软弱无力的，使得这场谈话更像是宗教大法官一个人的独白。然而耶稣基督的存在对老人来讲却绝对真实，他明显地感到了基督那庄严肃穆的威力并不得不予以回应。面对基督，大法官竭力为自己的"事业"辩护，不时地反驳《圣经》中基督的话语，害怕基督那"直率地盯着他的眼睛"，对基督的沉默感到痛苦，甚至意识到"伟大训诫"同现实之间的强烈对比"在他身上引起忧郁的讽刺"②。宗教大法官对基督的回应也极易让人联想到巴赫金所论及的陀氏小说中经常出现的"微型对话"场景：主人公之间的对话"还向内部深入，渗进小说的每种语言中，把它变成双声语，渗进人物的每一手势中，每一面部表情的变化中，使人物变得出语激动，若断若续"③。如此，基督的沉默就是一种不同于宗教大法官的独

---

① Malcolm Jones, *Dostoevsky and the Dynamics of Religious Experience*, London: Anthem Press, 2005, pp. 139–140.

② ［俄］罗赞诺夫：《论宗教大法官的传说》，张百春译，华夏出版社2007年版，第103页。

③ ［俄］巴赫金：《巴赫金全集》第五卷，白春仁、顾亚玲译，河北教育出版社1998年版，第56页。

特而有力的言说方式，这位沉默的言说者表达出更多的深意和启示。耶稣之所以闭口不言，正如大法官所说，一旦他真的开口说话，就会出现新的权力、权威和奇迹，就是对精神自由的背弃和对人新的引诱。然而，基督的沉默也不是神人交流的终止，而是对语言限制的突破与超越，是一种新的言说方式的创造。

沉默的基督选择了新的、独特的言说方式，即用他的身体和"面容"来言说。耶稣虽是无言，但他以肉身的显现、温和的眼神、拥抱和亲吻的动作突破了一切语言的弹性和限度，用非语言来显示他完全不同于人世的爱和对人的尊重。他在大法官面前绝对不是一尊冰冷的雕像，而是一个对话者，充满爱的气息的倾听者和回应者。他的在场本身就是以可触、可感的方式在言说，在用他的"面容"召唤某种主动的"应答"。对于基督面容的这种"讲话"方式，马里翁曾解释说："在这里，讲话并不一定要使用可见的词语和发出物理的声音……词语首先于倾听和感觉（意义）的沉默中讲出。以这种方式，面容于沉默中讲话。"[1] 沉默亦是一种言说，认真倾听者能够有所领受。正如《圣经》中常提到上帝从上垂下他的救拔之手一样，耶稣基督的面容如同从天垂下的、可见的、怜悯的手显现于大法官肉体的眼睛和"灵魂的感官"，给他带来了启示和应许。正是因此，面对耶稣慈爱的面容，大法官感到震惊、难以理解和无力承受："你温和地看着我，甚至对我丝毫不加恼怒？"（15 卷：376）"为什么你一言不发，热心地用你那温和的眼睛瞧着我？你生气吧，我不需要你的爱……所

---

[1] Jean-Luc Marion, *In Excess: Studies of Saturated Phenomena*, trans by Robyn Homer and Vincent Berraud, New York: Fordham University Press, 2002, p. 116; 转引自耿幼壮《圣像的修辞——从形象到声音》，2013 年度"人文学与神学"暑期国际研讨班会议，2013 年 8 月，第 76 页。

有我能对你说的话，你已经全知道了，这从你的眼睛里可以看出来。"（15卷：384）所以，尽管大法官激烈地质疑、批判、歪曲和反抗耶稣基督，但他在"触摸"到真实的耶稣基督时竟然手足无措，在坚守自己的立场为自己辩护的过程中始终紧张不安，他威逼的口气泄露了内心极度虚弱的秘密。

面对耶稣基督这位沉默的言说者，宗教大法官何以表现得如此虚弱？这是因为他的思想中有深深的忧郁。这来自他用人的理性作为衡量一切存在的尺度，并用诱人的辩证法推导出人性卑贱和无力承担精神自由的结论，在于他以神性上帝的名义污损了人的神性形象，在于他不再相信人因而也就失去了对上帝的信仰。如同伊万一样，大法官也以人在地上幸福的名义来反对上帝。这是一个摆脱了卑下的个体物欲享乐而试图拯救整个人类的孤独"英雄"，一个"饱受伟大的怜悯之苦，受尽其折磨"的思想者，一位心中受到强大的诱惑并将灵魂出卖给魔鬼的不幸老人——他虽盼望基督的临在，但难以理解上帝的缺席而最终堕入无边的黑暗。当自我意志和理性走到尽头时，他遭遇了虚空的深渊。罗赞诺夫满含深情地议论道："有一个生活在我们中间的人，当然与我们中的任何一个人都不相像，他以无法理解的和神秘的方式感觉到了上帝的真正缺乏和他者的确实存在，在他死之前，把自己心灵和孤独的心中的恐惧转达给我们，这颗心满怀对他的爱无力地跳动着，他已经不存在了，这颗心在无力地躲避存在的东西。"① 那么，耶稣基督向这位"有着纯洁面貌的""崇高的宗教大法官的形象"②

---

① ［俄］罗赞诺夫：《论宗教大法官的传说》，张百春译，华夏出版社2007年版，第142页。
② ［俄］尼古拉·别尔嘉耶夫：《陀思妥耶夫斯基的世界观》，耿海英译，广西师范大学出版社2008年版，第117页。

显现并将他拥入怀中亲吻他，必是窥见了他心中的黑暗，感受到了这个疲惫的灵魂深处所有的不幸和痛苦，并试图用无限的怜悯和爱来唤醒、温暖和安慰他。

所以，耶稣基督用他的身体表达的是精神自由和爱的话语。面对大法官的斥责、威胁甚至亵渎，耶稣基督没有任何反击和抱怨，也不进行任何审判和论断："耶稣基督必然不接受宗教大法官的论点：他以宗教可以回答无神论的唯一方式回答它们——用沉默和宽恕。"① 耶稣基督的沉默无言绝不是对大法官的惧怕或自身的软弱无力，在他圣像般的静默与微笑背后包含压倒一切的力量，一种以整个身体都来开口说话的强有力的和有效的话语方式："基督始终是沉默的……自由的真理非语言所能表达，易于表达的只是强权的思想……基督的不反驳，他温顺的沉默，比大法官所有的论辩更具有说服力和感染力。"② 所以，耶稣基督只是默默地倾听和温和地回应，用他的存在本身述说着超越此世的爱的福音和真理："基督是在无声地说，不过你总是能听到那无声的答词，爱和宽恕一切的话语。"③ 基督的沉默和那神秘的一吻，是精神自由和圣爱的最好表达。

基督的自由之爱深深地触动并唤醒了倨傲的大法官。在长诗中，基督长久沉默后的一吻给了大法官巨大的心灵震撼，所以他不是如原先威胁的那样把耶稣监禁起来处以火刑，而是放走了他深为敌视和恐

---

① ［俄］赫尔曼·海塞等：《陀思妥耶夫斯基的上帝》，斯人等译，社会科学文献出版社1999年版，第183页。
② ［俄］尼古拉·别尔嘉耶夫：《陀思妥耶夫斯基的世界观》，耿海英译，广西师范大学出版社2008年版，第116—117页。
③ ［俄］弗·谢·索洛维约夫等：《精神领袖》，徐振亚等译，上海译文出版社2009年版，第345页。

惧的基督。尽管大法官最终依然坚持自己的思想,但他毕竟亲身经历了耶稣的出场和临在,在抵挡与反抗中感受到基督之爱的光照,在自我辩白中体验了自我与上帝之道的冲突,这一具体而真实的生命事件将在大法官心灵世界留下不可磨灭的痕迹。由此而言,或许大法官直至生命的终点还会有千百次的悖逆和抵挡,然而他的生命已与他的肉身和灵魂未曾触摸到耶稣之前有了很大的不同。因为,对于任何试图走近或远离上帝的人而言,信与不信从来都不是僵死的、固化的,而是无数次在认同或怀疑中去体验上帝在心灵的临现,无数次在渴盼或失落中体悟至高者的形象。在此,陀思妥耶夫斯基再次表明了他对真正的基督信仰的理解——即使是在极端悖逆甚至亵渎中走近上帝,也比盲信和屈从更为可贵。

长诗中始终保持沉默的基督形象,是陀氏长期致力于关于上帝存在的思考的结果,凸显出作家独特的上帝观念。陀氏的宗教观念精微玄奥,而他借这一形象意在给人们指出一条出路:"陀思妥耶夫斯基似乎在暗示,应该向哪里寻找摆脱宗教大法官绝望观点的出路,他指出出路就在沉默的对话者——基督的话语里。艺术家以何等无与伦比的艺术技巧迫使人感觉到默然无声的对话者的存在。"[①] 如上所论,"基督的话语"表达的是精神自由和爱;沉默的基督以他的整个身体和神秘的一吻对宗教大法官"开口"说话,也为所有人指出前方的道路:一条与大法官完全相反的道路,一条认可、尊重并借助基督重建人之"原始神性形式"的道路,一条完全遵循自由之爱来实现人神和解的道路。

[①] [俄] 弗·谢·索洛维约夫等:《精神领袖》,徐振亚等译,上海译文出版社2009年版,第346—347页。

第四节 对"斧头"之义的拒斥

在俄罗斯思想中,基督与革命之间的关系一直纠缠难解。如果接受"斧头"作为革命符号,那么就会看到,将基督的圣像归于"斧头"之下即基督投身革命的设想在俄罗斯思想者那里屡见不鲜。别林斯基曾对陀思妥耶夫斯基指出,基督假如出生在他们这个时代,那么他就会成为社会主义者,参加和领导革命运动。(19卷:13)在勃洛克长诗《十二个》的结尾,"莫名其妙"地出现了耶稣基督的形象:"前面——拿着血红的旗子,/雪风遮得看不见他,/子弹也不能伤害他,/他迈着轻柔的步伐,驾临在雪风之上,/雪花的细屑飞舞,有如珍珠,/他带着白色的玫瑰花环——/走在前面——这就是耶稣·基督。"① 伟大的社会主义革命卫士何以需要耶稣来带领?勃洛克如此安排实在让人觉得突兀,难以理解。因为在一般人的观念中,革命与耶稣基督,与基督教的关系可谓势不两立,革命的逻辑根本不需要基督信仰来维护和支撑。在叶赛宁的《同志》一诗中,同样可以看到基督走在革命前列冲锋陷阵的情境:"啊,我忠实的基督。/他叫我们前去救助,/在战斗中的俄罗斯,/命令我们为了自由,/为了公平正义和劳动!/耶稣来到人间……/突然,战火硝烟四起,/枪炮弹药轰鸣,/于是,中枪倒下了/这个年纪轻轻的基督。"② 那么,在陀思妥耶夫斯基的作品中,基督究竟是革命的拥护者还是反对者呢?作家又秉持一种

---

① [苏]亚·勃洛克:《十二个》,戈宝权译,漓江出版社1985年版,第63页。另有郑体武的译文:"前面——一个刀枪不入的人/被纷飞的暴风雪遮住,/踏着晶莹的雪花,/迈着轻柔的脚步,/把血红的旗帜挥舞,/戴着白玫瑰的花环,/前面——是耶稣基督。"

② 转引自郭小丽《陀思妥耶夫斯基的救赎思想——兼论与中国文化思维的比较》,黑龙江人民出版社2012年版,第198页。

什么样的立场呢？

如果说存在革命的真理和基督的真理，那么在陀思妥耶夫斯基的生命后期，革命暗流风起云涌，表现出将基督真理赶下神坛并废黜和取代它的强大势头。陀思妥耶夫斯基本人也曾因参与带有革命色彩的彼特拉舍夫斯基小组活动而遭受监禁和惩罚。社会革命及其理论基础无神论，对作家始终是极大的诱惑。对革命的思考，对革命与宗教关系的思考，是陀氏后期作品的重要主题之一。陀氏小说中的斧头意象频频出现。在《罪与罚》中，拉斯柯尔尼科夫的杀人凶器是一把斧头。在《群魔》中，斯捷潘·特罗菲莫维奇喜欢低声哼唱这样一首诗："农夫们扛着斧头走来，可怕的事情将要发生。"（11卷：42）其中的煽动情绪和革命色彩显而易见。作品还提到一位"发疯"的少尉用斧头劈碎房东家的圣像，无神论者彼得·韦尔霍文斯基认为"斧头"有快速的"消毒"作用。在《卡拉马佐夫兄弟》中，第三次拜见斯梅尔佳科夫后，陷于谵妄状态的伊万同魔鬼进行长谈，魔鬼竟然匪夷所思地讲到斧子在太空中变成卫星绕着地球飞行的事情。十三岁的科利亚在谈到自己的信仰时虽然没有提到斧子，但认为"非常人道"的基督若生活在他们那个时代，必然会加入革命党并起到重要作用。阿廖沙在作家未完成的构想中也将成为革命者。[①] 可以看到，通过拉斯柯尔尼科夫、彼得·韦尔霍文斯基、希加廖夫、斯塔夫罗金、扎基京、科利亚等人物的思想与命运，陀思妥耶夫斯基在思考革命的实质、未来以及革命与基督的关系等问题。

作家对革命的基本立场大致分为两个阶段：一是流放复归彼得堡之前的陀思妥耶夫斯基倾向于肯定革命，二是1860年以后的陀思妥

---

① 参见陈燊主编《费·陀思妥耶夫斯基全集》（第1卷·总序），河北教育出版社2009年版，第61页。

耶夫斯基倾向于否定革命。作家对革命的否定之处在于革命的三面旗帜（自由、平等和幸福）的虚谎性，革命与暴力的姻亲关系，革命群体的混杂性，等等。譬如，在《群魔》这部集中探讨革命问题的小说中，彼得·韦尔霍文斯基认为革命的秘密是"我们将宣传破坏"（11卷：519），卡尔马季诺夫认为"俄国革命思想的真谛在于否定人格"（11卷：457），希加廖夫提出的未来社会的形态是"从无限的自由出发，以无限的专制结束"（11卷：496），其中都包含作家对革命现象的反思和否定。而如费季卡这样杀人放火的"群氓"竟然也被革命群体所接纳，更为作家不能接受。

从更深一层来看，作家不赞同的是革命背后的逻辑，认为在它试图消除恶的暴力手段中包含对人格的否定和可怕的嗜血本能。因此，《群魔》中彼得·韦尔霍文斯基被塑造成了视鲜血为革命黏合剂的"革命家"："您可以挑唆四个成员去杀死第五个成员，借口是他会去告密，您立即就可以用鲜血把他们大家拴在一起。他们会成为您的奴隶，不敢造反，也不敢要求您来做说明。"（11卷：476）其他人则由于受到"革命理想"的蛊惑，极易犯下"对全人类的罪"（11卷：514—522）。作家认为，靠革命手段改造环境，使世界发生天翻地覆变化之后建立新的人生幸福是不可能的，革命只是一种对幸福的幻想而已。因此，在1871年5月18日写给斯特拉霍夫的信中，他把巴黎公社起义和二月革命都称作卢梭的余音："实质上都仍然是那个卢梭，仍然是那种凭理智和经验根本改造世界的幻想（实证主义）。"（22卷：840）在他看来，人们渴望幸福并无过错，但幸福不能通过类似于巴黎公社起义那样的革命手段通达。这是因为，革命的幻想来自衰落的西方，而衰落的西方已不能提供一个健全的基础："在西方，人们失去了基督（由于天主教的过错），西方因此衰落了，仅仅因此而衰落了。理想变了，——这是多么一清二楚！而教皇政权的衰落与罗马—日耳曼世界首领的衰落在同时发生（法国及其朋友），真是巧合。"（22卷：841）在同一封信里，作家表达了对别林斯基通过否定俄罗斯民族来进行所谓的推动社会进步事业的不满："这个人在我面前极其粗野地谩骂基督，然而他任何时候也不会把自己以及全世界所有的推动者们与基督进行比较。他发现不了在他和他们身上有着多少渺小的虚荣心、愤怒、急躁、易怒和卑鄙，而主要的是虚荣心。他在骂基督的时候从来也不对自己说：我们又能以什么来代替基督呢？难道是以我们自己？而我们却是如此卑劣！不，他从未认真想过什么他自己是卑劣的。"（22卷：842—843）可见，在陀氏那里，衡量历史和人物的唯一标尺是耶稣基督，只有基督是完美的，单靠人的双手来成就的革命事业，难免会沾染人身上的"卑劣"。

其实，陀思妥耶夫斯基对革命的否定只限于社会层面，他并不反对精神上、灵魂中的革命。他从社会革命中看到了敌基督精神的破坏作用，而在灵魂革命中看到了基督精神在人身的成长。用别尔嘉耶夫的话来说，陀思妥耶夫斯基"对待革命的态度是极其悖论的。他揭露了在革命中起作用的那种精神的谎言性和非真理性，预言了未来反基督精神、人神精神的生长。……陀思妥耶夫斯基对革命的敌视，不是普通人的、维护某种旧的生活制度的利益的敌视，而是一个启示录式的人、在基督与反基督的斗争中站到基督一边的人的敌视"[1]。陀思妥耶夫斯基更为珍视的是每一个体灵魂深处发生的动荡和革命，在社会革命与基督之间，他坚定地选择站在拒斥"斧头"之义的基督一边。

---

[1] ［俄］尼古拉·别尔嘉耶夫：《陀思妥耶夫斯基的世界观》，耿海英译，广西师范大学出版社2008年版，第84页。

沙托夫的一生最能体现作家在基督与革命之间的选择和立场。他从革命的怀抱投身于基督，由革命的追随者转变为基督的拥护者。一旦看穿彼得等人从事的是"荒唐勾当"，他就坚决地"同他们断绝了关系"。听闻圣徒吉洪所做的一切，他建议斯塔夫罗金去拜见这位主教，从中可以窥见吉洪对他的影响。在整个人生价值观转变后，沙托夫如此表述他的基督信仰："我信仰俄罗斯，我信仰她的正教……我信仰基督的躯体……我相信基督将在俄国第二次降世……我相信……"（11卷：313）从他临死前对妻子的宽恕和照顾来看，他的生命充满柔软和怜恤之情，重获了鲜活的色彩。作家以此表明，基督形象一旦光照于人的心灵将给人带来何样的变化，从革命立场向基督立场的转变对人的生命意味着什么。作家也借这一人物的不幸命运，揭示了革命自身往往"吞噬自己的孩子"[①]的悲剧性宿命。

总之，在陀思妥耶夫斯基眼中，革命的真理是非基督的真理。他从非基督的真理走向了基督的真理，这使他体验了人的灵魂最为黯然的痛苦，使他能够站在非基督的立场上同情地言说，使他能拒绝非真理的诱惑。这就是作家常给人留下"两副面孔"印象的原因——玛利亚·布劳斯汀就曾指出，斯塔夫罗金和佐西玛分别是陀思妥耶夫斯基的面孔的显现。[②]但在陀氏那里，基督的真理要高于非基督的真理，当他宣告宁可与基督站在一起而非与真理站在一起时，他毫无诋毁基督之意。对他来说，尽管无神论和革命始终是个诱惑，但更吸引他的始终是基督的面容和光亮。

---

① ［美］汉娜·阿伦特：《论革命》，陈周旺译，译林出版社2011年版，第33页。
② Maria Bloshteyn, *The Making of a Counter-Culture Icon: Henry Miller's Dostoevsky*, Toronto: University of Toronto Press, 2007, pp. 132–135.

第五节　救赎者的俄罗斯民族性

陀思妥耶夫斯基心中的救赎者形象打上了明显的俄罗斯文化的印迹，他所信奉的是俄罗斯东正教的基督而不是天主教或新教的基督。作家在许多场合都声称，基督形象最为完整地保存在俄罗斯民族中，欧洲文化已经走上否弃基督的道路。非常有必要从东正教独特的基督论传统出发来审视陀思妥耶夫斯基的救赎观及其对基督形象的再造。

在基督教的三大形态中，正教最看重内在的神秘体验，缺少严密的形式规范和严谨的逻辑思辨。这种精神类型的"礼仪学和肖像学特征远远超过推理、概念和理论的色彩……教义的严格必要性从未和礼仪、言谈及生活分离过"①。修士西奥多·布列哈夫（1829—1871）甚至认为，基督背负着偏爱逻各斯的哲学家们的罪债。由此不难理解俄罗斯的基督圣像何以强烈地吸引圣像画家的表现愿望，何以在民间备受欢迎。较为直观的基督圣像比深邃的神学思考更为有力地扎根于俄罗斯的大地上，也让俄罗斯人更容易"触摸基督的衣襟"。在与基督的亲密合一关系中，俄罗斯人逐渐形成了一种"本质上是神秘的、'着魔般的'"② 思维品质，这是俄罗斯基督信仰最为独特之处。

诸多俄罗斯神学思想家都相信存在独特的"俄罗斯的基督"。叶夫多基莫夫指出俄罗斯的基督常与苦难者同行的特征，认为涅斯捷罗

---

① ［俄］叶夫多基莫夫：《俄罗斯思想中的基督》，杨德友译，学林出版社1999年版，第29页。

② ［俄］叶夫多基莫夫：《俄罗斯思想中的基督》，杨德友译，学林出版社1999年版，第31页。

夫的名画《基督与神圣俄罗斯》和索尔仁尼琴的一些观念鲜明地表现了这一点。С. Н. 布尔加科夫则强调基督与受苦者在一起的柔和、谦卑："进入东正教民族心灵和最能抓住这个心灵的，不是被钉死的基督形象，而是温和的谦恭的基督形象，他是上帝的羔羊，承担了世界的罪孽，使自己成为一个降临世界的温顺的人，为世上所有人服务。"① 而在长诗《宗教大法官》的开首，陀氏让伊万几乎是下意识地描写了基督悄无声息重临时治病救人、安慰困苦之人的场景，基督与受苦受难者同在时的柔和与谦卑，同自以为代表着权威和正义的大法官的咄咄逼人之势形成了强烈的对比。基督对民间疾苦体恤到极端，以至出现了勃洛克和叶赛宁诗歌中加入革命者阵营并领导革命的基督形象。

与之相应，在俄罗斯的基督学中，虚己论占有更重要的位置。②《腓力比书》第2章第5—11节是各种虚己论学说的依据："你们当以耶稣基督的心为心。他本有神的形像，不以自己与神等同为强夺的，反倒虚己，取了奴仆的形像，成为人的样式……"索洛维约夫和陀思妥耶夫斯基都将基督面临的诱惑理解为"放弃虚己和用神性力量来解决人类生存全部问题"③ 的诱惑。马克辛·塔列耶夫（1866—1934）也如索洛维约夫那样坚持双重的虚己论：在道成肉身的过程中，基督放弃了神性、全能而与人同体，委身于完全的人性中；在被钉十字架的过程中，基督的人性为了上帝的荣耀和计划而完全放弃自身。在双重的虚己中，基督在自身中完成了人与上帝的和解，人在对基督的瞻

---

① ［俄］С. Н. 布尔加科夫：《东正教——教会学说概要》，徐凤林译，商务印书馆2001年版，第188页。
② 新教神学中对虚己论阐释较多的有路德、托马斯乌斯、卡尔·巴特和莫尔特曼等人。
③ ［俄］叶夫多基莫夫：《俄罗斯思想中的基督》，杨德友译，学林出版社1999年版，第105页。

望中可以经历内在的合一。弗·洛斯基揭示出基督在虚己中对人的爱和对人之自由回应的渴望："通过他已见证到的、对人类自由的无限尊重，他向人只显露出奴仆所具有的哀伤、兄弟般的面容和在十字架上哀伤的、兄弟般的身体；他以此唤醒了人作为对爱的回应的信仰：只有信仰的眼睛才能见出奴仆形象下面的上帝的形象。"① 从这样一个宗教神学传统来看，《宗教大法官》中沉默的耶稣基督形象的塑造，作家对基督自由之爱的宣示，都具有强烈的基督虚己论因素。

在基督神人二性关系的问题上，俄罗斯神学家更为强调公元451年卡尔西顿公会议上达成的保持平衡性与同一性的基督论教义。这次会议所达成的古典的基督论强调，基督具有完整和完全的神性与人性，在神性上与圣父同质，在人性的方面，由童贞女玛利亚所生；神性和人性"不会混乱、不会改变、不能分开、不能离散；这二性……联合为一位格与一质……"② 叶夫多基莫夫甚至认为，现代神学都要以此作为试金石来评判自己是否在基督二性论上保持了平衡。在对西方基督教世界表示"赞成还是反对"时，俄罗斯神学家和思想家也坚持了这一标准。索洛维约夫就曾指出，罗马天主教和路德新教只是部分地表明了基督的真理，前者的问题是将基督信仰交托给外在的权威力量维系，造成基督的神性对人性的压制；后者又将基督信仰完全交在个体性的主体手中，造成基督人性对神性的背离和反抗。因此，在基督信仰中必须保持基督神性与人性的平衡，在二者的圆满中统一起来。陀思妥耶夫斯基甚至认为，罗马天主教为了维护神性的权威而拿

---

① ［俄］弗·洛斯基：《东正教神学导论》，杨德友译，河北教育出版社2004年版，第83页。

② Gerald Bray, *Creed, Councils & Christ*, Leicester, U. K and Downers Grove, Ⅲ: Intervarsity Press, 1984, p. 162. 转引自［美］奥尔森《基督教神学思想史》，吴瑞诚等译，北京大学出版社2003年版，第242页。

起恺撒的剑，导致了无神论的产生。在《白痴》中，作家借梅什金公爵之口指出，"罗马天主教甚至比无神论本身还要坏……无神论只宣传虚无，而天主教走得更远：它宣传被歪曲了的、遭到它毁谤和侮辱的基督，宣传相反的基督！……它宣传的是敌基督……无神论是从他们那里，从罗马天主教本身产生的"（10卷：734—735）。对新教，陀思妥耶夫斯基同样提出了许多批评。如果说陀思妥耶夫斯基的这些看法未免极端，那么他对于施特劳斯和勒南的耶稣形象的质疑则要中肯得多。

施特劳斯的两卷本著作《耶稣传》初版于1835—1836年。他详细考察了《福音书》中耶稣的出身和所受的教育、耶稣和施洗约翰的关系、耶稣宗教意识的来源等内容，勾画出了耶稣生平的历史轮廓。而对于《福音书》所记载的耶稣的神迹尤其是复活事件，施特劳斯明确表示"拒绝承认耶稣复活是一个神异的客观事件"[1]，只是将它视为门徒和教会持续不断的精神想象和回忆的结果；这实质上是一种从心理学层面去除神迹的神秘因素的做法。对此，陀思妥耶夫斯基在《作家日记》中提及施特劳斯时，说他事实上"憎恨基督并将终生的目标确立为嘲笑基督教和向它吐口水"，并用嘲讽的笔调指出，如果允许人们像施特劳斯那样破坏旧社会重建新社会，完全的混乱就会降临我们头上。[2] 勒南的《耶稣的一生》初版于1863年，作者本人声称他所遵循的一个重要写作原则，就是要"以普遍经验的名义把神迹从历史中驱逐出去"，并将"活生生的有机体之概念"[3] 作为叙事的总

---

[1] ［德］大卫·弗里德里希·施特劳斯：《耶稣传》第一卷，吴永泉译，商务印书馆2010年版，第402页。

[2] Steven Cassedy, *Dostoevsky's Religion*, Stanford: Stanford University Press, 2005. pp. 37-38.

[3] ［法］欧内斯特·勒南：《耶稣的一生》，梁工译，商务印书馆1999年版，第39页。

指针，因之呈现出的是一个有血有肉、崇高伟大的英雄般的耶稣形象。几乎此书刚一出版，陀思妥耶夫斯基就立即找来阅读，后来又多次提到作者和该书。1873年1月1日版的《作家日记》，刊登了作家名为《老一代人》的回忆别林斯基等人的文章。他将别林斯基和勒南进行了对比："别林斯基不像勒南，他那勇往直前的旺盛热情，即使在不可逾越的障碍面前也没有像勒南那样，而后者在自己那部没有任何信仰的《耶稣的一生》中声称，基督终归是人类美的理想，是不可企及的典范，即使到未来也不可能重新出现。"（19卷：12）在《群魔》的创作材料中，作家指出，勒南对基督的理解说明，"成为文明人，即欧洲人之后"，人们不能再"无条件地相信上帝之子的基督的神灵"（19卷：337）。陀思妥耶夫斯基对施特劳斯的批评和对勒南无信仰的判定，无疑与他对基督神人二性之平衡的坚持有关。

总的来看，在陀思妥耶夫斯基那里，至高的救赎者战胜了死亡法则，拥有绝美的面容，带给世人自由之爱，希冀人们以灵魂的内在转向回应他的"虚己"成人；人的救赎之道，就在于同他和解，主动接纳和信靠这位救主。在救赎者形象的历史长廊中，陀氏笔下的救赎者形象及背后的神学观念既有一定的独特性，又是文学传统的延续。在俄罗斯文学传统中，对神圣救世主形象的摹写、重塑和再造一直是一个非常突出的现象。从屠格涅夫的《耶稣》一诗中完全属人的基督形象到托尔斯泰《复活》中作为"解放者"的基督形象，从勃洛克长诗《十二个》中"头戴白色玫瑰花环"的革命者耶稣基督到《大师与玛格丽特》中面对彼拉多的审讯表现出人性之"怯懦"的约书亚，再到《断头台》中与彼拉多总督滔滔雄辩的阿夫季和《第一次基督的第二次降临》中新基督彼得的形象，这长长的再造的耶稣形象画廊值得深入地思考和研究，贯穿其中的基督复活和重临的主题亦不能忽视。而陀思妥耶夫斯基笔下的基督面容尤其是《宗教大法官》中沉默的耶稣形象，既不同于诸多对《福音书》中的耶稣进行"虚拟变形"的类耶稣形象，也不同于 20 世纪诸多现代耶稣小说对耶稣形象的颠覆性改写，而是既做到了既保持了福音书蓝本中基督形象的底色，又与其原型有所疏离，从而实现了历史与当下的自然融合，成为后世重塑救赎者形象的范型。

第六章　人人相爱：救赎的践行形式

在陀思妥耶夫斯基的小说中，人的救赎不单是灵魂向上仰望的姿态，而且是贯穿日常生活实际，可以落地践行的生活原则和行为方式。重新归信救赎者，人神关系的修复，是灵魂走向救赎的前提。在社会层面，作家又认为，只有回返作为根基的俄罗斯人民，人与人之间践行"诚爱"，救赎才能最终实现。他与官方的体制性教会始终保持一定的距离，而更倾心于俄罗斯民间的东正教。在他看来，俄罗斯人民历经各种苦难，保存着最为纯朴、虔诚的基督信仰，拥有普遍和解的能力，因此是俄罗斯民族的"根基"。诸多罪恶和苦难与脱离这一"根基"有关，只有回返"根基"才能重新确立基督信仰从而实现救赎。陀思妥耶夫斯基也从积极的爱中寻找救赎的力量，将基督之爱通过索尼娅、格鲁申卡等女性和佐西玛长老等俄罗斯修士形象显示出来，赋予他们救赎的使命。在作家的观念中，皈依基督的救赎之路同回返根基和遵循"诚爱"法则完全是一体的。

第一节 回返"根基"

陀思妥耶夫斯基的救赎理想，是以俄罗斯人民为根基的。他的根基论思想备受关注，其核心观点是俄罗斯人民的精神和土壤是俄罗斯民族的根基；俄罗斯人民具有和解和包容一切的力量；知识界应该在东正教基础上与人民结合，回返根基，只有扎根于人民，其生活和思想才不会悬空。陀思妥耶夫斯基的东正教信仰与其根基论或者说对俄罗斯人民的信仰是双面同体的，他所谓的救赎之道在于俄罗斯民众的东正教而非官方的、体制性的教会。诚如米尔斯基所言，陀氏的信仰中包含带有神秘性的民粹主义色彩，即陀思妥耶夫斯基的"政治哲学可定义为民主斯拉夫主义（Democratic Slavophilism；демократическое славянофильство）或神秘民粹主义（Mystical Populism；мистическое народничество）……其主要观点为：俄国知识社会的救赎之路只能是重建与民众的联系，接受民众的宗教理想，亦即接受东正教……他的宗教为东正教，因为，此即俄国民众之宗教，俄国民众的使命，即借助基督教信仰的重新确立来拯救世界。对于他而言，基督教与其说是纯洁和救赎的宗教，莫如说是仁爱和同情的宗教"[①]。米尔斯基进一步提醒说，切记不能将陀思妥耶夫斯基的基督教等同于"真正的基督教"，基督教对他来说"并非最终解决方案"，要充分注意到陀思妥耶夫斯基的东正教信仰同时也是对俄罗斯民众的信仰。米尔斯基的说法，凸显了陀思妥耶夫斯基救赎观的独特性，即基督信仰与回返根基的合一同体。

---

① ［俄］德·斯·米尔斯基：《俄国文学史》上卷，刘文飞译，人民文学出版社2013年版，第366—367页。

一 作为"根基"的俄罗斯人民

陀思妥耶夫斯基的根基论思想主要形成于苦役和流放期间,作家撰写的长文《〈时代〉杂志1861年度征订启事》是其"纲领和宣言"(22卷:1275)。他在文中明确提出,俄罗斯民族有其伟大的根基,即人民的精神和土壤:"我们终于确信,我们也是个独立的民族,有极大的独特性,我们的任务是为自己建立新形式,它应是我们自己的,取自我们的根基,取自人民的精神和人民的土壤。"(17卷:53—54)作家认为,俄罗斯人民的各阶层从来不像西方那样相互敌对和争斗,而是表现出更多的综合,包含更多的和解因素:"俄罗斯思想可能成为欧洲一些民族勇敢地加以发展的那些思想的综合,很可能那些思想中的敌对因素会在俄国人民中得到和解与进一步发展。"(17卷:54)"你们(至少是你们中所有的子爵)到今天还确信,俄国只有两个阶层:贵族与农奴。今后你们很长时间还不会相信,我们早已形成了中间的土壤,在这个土壤上,一切都融为一个整体,协调一致的整体。所有阶层都和平地、和谐地、兄弟般地融合在一起……我们这里即使有不和谐,那也是表面的、暂时的、偶然的,不难消除,在我们的根基里并无基础。我们很清楚这一点。这样一种秩序,在古代就已奠基,它是大自然本身赋予俄国精神的,赋予人民理想的……俄国的精神是超越阶层间敌意与利益的……我们的新罗斯明白了:只有一块水泥,一块纽带,一个根基,所有的东西都在上面汇集并和谐相处,这是一种精神上的普遍和解,它的基础靠教育……"(17卷:74—75)陀思妥耶夫斯基指出,俄罗斯人民之所以能成为根基,还因为他们世世代代经受了无数的苦难,在苦难中走近和理解了基督,保持着对圣徒的崇敬之心,因而具有超出知识分子、不为其所理解的"教养"。

这一思想当时得到了阿·亚·格利戈里耶夫、尼·斯特拉霍夫等人的拥护和支持，在《作家日记》中表述得更为充分，在作家后期的"五大思想小说"中反复得以表达。

陀思妥耶夫斯基认为，俄罗斯知识阶层已经脱离根基并且产生了严重的后果，现在重新认识何为根基并主动回返根基，整个过程是艰难、长久的。在《时代》杂志1862年的征订启事中，他说道："我们在摒弃过去生活中无益而有害的东西之后，竟飘飘腾空，几乎脱离了我们的根基。而失去了这个根基就不会生长出任何东西，更不会有任何果实。任何果实都需要自己的土壤，自己的气候，自己的养分。脚底没有坚实的根基，要前进是不可能的，还会倒退或是从云端栽下。"（17卷：373）在1873年12月10日的《公民报》上，作家发表了名为《一篇当代的谎言》的文章，追述自己如何从一个老"涅恰耶夫分子"回返到"根基"的"信念蜕变的历史"。这是一个渐进的、漫长的过程："我（我说的还是自己一个人），可能是其中最容易回归到人民这个根基、最容易认识俄罗斯的心灵并认可人民精神的一个人……如果像我这样的人都是经过了那么艰难的过程才终于认识到……那么别的人，与人民的隔阂更深，从父亲、祖父那里世世代代承袭了这种隔阂的人们又该怎么办呢？"（19卷：166—167）他认为，并不是流放的年代和苦难改变了他，而是"同人民的直接接触""在共同的不幸中同人民的亲密结合"改变了他的观点、信念和心灵，是这种结合使他逐渐形成同人民毫无区别，"甚至把自己看作属于人民的最底层的人"的观念。

然而，陀思妥耶夫斯基的这些观念屡屡遭到误解，甚至被认为是有意美化现实，是作家思想保守反动的体现。梅列日科夫斯基就认为，陀思妥耶夫斯基临终演讲中对农民的赞美同拉斯柯尔尼科夫对人民的态度是矛盾的。这明显是一个误解。拉斯柯尔尼科夫确实曾经脱离人民这一根基，他"对人民的倨傲和蔑视是真的"，然而他也抛弃了超人理论，最终走向民间，重返根基，悔罪而开始成为新人。这并不与陀思妥耶夫斯基的"临终讲演"中对农民的赞美矛盾。而且，陀思妥耶夫斯基对"农民式基督教"的理解来自他"死屋"时期和少年时代与底层百姓（包括农民）接触的真实体验而非凭空编造。从陀思妥耶夫斯基作品中的人民形象也可看到以下说法的错谬："为了从根本上稳住俄罗斯精神传统的脚跟，陀思妥耶夫斯基不得不回到传统的正教；鉴于现代西方的精神已经不可能承认神权政治，于是，陀思妥耶夫斯基便编造出一种农民式（等于俄罗斯式）的温顺基督教传统，然后把它说成真正的启蒙精神。"① 对陀思妥耶夫斯基的根基论还有另外一种误读，即认为"陀思妥耶夫斯基把'高踞人民之上'说成'知识界最重要和最病态的现象'，要知识阶层改邪归正，回到人民中间，无异于号召他们当农民领袖"②。其实，自19世纪40年代起，俄罗斯发生的一系列事件③说明，知识人脱离人民这一根基是历史的真实境况。而陀氏号召他们回到民间，并不是如民粹派那样去完成自认为的启蒙使命，也不是要发动所谓的革命或号召农民起义；而是寄希

---

① 刘小枫：《圣灵降临的叙事》，生活·读书·新知三联书店2003年版，第156页。
② 刘小枫：《圣灵降临的叙事》，生活·读书·新知三联书店2003年版，第158页。
③ 譬如，陀思妥耶夫斯基在1878年写给莫斯科大学生的一封信中提到1876年12月6日的"喀山事件"，人民将对这一事件中参加示威游行的大学生在教堂里抽烟闹事极为不满（参见陈燊主编《费·陀思妥耶夫斯基全集·第22卷》，河北教育出版社2009年版，第1076页）。别尔嘉耶夫在《俄罗斯思想的宗教阐释》一书中提到，彼特拉舍夫斯基按傅立叶方式以自己的名义建立了法郎吉（法郎吉是傅立叶理想中的未来社会基层组织），农民却焚烧了这个法郎吉；同样，19世纪70年代农民不欢迎那些到民间去忘我地为他们服务的知识分子（参见该书第27页）。

望于知识人离弃使人冰冷和僵化的思辨理性，回归大地，重归自然的宗教情感，重建丰沛整一的生活。梅列日科夫斯基歪曲了陀氏的民族情感，从中只看到了陀思妥耶夫斯基明确加以反对的"全民暴动"。

二　陀氏小说中人民的画像

陀思妥耶夫斯基指出，俄罗斯大地和人民是知识分子生长的土壤；理解和接受人民是极为重要、紧迫的事情。在《作家日记》1876年2月号上，作家写道："关于人民和对人民的看法以及对人民的理解这个问题现在是我们最重要的问题，是与我们的整个未来生死攸关的头等重要问题，可以说，这也是我们现在最实际的问题。"（19卷：210）尽管这段文字出现时距作家去世仅有五年，但人民的问题在作家一生的思想探索中都占据重要位置。虽然不同阶段作家对人民的看法不尽相同，但总的来说，他从人民那里看到了综合性、整体性和包容性，他强调的是人民身上所显示的救赎力量，描绘的是其坚忍、宽容、纯朴和充满怜悯之心的画像。

在作家笔下，俄罗斯人民之所以具有救赎力量，能够成为民族的根基，是因为他们葆有淳朴的民风，葆有虔诚纯正的信仰传统，与土地和自然保持着紧密的联系。作家常常简笔勾勒出普通人在日常生活和行动中表现出的美好心灵。譬如，《白痴》中对一位年轻母亲亲吻孩子的描写就非常感人。作品写道，梅什金遇见一位乡下女人，她在看到宝宝朝她微笑时"十分虔诚地画了个十字"，并告诉他这种喜悦可以和"上帝从天上每次看到罪人在他面前真心诚意地跪下来祷告"（9卷：302）时的欢喜相当。这让梅什金大为感慨："她把宗教的真谛讲得那么深刻，那么透彻，一下子就表达出了基督教的全部精髓，也就是要把上帝看作我们的亲生父亲，把上帝对人的欢喜看做父亲对亲生儿女的欢喜，——这是基督最主要的思想！一个普普通通的乡下女人！"(9卷：302—303)在这位普通母亲的身上，梅什金看到了俄罗斯人宗教情感的自然流露，感受到俄罗斯人民对基督信仰的领悟能力。

陀思妥耶夫斯基也经常在小说中赋予一些女性形象以救赎的使命。她们或备受凌辱，或出身低贱，或无知无识，但都具有极强的自我牺牲精神，引导着男性主人公走向救赎。《罪与罚》和《群魔》中都出现了"思想者"倾听女性信徒读《福音书》、感受基督训诲的情节。在《罪与罚》中是拉斯柯尔尼科夫和索尼娅一起读拉撒路复活的故事："一个杀人犯和一个卖淫女，他们奇怪地凑在一起读这本永远的书。"(8卷：416)这是陀思妥耶夫斯基最具独创性也最为震撼人心的场景之一。与此相似，《群魔》中的斯捷潘"离家出走"后，遇到了《福音书》推销人索菲娅·马特维耶芙娜，两人同行去斯帕索夫；路上和客店里，斯捷潘多次让索菲娅给他读《圣经》，向她讲述人生经历并承认自己的罪过。在《卡拉马佐夫兄弟》中，格鲁申卡也如《罪与罚》中的索尼娅那样心甘情愿地陪着心爱的、不幸的男人一起去流放地，她们都是罪人在信仰复活和走向新生过程中的帮助者和救赎者。她们身上这种牺牲式的爱，是人民品性和信仰特征的典型体现。

19世纪70年代，作家在《作家日记》中发表的一些政论文和小品文，为理解小说中刻画的人民形象提供了很好的参照。《作家日记》最初以专栏形式在《公民报》上刊发（自1873年1月1日第1期到当年12月10日第50期），后作为独立刊物自1876年1月公开发行，断断续续持续到1881年1月。其内容除了《温顺的女人》和《一个荒唐人的梦》等几部中短篇小说外，基本以政论和杂文为主，论及民众教育、虐待女性、街头少年等诸多问题，从中可以看到作家对人民的基本看法。专门研究陀思妥耶夫斯基作品中人民问题的琳达·伊万尼茨（Linda Ivanits）也指出，"《作家日记》……包含了关于人民的难忘的画像，成为作家在70年代如何理解这一问题的最为重要的原始材料"①。其中最为典型的是作家发表在1873年1月第1期《作家日记》中的言论。他把十二月党人的妻子们作为俄罗斯人民的道德典范："她们抛弃了一切：贵族身份、财富和亲友，为了高尚的道德义务，所有义务中最没有任何约束的义务，她们牺牲了一切。在漫长的二十五年里，她们被判刑的丈夫所经受的一切，她们也全都承受了，虽然她们没有任何罪过。"（19卷：16—17）这些女性对于苦难的坚忍与牺牲精神，对于罪犯们的怜悯和深爱，触发作家重新思考人民的品性。作为罪犯的陀思妥耶夫斯基感受最深的就是"人民的判决"——"全体俄罗斯人民也把我们称为'不幸的人'"（19卷：17），在他眼里，这一称呼暗含俄罗斯人民对罪犯的同情与宽容，而且这种同情是在把自己也视为罪人的基础上自然而然地生发的。在小品文《农夫马列伊》②中，作家追述了他九岁时与农夫马列伊的邂逅，描绘了一个温良、纯朴的农民形象。当时他以为"狼来了"，胆战心惊地跑到正在耕地的马列伊面前。马列伊停下活儿，微笑着安慰受惊的孩子，然后在他身上画了个十字，目送他回家："在我走着的时候，马列伊一直牵着马站在那里……最后向马列伊回过头去看了一眼，他的面孔我已经分辨不清楚，但是我能感觉到，他仍然在那样和蔼地向我微笑，朝我点头。"（19卷：218）正是从这位普通的农夫身

---

① Linda Ivanits, *Dostoevsky and the Russian People*, New York: Cambridge University Press, 2008, p. 134.
② 刊于《作家日记》1876年2月号，中文译者张羽在题解中称之为"包含有两个情节的短篇小说"（参见陈燊主编《费·陀思妥耶夫斯基全集·第20卷》，河北教育出版社2009年版，第1170页）。

上，作家看到了俄罗斯人民的美好品性。

从这些人民的画像可以看到陀思妥耶夫斯基对所有俄罗斯人乃至于全人类的信心。他一贯激烈地批评以知识精英自居而远离甚至鄙视俄罗斯人民的西欧派。他说："我永远不能理解这样一种思想，即只有十分之一的人应该获得很高的文化程度，而其余的十分之九的人则只能做前者的材料和手段，永远停留在愚昧之中。我相信，我们的全部九千万俄罗斯人（或者说，到那个时候的总人数），总会有那么一天，都将会是有教养的、有人性的和幸福的人，离开这个信念，我无法思考，也无法生活。"（19卷：205）作家把视多数普通人为少数精英人物材料和工具的思想赋予拉斯柯尔尼科夫、希加廖夫和宗教大法官等人，终生同这种"欧洲的思想"进行抗争。他所采用的最直接的方式，就是将普通人的生活、性格和观念表达出来。在小说中，俄罗斯人民的形象常常作为背景存在，然而正是他们与自视甚高的堪称"思想者"的拉斯柯尔尼科夫等知识人形成了鲜明的对比，显示出了人的精神出路和俄罗斯的发展道路。

当然，陀思妥耶夫斯基的小说也涉及俄罗斯人民的原始、野蛮、狡诈、罪恶和一些恶习，但作家认为不能轻易去论断他们的行为和品德。比如，梅什金公爵曾遭遇这样的事情：一位士兵把锡做的十字架冒充银制十字架卖给了他，而且转眼可能就会把卖来的钱拿去换酒喝。梅什金明知受了蒙骗，但他觉得"不要急于责备这个出卖基督的人。只有上帝知道，在这些醉醺醺的和软弱的人心里在想什么"（9卷：302）。这表达的正是作家的一贯立场。在1876年2月号的《作家日记》中，作家表达了相似的看法："对普通的俄罗斯老百姓，要善于把他们的美从他们偶然沾染的野蛮性中区分开来。"（19卷：207）他欣赏的是俄罗斯人民对罪恶现实的态度尤其是他们的理想：

"他的理想是强有力的和神圣的,正是这种理想在受苦受难的时代拯救了他;理想自古以来就深入了他的心灵,把纯洁、正直、真挚和豁达开朗的智慧永远赋予了他的心灵,所有这一切都极其美妙地、和谐地结合在一起。"(19卷:207—208)对此,索洛维约夫评论道:"陀思妥耶夫斯基坚称,俄国人尽管一副野兽形象,但他内心却保存着另一个形象——基督形象,总有一天,他会向所有民族亮出这一形象,吸引他们走向基督,并和他们一起完成人类团结的使命。"[1]陀氏所肯定的,正是俄罗斯人民身上的负罪意识、宗教情怀以及他们对"更好的生活"、更美好生命的期待。

三 俄罗斯知识分子与人民

1847年,二十六岁的陀思妥耶夫斯基写下了这样的文字:"生活整个是一种艺术,生活意味着把自己变成一部艺术品;必须有共同的兴趣,必须同情社会大众,同情大众的直接要求,人的财富、资本和善心才可能磨炼成真正光芒四射的珍贵宝石;在昏睡中,在冷漠中(在冷漠中大众就会解体),在离群索居时是做不到这一点的!"(17卷:17)此时,在陀思妥耶夫斯基对生活之为艺术的理解中,"同情"是一个关键词:人民是同情的对象,要满腔热情地去满足人民最直接的要求,财富和人的善心对于人民具有宝贵的价值。

1861年,作家在一篇评论文章中写道:"您不由地惊讶地想到人民的道德有其内在的正确性,想到人民的心灵的深邃,他们的人道观点的天生的开阔性。"(17卷:428)与上段话相比,陀思妥耶夫斯基的观念有了跳跃式发展:人民不再是被同情的对象,而是道德的化

---

[1] [俄]弗·谢·索洛维约夫等:《精神领袖》,徐振亚等译,上海译文出版社2009年版,第20页。

身；不再是被教化的群体而是以其心灵的深邃在给予启示；不再作为知识人居高临下去反观自身财富与善心的镜像而存在，而是从"开阔"的天性赐给"人道观点"的活的泉源。

仅仅十余年时间，陀思妥耶夫斯基关于人民的道德、天性和本质的看法缘何会有如此巨大的翻转？显然，这是由于"死屋"和流放时期作家同人民建立起了血肉相连的情感联系，作家经历了从脱离人民到返回根基的精神蜕变。正是从自身的蜕变过程中，作家了悟了一代知识分子的共同命运，精准地把握了时代的脉搏并试图开出"药方"。同样是在1861年，作家指出知识分子脱离根基是一种普遍现象："我们十分确信，就连我们最好的人民生活'通'，也没有充分理解我们同人民之间的鸿沟是多么宽而又深。原因十分简单：他们从没有同人民生活在一起，他们过的是另一种独特的生活。"（17卷：162）这标志着作家的转折，此后，整个19世纪六七十年代，作家一直在关注俄罗斯知识分子丧失根基的原因、表现、影响以及如何回返根基等重要问题。

陀思妥耶夫斯基既从历史那里寻找根源，又透过当下纷繁芜杂的社会现实分析造成俄罗斯知识分子脱离人民这一现象的内在因素。陀思妥耶夫斯基认为，彼得大帝这个"虚无主义者""拔除"了俄罗斯的文化根基，使得俄罗斯的教会陷于"瘫痪状态"，俄罗斯步入了"可怕的时代"①，也使得俄罗斯知识分子失去了精神上的依托，极易接受种种来自西欧的理论和学说并将它们"改头换面"成"四不像"的东西。这成为知识分子脱离人民的历史背景。

而俄罗斯知识分子自身的理想性、狂热性、极端性又加深了其无

---

① 参见［俄］梅列日科夫斯基《托尔斯泰与陀思妥耶夫斯基》卷二，杨德友译，华夏出版社2009年版，第15页。

根基性。他们大多接受西方式现代教育，同传统文化的自然联系发生了断裂。对于从西方舶来的各种哲学学说、思想甚至是一些假说，他们都倾向于宗教启示般地接受，不加怀疑和批判，视之为普遍和绝对。这样，他们树立起了难以计数的精神偶像，臣服在这些偶像面前，毫无保留地祭献个人的生命，就如同别尔嘉耶夫所说的那样，"永远为某种思想、多半是社会性的思想所吸引，并无条件地奉献给它"①。于是，在政治活动不可能时，他们就隐身在思想和文学领域；而在另外一些时候，革命就成为他们"唯一的专长"②。结果是，他们要么在非同寻常的孤寂中形成发达的"社会空想意识"，只能从"远"处而非"近"处去爱人民（如彼特拉舍夫斯基、格拉诺夫斯基）；要么狂热地献身于社会理想，以高高在上的革命领袖的姿态统领人民（如涅恰耶夫、19 世纪 70 年代的革命民粹派）。陀思妥耶夫斯基对这两种倾向都有表现。

陀思妥耶夫斯基认识到，俄罗斯知识分子与人民的脱离状态还与其自视为启蒙者的角色意识有关。这些以接受西方教育为荣并形成了启蒙思想立场的知识分子，将民众视为愚昧、落后和保守的群体的代名词，以高人一等的姿态来"教化"他们。C. H. 布尔加科夫深谙知识分子这一姿态的"英雄主义"实质："我们的知识阶层认为有义务去扮演自己祖国的上帝角色。他们认为：在这个国家中，自己是上流社会和欧洲教育水准的唯一代表。对于他们来说，这个国家的一切都为黑暗所笼罩，一切都是那样野蛮、与自己格格不入。他们认为自己

---

① [俄] 尼·亚·别尔嘉耶夫：《俄罗斯思想的宗教阐释》，邱运华、吴学金译，东方出版社 1998 年版，第 15 页。
② [俄] 尼·亚·别尔嘉耶夫：《俄罗斯思想的宗教阐释》，邱运华、吴学金译，东方出版社 1998 年版，第 16 页。

是这个国家的精神监护人，并且就其理解和能力去拯救这个国家。"①陀思妥耶夫斯基对于知识分子这种狂傲自大、鄙视民众的态度也提出了严厉批评："'人民是愚蠢的，所以得教育他们！'我们先记住了这句话，如果无法以老爷的面貌出现在人民面前，那么至少要摆出智者的样子。"（17卷：188）"单单强调愚昧和成见，单单关注尽快在人民中根除愚昧和成见，依我们看来，这本身（自然只是在某种程度上）也是一种愚昧和成见"；"以掌权者的姿态去接触他们，同那些老爷们一样"（17卷：188）。知识分子带着这种"成见"，以"老爷"的姿态面对人民，必然造成脱离根基，对人民的生活的无知："我们不能够本能地、率真地又是很实际地、坚定地站到人民的土壤上，不能够设身处地，不体会他们的发展程度，不能心领神会他们的观念、爱好、习性。"（17卷：189）作家进一步指出，知识分子缺乏自知之明，因循守旧，缺乏独立思考，对民众的理解没有达到应该有的程度。这样，他们对人民的爱只能停留在口头上的、抽象的层面，"不仅不会历史地看待事物，不从根基和生活出发，而且也没有仁爱的心，他所谓的爱全是理论上的，书本上的。至于对人民必须持尊重的态度，更是谈不上了"（17卷：194）。

陀思妥耶夫斯基深刻地揭示出俄罗斯知识分子在失去传统的文化遗产及信仰的根基后的精神处境，对其原因和影响进行了全面反思。在1869年2月26日致斯特拉霍夫的信中，陀思妥耶夫斯基说："难道我的离奇的《白痴》不是现实，而且还是十分平常的现实吗！正是在目前，在我们的那些脱离了土壤的社会阶层中才会有这样的性格，这些阶层在现实中正变成为离奇的阶层。"（22卷：624）陀氏这里所

---

① ［俄］基斯嘉柯夫斯基等：《路标集》，彭甄等译，云南人民出版社1999年版，第34页。

说的"脱离了土壤的社会阶层"主要是自由主义者和虚无主义者。作家借叶夫根尼·帕夫洛维奇表达了他对俄罗斯自由主义阶层的看法,认为他们主要来自地主阶层和神学学校学生,其本质在于攻击现存事物甚至否定俄罗斯本身,俄罗斯人民并不认可他们所做的事情。作家还通过伊丽莎白·普罗科菲耶芙娜之口来抨击"虚无主义者",而阿格拉娅的一些行为确实带有虚无主义者的影子。

如果说《白痴》对"脱离了土壤的社会阶层"的表现刚刚展开,那么《群魔》则专门为此目的而创作并达到了非同一般的深度。在1870年10月9日给迈科夫的信中,陀思妥耶夫斯基写道:"恶魔们从俄罗斯人的身上走出,进入猪群,即进到了涅恰耶夫、谢尔诺-索洛维耶维奇之流的身上。……请注意,我的朋友:谁丧失了自己的人民和人民性,谁就丧失了对祖国的信仰和上帝。如果您想要知道的话,这也就是我这部长篇小说的主题。"(22卷:765—766)小说中被附魔的既有父一代的斯捷潘·特罗菲莫维奇、卡尔马济诺夫,他们属于19世纪40年代的人,又有子一代的彼得·斯捷潘诺维奇、斯塔夫罗金、基里洛夫等60年代的虚无主义者的化身,而斯捷潘是"带头的"。

斯捷潘宣称他把整个一生都献给了俄国人民,但他只是诗意地、幻想地、自足地去爱人民,在骨子里却是远离和鄙视民众的。他不理解也不能接受女佣纳斯塔西娅的信仰方式,承认"上帝只存在于我的内心"。在史蒂文·卡斯德看来,斯捷潘所谓"上帝只存在于我的内心"是"对黑格尔《哲学全书》中的'上帝之为上帝,仅在于他意识到自我;上帝的自我意识,进一步来说,是上帝对人的意识和人对上帝的意识,导向了在上帝中人的自我意识'观念的'恶意歪曲'"[1],其中缺

---

[1] Steven Cassedy, *Dostoevsky's Religion*, Stanford: Stanford University Press, 2005, pp. 34–35.

乏对上帝之先在的明晰表示。斯捷潘也承认自己"并不是基督教徒",与东正教的顶礼膜拜、斋戒等宗教仪式毫不相干;他已近三十年没有读过《福音书》,只是大约七年前读了勒南的《耶稣的一生》①。他崇拜的是别林斯基式的对人民的爱:"他们能爱自己的人民,能为人民而忍受苦难,能为人民而牺牲一切。"(11卷:47)却又嘲笑俄罗斯人民"在素油或者胡萝卜加豌豆当中去寻找救世的方法"。长期居留法国且鄙薄人民信仰形式的斯捷潘·特罗菲莫维奇,不可能真正理解俄罗斯人民的宗教信仰的内核并在此基础上去爱人民。沙托夫一针见血地指出他既不爱俄国,也不爱人民的思想实质。

与斯捷潘·特罗菲莫维奇等"自由派"父辈们血肉相连的彼得·韦尔霍文斯基、斯塔夫罗金、基里洛夫等人,同样也不爱俄罗斯母亲和俄罗斯人民。他们受过西方教育或者长时间居住在国外,对俄罗斯传统文化十分陌生,甚至不能熟练地使用俄语来说话或书写。基里洛夫直接声称:"完全不了解俄国人民,并且……根本没有时间研究!"(11卷:116)他把所有的时间花费在了思考全人类的问题上而不是具体的人身上,为了实现自己的"目标"甚至根本就不同"不相干"的人见面。而在彼得·斯捷潘诺维奇酝酿的重新建造"大厦"的"计划"中,人民只是工具和材料,是奴隶和畜群,是毫无头脑、极易被玩弄于股掌之间的傻瓜。

这些脱离人民的知识分子面临着严峻的精神现实。首先是他们自身陷入生命的虚无感。斯塔夫罗金"什么都不害怕",对牺牲自己或是别人的生命都抱着"完全无所谓"的态度;基里洛夫认为所有事情包括活与不活"反正都一样",所以即使是对他本人的生死也是超乎

---

① 勒南(1823—1892)的这部著作发表于1863年,在作家看来勒南歪曲了耶稣基督的形象,所以作家提到斯捷潘仅仅读到这一本与《圣经》相关的书是深有意味的。

寻常的漠然；沙托夫的妹妹达莎对自己嫁给谁完全听之任之。他们将自己闭锁起来，对生命本身的冷热和善恶都无动于衷，患上了冷漠病。作家借沙托夫的话对此加以谴责："谁没有人民，谁就没有上帝！您一定要知道，凡是不再理解人民、与人民失去联系的人，立即就会相应地失去世代相传的信仰，或者成为无神论者，或者成为麻木不仁的人。……这就是为什么你们大家和我们大家现在或者是可鄙的无神论者，或者是麻木不仁、荒诞无耻的坏蛋的原因，仅此而已！"（11卷：48）其次是他们大多身处破碎的家庭。这种破碎不仅表现在亲情的淡薄，关系的疏远甚至敌视；而且表现为精神上的混乱无序，缺乏共同的文化根基。韦尔霍文斯基家族、韦尔西罗夫家族、卡拉马佐夫家族都是这样的"偶合家庭"。父亲的形象败坏了，不再成为责任的化身和道德楷模；儿子在爱的缺失中苟活，往往仇视父辈、家庭和人民，很难建立起对善和美的信心。

陀思妥耶夫斯基指出，要重返"根基"，重建与人民的亲密关系，恢复健康、正常的生活，就要在真诚、坦率和仁爱的前提下理解、尊重人民，向人民学习，获得他们的信任和尊敬。其前提是相信民众有其丰富的情感和极强的理解力，祛除高人一等的特权意识，不以"教育"者的身份自居："不可太过自信，以为人民能张大嘴巴乐意听我们的教育。要知道人民并非是畜群。我们相信人民自己也已想到，如果没想到则是感觉到，我们这些老爷虽做他们的老师但有些事也不懂，所以我们首先得向人民学些东西，也因此人民才的确不尊重我们的全部学问，至少是不喜欢这些学问。"（17卷：193）所以，知识分子需要做的，不是以其"学问"来"教育"人民，而是承认在人民那里有自己力不能及的"知识"、品性，通过向人民学习来实现灵魂的更新和救赎。

第二节 遵循"诚爱"法则

在陀思妥耶夫斯基的小说中,救赎的实现还需要遵循"诚爱"法则。作家在《白痴》的创作笔记中提到,这部小说中包含三种爱:"(1)直接的情欲的爱——罗戈任;(2)出于虚荣的爱——噶尼亚(即加尼亚——笔者注);(3)基督之爱——公爵。"[1] 前两种爱其实可以归为一类,称为"欲爱",第三种爱可以称为"诚爱"。这两个概念取自基督教神学思想家卡尔·巴特的《教会教义学》,现在可以拿它们来解读包括《白痴》在内的陀思妥耶夫斯基所有重要小说中的爱。

在《教会教义学》中,卡尔·巴特详细区分了"诚爱"和"欲爱"的差别与对立。"诚爱"(Agape),又称为"基督教之爱",指的是一种为了他者自身而自由地给予和倾注于他者的爱;在这种爱中,"爱着的人放弃了自己对自己的支配,正是为了将自己本身提供给他者,提供给被爱者支配"[2];这种爱的行动与"信仰的行动"不可分割并同时完成。与之相对的是"欲爱"(Eros),一种渴求得到、征服、占有、支配和享用他者的爱;在这种爱中,对于被"爱"的客体来说,"爱"的主体"想独自拥有它:为了维护、提高、加深、扩展、照亮、丰富他自己的生存,也许直接基于表达、证实自己本身的需要,也许更加简单:基于一种在任何动荡的情况下,都能使自己感到

---

[1] 转引自赵桂莲《漂泊的灵魂——陀思妥耶夫斯基与俄罗斯传统文化》,北京大学出版社 2002 年版,第 53 页。

[2] [瑞士] 卡尔·巴特著,[德] 戈尔维策精选:《教会教义学:精选本》,何亚将、朱雁冰译,生活·读书·新知三联书店 1998 年版,第 301 页。

满足的欲求"①。有时，"欲爱"还会以真、善、美等纯净的面孔显现，甚至表现为"美妙无比的上帝恋情"，"但是：不论此爱以哪种形式，都将是索取性、征服性、占有性的爱，即自爱（Selhstliebe），都将以某种方式表露出它的这种自爱性质"②。卡尔·巴特指出，这两种爱是截然对立的，它们分别与人的天性处于正面与负面的关系之中："诚爱之爱适应人的天性，而欲爱之爱则悖逆人的天性；前者作为它的类似物（Analogon），后者作为它的悖逆物（katalogon），在前者，人做着在与它的关系中正确的事，在后者，他做着在与它的关系中不正确的事。诚爱之爱亲和人的天性，欲爱之爱则是否定它。"③

基督教最为特殊之处就在于坚守"诚爱之爱"。在这种爱中，人接受上帝作为生命的本源，视自己为被遴选者、被护佑者和蒙恩者，只因为"上帝是上帝"而单纯地爱他，人自由地奉献、侍奉和承担使命。诚爱者由此得以超越自己的本性："对于如此爱着的人而言，一切与另一个人的对立和中立事实上都不复存在。在诚爱者的爱中，我与你相遇；在诚爱者的爱中，坦诚地看见他人，自己同样坦诚地显现于他人之前；在诚爱者的爱中，他与他人对话，自由提供帮助和自由接纳他人的帮助；在诚爱者的爱中，他对所有这一切怀有喜悦之情，所有这一切都成为事件。"④ 在"我—你"的相遇中，诚爱者因为放

---

① ［瑞士］卡尔·巴特著，［德］戈尔维策精选：《教会教义学：精选本》，何亚将、朱雁冰译，生活·读书·新知三联书店1998年版，第302页。
② ［瑞士］卡尔·巴特著，［德］戈尔维策精选：《教会教义学：精选本》，何亚将、朱雁冰译，生活·读书·新知三联书店1998年版，第303页。
③ ［瑞士］卡尔·巴特著，［德］戈尔维策精选：《教会教义学：精选本》，何亚将、朱雁冰译，生活·读书·新知三联书店1998年版，第315页。
④ ［瑞士］卡尔·巴特著，［德］戈尔维策精选：《教会教义学：精选本》，何亚将、朱雁冰译，生活·读书·新知三联书店1998年版，第319页。

弃了自己拯救自己的愿望，单单凭借他回答上帝之爱的献身精神，他就能够跳出"灭亡的怪圈"，能够"自我拯救"并在上帝之爱中参与免除欲爱者那种试图走出欲求性的"向上浮游之苦"。

一 "诚爱"的践行者

陀思妥耶夫斯基的小说主要塑造了两类遵行"诚爱"法则实现了自我救赎同时给人以救赎力量的形象——"永恒女性"和"俄罗斯修士"。

（一）"永恒女性"

在俄罗斯文化传统中，"永恒女性"（索菲亚）崇拜源远流长，并被赋予极为丰富的内涵。在索洛维约夫、C. H. 布尔加科夫、别尔嘉耶夫等神学思想家那里，"永恒女性"与智慧、圣爱、美和圣母等概念体系和内容相关，而在普希金、列夫·托尔斯泰、勃洛克等作家笔下以及后世俄罗斯文学中，"永恒女性"则化身为塔吉雅娜、玛丝洛娃、"美妇人"等形象，寄予着作家们对于神圣之爱和美的理想。在陀思妥耶夫斯基创造的一些女性形象身上，也带有"永恒女性"的因素。她们往往备受苦难却依然心灵纯洁，"爱多"[①]，极有智慧，是"诚爱"的化身。

最典型的是索尼娅。她以一颗爱上帝的心来爱世上的人，不论断人，怜悯和宽恕所有人，上帝之爱经她流淌于每一个人身上。索尼娅对继母的爱已经不是平常的亲情之爱，而是"一种深沉无比的怜悯之情"（8卷：402）。她理解继母遭遇的所有不幸，在同样的不幸中以

[①] 《路加福音》第7章第36—50节讲一个有罪的女人得蒙耶稣赦免的故事。耶稣论到殷勤接待他的女子说："她许多的罪都赦免了，因为她的爱多。"（路7：47）学者对"爱多"的理解集中于强调性爱、爱慕基督、赎罪和博爱等意。

一颗宽恕一切的心，以怜悯一切的心爱她、怜惜她。在她眼中，继母只是个纯洁的孩子，遭遇了种种不幸，却依然生活在对公道的幻想中，按照公道的原则生活。她理解继母的坏脾气和精神失常，完全是由于不堪重负的痛苦和爱好幻想的天性，以及备受摧残和侮辱但又极度自尊的性情。即便为了支撑整个家庭不得不沦为妓女，她依然因为自己没有更好地爱继母而悔悟和痛苦。论到罪孽，索尼娅意识到自己是卑贱的、有罪的。作为一个虔诚的信徒，索尼娅完全相信《圣经》中关于人的罪性的教导，承认自己有罪："我是个罪孽深重的、罪孽深重的女人。"（8卷：407）然而这种罪的意识，同时也是对上帝的意识。她承受尘世苦难时俯伏在上帝脚前，祈求来自上帝的力量，祈求上帝让自己更加完美，这使她更显纯洁。所以，索尼娅身上的罪完全不是堕落做妓女的具体的罪，也不是拉斯柯尔尼科夫所说的毁灭自我的罪："你最大的罪孽，是白白地毁了和出卖了你自己。"（8卷：407）而是人之为人本然的罪性。索尼娅因对上帝的虔信和承受的苦难，已赎尽了身上的罪，她的肉体上的"堕落"只"是一种象征性的给予行为，与'爱多'相关，因此，它隐含着救赎，而崇高的精神之爱反衬出她灵魂的忠贞，以此更加强了必获救赎的内涵"[①]。索尼娅相信，一切都可以借着对上帝的信仰来改变。卢仁污蔑她，几乎将她置于不道德的绝境，然而她并不因此论断他。当拉斯柯尔尼科夫提出这样一个尖锐问题："让谁活在世上，是让卢仁活着胡作非为，还是让卡捷琳娜·伊凡诺夫娜去死？"（8卷：514）她极为自然地回答，这事出于天意，她无权决定任何人的生死。其言下之意为，只有上帝知晓每个人，有权利审断每个人。

[①] 王志耕：《宗教文化语境下的陀思妥耶夫斯基诗学》，北京师范大学出版社2003年版，第177—178页。

索尼娅对拉斯柯尔尼科夫的爱是纯粹的"诚爱",上帝是她活着和爱人的力量来源。拉斯柯尔尼科夫从索尼娅身上看到了人类的苦难,他为这巨大的苦难跪拜在她的面前。然而他不能理解的是,为何索尼娅能够承受如此深重的苦难而没有发疯或自杀。在他看来,索尼娅只有三条路可走:"投河自尽,进疯人院,或者……或者最终堕落下去,变得头脑麻木,心肠冷酷。"(8卷:408)当意识到索尼娅可能是个"狂热的信徒"时,他最初只是觉得新奇,之后开始请她读《福音书》给他听,逼迫她"袒露和揭示自己的一切",试图探察她心灵的秘密。在这个过程中,他感受到索尼娅身上沉静的、完全倾注于他者的"诚爱"。于是,他心中的不安得以释怀,他"选中"了这样一位虔诚的信徒来坦白他杀人的秘密。听闻拉斯柯尔尼科夫犯下如此骇人的罪行,索尼娅这位不幸的女子跪倒在他面前,拥抱着他放声大哭,同情和怜悯使她完全忘记了自己的不幸而一心去安慰他。索尼娅知晓并告诉拉斯柯尔尼科夫如何才能走上救赎之道:"现在就走,马上就走,去站到十字路口,先跪下吻一吻被你玷污了的大地,然后向四周整个的世界大声说:'我杀了人!'到那时上帝会再次给你生命。"(8卷:530)索尼娅洞悉大地母亲的秘密,通晓上帝之爱的秘密:大地已经被玷污,必须匍匐在它的脚下,向它屈服,向它屈服就是向上帝屈服;唯有降卑俯伏下来才能洗刷人身上的罪,才能与上帝和解并领受新生。她把自己的生命、未来与这位不幸的杀人罪犯紧紧地联系在一起:"我们要一起受苦,也就一起背十字架!"(8卷:532)这是一种超越凡俗的"诚爱"、圣爱,而爱的力量之源就在于上帝,在于对上帝的爱。正如美国学者罗伯特·伯德所说,"这种无条件的爱,为拉斯柯尔尼科夫提出了不是与经济补偿联系在一起的救赎、不是基于权力逻辑的宗教，不是与暴力关联在一起的恩惠的可能性"①。拉斯柯尔尼科夫经由索尼娅的"诚爱"，开始与世界和自我建立了一种新型关系。

  自然，有论者对索尼娅这位"爱多"的女性有所非议，比如布兰迪斯大学的菲利普·拉夫（Philip Rahv，1908—1973）就质疑说，索尼娅的信仰对于拉斯柯尔尼科夫没有什么救赎意义："拉斯柯尔尼科夫无法无天的个人主义和索尼娅的基督教救赎观念中都没有社会内容……索尼娅的信仰不是通过挣扎得到的……也不能为拉斯柯尔尼科夫提供出路。"② 但我们看到，学界的褒扬之词更多。俄罗斯学者卡萨特金娜曾将索尼娅同圣母像进行了对照。卡萨娜·布朗克更进一步，称其为"所多玛的圣母"③。莉莎·克纳普探究了索尼娅形象的《圣经》原型，道出了她身上的三重影像：首先是《路加福音》第7章第47节因为"爱多"而被宽恕并获得新生的妓女；之后，"随着小说的展开，她也被当成了马利亚·抹大拉（Mary Magdalene）《路加福音》8：2；《约翰福音》20：1—18）和拉撒路（Lazarus）的妹妹马利亚（Mary）"④。克纳普指出，在一般民众的信仰中，她们三人融合成了一个人物；"因而索尼娅分享了这一人物的三重象征意义，体现了下列观念：自然法则可以逆转，腐败堕落可以克服，血肉之躯可以再生"⑤。莱斯

---

  ① ［美］罗伯特·伯德：《文学的深度：陀思妥耶夫斯基传》，王爱松译，黑龙江教育出版社2017年版，第98页。
  ② Philip Rahv, "Dostoevsky in Crime and Punishment", in René Wellek ed., *Dostoevsky: A Collection of Critical Essays*, Englewood: Prentice – Hall, 1965, p. 36.
  ③ Ksana Blank, *Dostoevsky's Dialectics and the Problem of Sin*, Evanston: Northwestern University Press, 2010, p. 91.
  ④ ［美］莉莎·克纳普：《根除惯性：陀思妥耶夫斯基与形而上学》，季广茂译，吉林人民出版社2003年版，第87页。
  ⑤ ［美］莉莎·克纳普：《根除惯性：陀思妥耶夫斯基与形而上学》，季广茂译，吉林人民出版社2003年版，第87页。

利·约翰逊（Leslie A. Johnson）指出，索尼娅是从丽莎维塔那里接受了宗教教育。丽莎维塔的绝对顺从体现了基督教的虚己观念，她身上具有圣愚（被人称作"白痴"）的某些元素，其无辜受难的命运在索尼娅的生命中得以重演。约翰逊还注意到，"索尼娅表达灵魂深处对于丽莎维塔的想法，不是用陈述记忆的过去时态，而是用了生命不会中断的将来时态"①。确实，索尼娅使用了文绉绉的词语来表达源自丽莎维塔的神学知识并以此"预告"她的最终归宿：丽莎维塔"为人很公道"，其信仰与实际行为的协调，使其"必得见到上帝"。可以看出，丽莎维塔已成为索尼娅心中的圣像或永恒生命的形象，她的信仰正是索尼娅所渴求的。美国学者伊丽莎白·布莱克（Elizabeth Blake，1971—　）教授对于索尼娅甘愿同拉斯柯尔尼科夫患难与共的选择给予了高度评价，认为她简直是沿着十二月党人妻子们的足迹在前进，而作家在《作家日记》中对这些伟大女性的自我牺牲精神赞誉有加。布莱克总结说，"陀思妥耶夫斯基塑造的索尼娅不是一个理想化的、仅仅用以激发信仰的女性，而是一个行动上可以效仿的典范"②。

在陀氏笔下其他一些女性形象身上，比如《地下室手记》中的妓女丽莎、《白痴》中的纳斯塔西娅、《卡拉马佐夫兄弟》中的格鲁申卡等，也都具有如此纯洁、带有牺牲精神的"诚爱"。用世俗的眼光来看，她们背负着肉体堕落的罪名，但她们又都是"永恒女性"，或多或少负有救赎的使命。丽莎仍然保持着心灵的纯洁，能够诚挚地爱人，而且有着不同凡响的智慧。面对"地下室人"那颗备受侮辱的、

---

① Leslie A. Johnson, *The Experience of Time in Crime and Punishment*, Columbus, Ohio: Slavica Publishers, 1985, p. 110.

② Elizabeth Blake, "Sonya, Silent No More: A Response to the Woman Question in Dostoevsky's Crime and Punishment", *The Slavic and East European Journal*, Vol. 50, No. 2, 2006, p. 268.

扭曲的心，面对他气势汹汹地倾倒在她身上的委屈、愤恨和绝望，她"能非常出色地理解本质"（6卷：290），甚至"地下室人"也为此感到不可思议："遭到我的侮辱、被我压倒的丽莎，她的理解能力远远超出了我的想象。"（6卷：292）而且，丽莎也像索尼娅那样对不幸者充满了怜悯：她的脸因此而扭曲、抽搐，她为"地下室人"的痛苦而哭泣，用完全的爱去拥抱和安慰他。

纳斯塔西娅是《白痴》中最为不幸的女性，作家在她身上倾注了无以复加的同情。如同陀氏留下的所有未定型的和正在形成中的性格一样，她让人捉摸不定，是爱与恨、天使与魔鬼的奇特、畸形的组合。纳斯塔西娅更接近地狱，索尼娅更接近天堂。同是遭遇不幸，前者无意间以自取其辱、自我毁弃来得到病态性的快感为满足，因而也就更痛苦，后者相信上帝的救赎也就多得安慰；前者自尊、自傲到了极点，甚至到了鄙视同情和帮助的地步，后者仍满怀感激地接受他人的救助；前者拼命抗争却无济于事，后者以默默地忍受、接纳和盼望度日。她们意味着两种不同的性格和心灵。然而，即便如此，纳斯塔西娅的身上仍显出"诚爱"和作为"永恒女性"的一些特征。譬如，她担心自己嫁给梅什金会毁了他的好名声，因此极力撮合阿格拉娅同梅什金的婚事，她对梅什金的爱没有占有和欲望的成分；在受尽托茨基的凌辱之后，她仍能保持纯洁的良心；她具有惊人的智慧，洞察身边所有人心中或善或恶的隐秘意念。陀思妥耶夫斯基甚至让作为女性的纳斯塔西娅来发出爱所有人是否可能的追问，这也正是作家长期加以思考的哲学问题。她在给情敌阿格拉娅的信中写道："我经常给自己提出这样的问题：可不可以爱所有所有的人，爱所有的他人？当然不可以，而且甚至是不正常的。在对人类的抽象的爱中，爱的几乎总只是自己。"（10卷：614）虽然意识到任何凡人都不能做到爱所有的人，不能做到爱仇敌，她还是幻想阿格拉娅能够接纳她、爱她，把阿格拉娅设想为"光明天使"："当您超越于任何委屈和任何个人的愤怒之上时，您怎么能不爱任何一个人呢？只有您一个人能无私地爱，只有您一个人能不为了自己，而为了您所爱的人去爱。"（10卷：614）在东正教文化语境中，只有基督能够像纳斯塔西娅所说的那样去爱人，所以她对阿格拉娅这个现实的、具体的人的期盼实际上暗含着对基督的渴求。她把阿格拉娅视为"女基督"，认为在她身上会有超越凡尘、单纯和不带任何偏见的爱，也希冀阿格拉娅能够宽恕她、包容她。由此才可以解释，在这封谈论感情的信中为何会提到为基督作画的事情。然而，纳斯塔西娅的愿景落空了，两人会面时出于忌妒心和骄傲而相互侮辱和仇视对方，这一事实说明，爱所有人特别是"仇敌"对于普通人来说是多么的艰难。

《卡拉马佐夫兄弟》的整体情节虽然没有完成，但完成的部分已经预示了格鲁申卡将成为德米特里救赎之路上的陪伴者和引领者。由于"阿廖沙和格鲁申卡之间存在着一种神秘的拯救与被救的关系"[1]，经历了阿廖沙"诚爱"感召的格鲁申卡走上了精神复活的道路。两人之间的拯救与被拯救的关系又是双向的，格鲁申卡同时也是阿廖沙的拯救者。她的姓"斯韦特洛娃"（Svetlova）意为"光"，有极强的象征意义。莉莎·克纳普解释说，"格鲁莎迸发出来的光明是确证生命的力量，它类似于基督的神圣之光"[2]。正是这"神圣之光"照亮了阿廖沙的灵魂，使他免于堕落：当阿廖沙探望格鲁申卡时抱着自毁的

---

[1] 王志耕：《宗教文化语境下的陀思妥耶夫斯基诗学》，北京师范大学出版社2003年版，第181页。

[2] ［美］莉莎·克纳普：《根除惯性：陀思妥耶夫斯基与形而上学》，季广茂译，吉林人民出版社2003年版，第268页。

态度，意欲寻找"一个卑鄙的灵魂"；但格鲁申卡听到佐西玛长老去世的噩耗后对阿廖沙表现出深深的同情，以纯洁的姐妹之爱"恢复"了阿廖沙的灵魂；感受到这"神圣之光"返回修道院后，阿廖沙产生了佐西玛长老死而复活的幻觉，重新建立了对基督信仰的信心。格鲁申卡精神复活后也变化巨大，小说如此写道："她的目光中似乎积淀着某种坚定而又豁然开悟的神态。呈现出某种精神上的转变，出现了某种坚定不渝、温和恬淡，但又是善良的、义无反顾的决心。"（16卷：869）由此以及她的一贯性格不难判断，她将"义无反顾"地跟随德米特里流放到西伯利亚承受苦难。

总之，这些"永恒女性"身上流露出的是"诚爱"之爱而非"欲爱"，她们大多如"中介新娘"① 那样，在自我救赎后成为基督与被救赎者之间的"中介"。

（二）"俄罗斯修士"

陀思妥耶夫斯基也从"俄罗斯修士"那里看到了"诚爱"的力量并将救赎理想寄托在他们身上。诚如格奥尔基·弗洛罗夫斯基所言："陀思妥耶夫斯基梦想'俄罗斯的社会主义'，却看到了'俄罗斯教士'。这个教士不考虑也不愿意建立'世界和谐'，完全不是历史的建设者。无论是圣徒吉洪、佐西玛长老，还是马卡里·伊万诺维奇，都不例外。"② 在作家笔下，佐西玛长老等圣徒形象并没有宏大的"爱全人类"的理想，只是内在地奉行"诚爱"法则，光照着每一个人的生命。

---

① 王志耕：《宗教文化语境下的陀思妥耶夫斯基诗学》，北京师范大学出版社 2003 年版，第 174 页。
② ［俄］格奥尔基·弗洛罗夫斯基：《俄罗斯宗教哲学之路》，吴安迪等译，上海人民出版社 2006 年版，第 363 页。

在《死屋手记》中，作家采用了两种方式展示旧礼仪派圣徒的世界：其一是"将叙事的焦点集中在信仰的个别代表，即一位来自斯塔罗杜比耶地区的年老旧教徒身上，相当详细地叙述他在关键时刻的行为"[1]；其二是从远处描绘旧礼仪派其他典型的整体图景。确实，叙事者对来自斯塔罗杜比耶地区年老旧教徒的描写不吝笔墨，而着笔于来自西伯利亚的旧教徒只是为了凸显前者超然的品性。正是这位老人，在人与人之间充满仇视的监牢里，赢得了普遍的尊敬和信任，以至所有囚犯都愿把钱财交给他保管。小说聚焦于老人的笑和目光加以特写："他总是很开心，爱说爱笑——他的笑不像别的苦役犯那样是粗鄙下流的笑，而是一种明朗而又文静的笑，笑声中有许多孩子般的浑厚，这笑声仿佛与他那苍苍白发特别般配似的。"（5卷：51）他的眼睛"清澈而又明亮"，"目光流露出一种安详静谧的光"（5卷：50）。这些面部特征几乎获得了神圣的象征意义，同样的元素也被赋予《少年》中的马卡尔和《卡拉马佐夫兄弟》中的佐西玛长老。对此，英国学者安吉拉·斯蕾特总结说："来自斯塔罗杜比耶的那位年老旧教徒留下的深刻印象，终生与作家相伴，每当作家在小说中创造圣人形象时这个形象就出现在他的脑海中。换言之，旧礼仪派很可能是陀思妥耶夫斯基寻求基督教理想人物的起始点。"[2] 而从作家对于老人宗教活动的表现来看，他并不在意老人神学或礼仪方面是否正确，他在老人身上只发现了虔诚和善良的美德。

与之相反，同有旧礼仪派之名的一些西伯利亚信徒，在作家笔下

---

[1] Angela Slater, Dostoyevsky's Attitude to Institutionalized Religion, Ph. D. dissertation, Liverpool University, 1983.

[2] Angela Slater, Dostoyevsky's Attitude to Institutionalized Religion, Ph. D. dissertation, Liverpool University, 1983.

缺失了各种美德。小说写道："在我们囚堡里也有一些别的旧礼仪派，大部分是西伯利亚人。这是一些在文化上很有修养的人，工于心计，饱读圣书，咬文嚼字，同时又是一些自有一套理论的能说会道的雄辩家；这帮人骄傲自大，目中无人，奸诈狡猾，而且是一些容不得半点异见的偏执狂。"（5卷：51）这里一笔带过的概要式叙述，既是叙事人现实观察和体验的总结，又体现着俄罗斯普通民众对于旧礼仪派教徒的普遍看法。从中可见，"尽管作家被旧礼仪派吸引，但并不完全肯定它，他只拥护那些显示出类似于基督品性的人，他这一时期在各种信仰中寻求的就是这种人"[1]。

《死屋手记》中斯塔罗杜比耶的年老旧教徒是作家笔下最为丰满的分裂派教徒形象，之后的小说中，作家对于信仰的兴趣不再通过旧礼仪派信徒个人反映出来，而是通过他们的观念对于小说中宗教人物依稀可辨的教诲作用显示出来。如梅什金身上就是这种情况。他与分裂派教徒的关系是暗示性的，经由他与罗戈任的精神亲缘关系，以及他在叶潘钦将军家晚宴上的讲话来表明。在英国批评家皮斯看来，梅什金从一位商人亲戚那里继承财产的同时，也继承了对方作为旧礼仪派信徒的精神遗产。但斯蕾特并不认同此说，理由是，梅什金的亲戚是否为旧礼仪派信徒，在小说中不能找到确据。

对于陀思妥耶夫斯基来说，塑造"理想"的圣徒形象是他创作《卡拉马佐夫兄弟》这部小说的旨归。在写给《俄国导报》的编辑尼·阿·柳比莫夫的信中他表达了这一心愿："如果我把这一点写好了，那我就做了一件好事：我要使人们认识到，纯洁的、理想的基督徒不是抽象的，而是生动的现实的、可能做到的、呈现在眼前的，而

---

[1] Angela Slater, Dostoyevsky's Attitude to Institutionalized Religion, Ph. D. dissertation, Liverpool University, 1983.

基督教则是俄罗斯大地摆脱其一切罪恶的唯一避难所……整部长篇小说正是为这个主题而写的。"（22 卷：1107）为此，他将目光转向了俄罗斯的圣徒传传统，将众多圣徒的品性加诸佐西玛长老身上："我是从古俄罗斯的修道僧和圣贤中选取的人物和角色：他虽然非常温顺，但他对俄罗斯的未来、对其道德的甚至政治的使命所抱的希望却是无限的、纯朴的。圣徒谢尔盖、彼得和阿列克谢这些总主教所指的难道不总是这种意义上的俄罗斯吗？"（22 卷：1162）对于俄罗斯东正教信徒来说，这些圣徒都是耳熟能详的人物。这里仅以圣谢尔盖为例来谈一下佐西玛长老这一形象的塑造与圣徒传传说的关系。

圣谢尔盖，即拉多涅日的圣谢尔基（Сергий Радонежский，1322—1392），是最知名的俄罗斯本土圣徒之一。他在荒野中创立的圣三一谢尔基大修道院数百年来一直是俄罗斯东正教徒的圣地。"陀思妥耶夫斯基还是孩子的时候曾多次到谢尔基修道院旅行，1859 年放逐归来时他再次到此朝拜。"[①] 圣徒谢尔盖本人是信徒心中修道生活的典范。据圣徒传等材料记载，他独自一人多年在荒无人烟的森林里隐修，备受试炼。[②] 他曾经推脱了朋友阿列克谢要他出任主教的请求，因为他终生不渝地拒斥包括教会在内的所有"荣耀"。正像陀氏笔下的佐西玛长老那样，他数年如一日地坚持祷告、读经等属灵生活，亲切接待所有慕名而来寻求帮助或拜访他的人。在预感到自己将要去世时，他选出继承人，在与信徒谈话时死去，留下了诸多教诲。佐西玛长老去世的情形完全与此相似。他预感到自己将不久于人世，心中暗自选定

[①] Margaret Ziolkowski, "Dostoevsky and the Kenotic Tradition", in George Pattison and Diane Oenning Thompson, eds., *Dostoevsky and the Christian Tradition*, New York: Cambridge University Press, 2001, p. 32.

[②] 参见徐凤林《东正教圣像史》，北京大学出版社2012年版，第149—150页。

阿廖沙作为继承人，把阿廖沙交托给派西神父并希望阿廖沙能够在尘世的试炼中更好地成长（阿廖沙的位置"暂时不在这里"）。他在去世前渴望与人们再进行一次长谈："在我还没有同你们，同我心爱的人在畅谈一次，瞧瞧你们那可爱的脸，让我再一次同你们开诚相见以前，我是不会死的。"（15卷：448）他临终"畅谈"的内容，涉及其生命经历和信仰之途，但更多的是他关于俄罗斯修士的作用、为主与为仆、祷告、爱、论断、地狱等问题的教导。他也是在长谈中安然离世。此外，佐西玛长老同圣谢尔盖生平的相似之处还有，两人早期的信仰生活中都有一位兄长相伴或引路，两人的人生选择都有一个使其决心离家隐修的转折点。

此外，佐西玛长老身上还聚合有吉洪·扎顿斯基的特征。作家自己承认说，标题为《关于佐西玛神父生活中的新旧约全书》的一章是"热烈兴奋和富有诗意的一章，原型取自吉洪·扎顿斯基的某些箴言，而表述的纯朴性则取自修道僧帕尔费尼的游历记"（22卷：1117）。同时，作家非常重视这一章，声称他是为少数人写的，并认为这一章是他整部作品的高潮。吉洪（1724—1781），俗名季莫费·索科洛夫，曾任沃龙涅什等地主教，1769年至扎顿斯基修道院，故称吉洪·扎顿斯基。《群魔》中的"谒见吉洪"一章就是以吉洪为原型来写的。从佐西玛长老践行"诚爱"的一些行为，也可看出这一形象同吉洪有相似之处。

佐西玛长老首先是上帝之爱的领受者，然后又把领受的上帝之爱倾注到每一个人身上。多年来，佐西玛长老有求必应，亲切接待每一位来访者。人们进长老的密室时"常常满怀恐惧和不安"，但从他那里出来时"几乎总是神采飞扬，喜形于色，连最忧郁的脸也会绽开幸福的笑容"（15卷：38）。作品特别写到佐西玛长老接待一批女信徒的场景。他安慰一位失去孩子的母亲,要她相信她的孩子已成为神的天使,上帝也会看到她的哀哭和泪水;他答应为孩子的亡魂祈祷安息,劝说她回家去照料自己的丈夫。"什么也不用怕,永远也不要怕,也不要发愁……难道还能有什么凌驾于上帝的爱之上的罪孽吗?"(15卷:73)他将自己感受到的上帝之爱讲给一位向他悔罪的农妇,告诉她爱可以拯救一切,上帝会怜悯她。看到丽莎孩子气地逗笑阿廖沙,他也忍不住笑起来,慈祥地为她祝福。当卡拉马佐夫父子在他的修道室里极其粗野地谩骂、争吵时,所有人都激动不安,两名司祭神父也"铁青着脸",唯独身体病弱的佐西玛长老间或举起手来,试图让狂怒的人安静下来,嘴上还闪出"一丝恳求的笑"。在佐西玛长老与其他修士的不同反应中,作家揭示出他"所特有的伟大的内心长处","他在宁静安详、永远欣喜的迷狂中看着世界,把对上帝的爱的感受倾注到一切方面,在这种感受中没有,也不可能有任何忧愁,任何严峻"[1]。佐西玛长老带给世界的是爱、欣喜与和平。无论置身于如何汹涌危险的风暴之中,也无论他的身体多么虚弱不堪,他带来的爱源源不断,开启和感动着每一颗心灵。

佐西玛长老也是如何践行"诚爱"的教导者。他临终前的谈话中有一部分是专门来谈论爱的。他认为,爱有罪的人是人世间最高的爱,这种爱甚至与上帝的爱相似。修士们曾误解他,认为他更爱罪孽较重的人。但在佐西玛长老看来,不是这些人更值得去爱,而是这些人更需要爱,他们的灵魂更需要安慰。唯有靠着"温良敦厚"的爱才能阻止暴力,改变恶劣的环境,担当起罪责。而拥有爱的能力是很难的,只有靠着基督的形象才有可能。这些"教导"早已内化为佐西玛

---

[1] [俄]弗·谢·索洛维约夫等:《精神领袖》,徐振亚等译,上海译文出版社2009年版,第81页。

长老生命的一部分,并以世人目所能及的圣徒形象显示出启示和拯救的力量。

别尔嘉耶夫曾对"基督教圣徒和苦修者""自我弃绝的英勇行为"给予高度评价,认为他们"执行了具有宇宙意义的任务",因为"人类应当在其被拣选的部分内在地接受基督,使人之本性神化,与基督结合在一起。这种神化,这种以禁欲主义手段克服自然秩序,应当采取个人在基督中拯救的形式"①。陀思妥耶夫斯基笔下以佐西玛长老为代表的绝大多数隐修士,都是别尔嘉耶夫所谓的真正"被拣选的部分",他们在面向基督时都实现了自我的拯救,他们的生命都在向世人昭示救赎的可能性。

二 "诚爱"与"欲爱"之间

陀思妥耶夫斯基的小说从来都不是单向的。在表现"神圣女性""俄罗斯修士"身上的"诚爱"所具有的救赎力量之时,他一直在思考关于爱的诸多命题。"诚爱"是完全可能的吗?"诚爱"有无遭遇挑战?如何应对这些挑战?面对"诚爱"与"欲爱"的抉择,作家并不宣称独断、绝对的"真理",任由小说中的许多人物犹疑不定、挣扎不安;这使得他的小说总有一种张力,一种悬而未决的未完成性。

《卡拉马佐夫兄弟》中的伊万就不相信人与人之间"诚爱"的可能性。在他看来,"诚爱"即以爱自己的方式去爱人,只属于基督,而"基督式的对人的爱,就某方面来说乃是人间不可能有的奇迹"(15卷:369);人与人之间只能是以功利主义原则为基础的"欲爱"。

---

① [俄]尼古拉·别尔嘉耶夫:《自由的哲学》,董友译,学林出版社1999年版,第140页。

他告诉阿廖沙,他永远也弄不明白基督"要爱邻舍如同自己"的训言;相反,正因为是邻舍所以没有办法爱他们,"远远的、不相干的人倒还好说"。爱邻舍是否可能这一问题,正是在伊万告诉阿廖沙他为什么"不接受这世界"时提出的。在接下来的谈话中,伊万谈到了人间的苦难问题,特别是义愤填膺地讲到孩子们受到虐待等让人拍案的事件。由此可以明白,这个世界上深重苦难的普遍存在,是阻碍伊万相信"诚爱"法则的原因——在人与人之间横亘着"孩子的眼泪",充塞着恶行和苦难,怎能和解与宽恕,何谈人与人相爱?

这个问题在伊万那里并没有解决。它只是折磨伊万紧绷神经的诸多问题中的一环,与此相关的是更为基本的问题,即是否应该信仰上帝存在,是否应相信灵魂不朽。在小说的开篇,佐西玛长老与卡拉马佐夫兄弟们讨论的重要话题之一,就是爱同类与信仰不朽的关系。伊万深刻地意识到,爱的存在必须以信仰灵魂不朽为前提:人们之所以能够相爱,"人爱人"的美德之所以存在,就在于人类相信灵魂不朽;一旦人类不再相信灵魂不朽,那么人身上的爱将会枯竭,生命的活力将会寂灭,任何道德不复存在,只可能出现一种结果——"一切都可以为所欲为。"(15卷:101)佐西玛长老同意伊万的意见,但他更在意的是伊万持这一意见背后的立场,是为可能出现的结果感到不幸还是"有福"。对伊万来说,这两种立场分别意味着有信仰或者丧失信仰,相信爱之美德或是不再相信美德而将可以"为所欲为"作为法则。佐西玛长老意识到,伊万正整个地被裹挟进头脑中的思想纷争,所以准确地预言了伊万的命运——在肯定与否定之间经受无休止的、痛苦的精神磨难。

孀居的女地主霍赫拉科娃太太也徘徊在"诚爱"与"欲爱"之间。她在对佐西玛长老的忏悔性自白中说,她"非常爱人",经常幻想撇下所有的一切，离开家庭去做一名救死扶伤的护士，感觉到身上有一种不可遏制的力量去面对任何挑战；然而一旦想到自己的热情可能遭到别人的不理解、冷遇而不是感谢，那么她对人类的"积极的爱"马上就会冷却下来。她对自己需要立刻得到回报、"用爱来答谢爱"的做事方式痛加谴责，并暗中渴望用这种自我谴责的行为换来诚实的美名。佐西玛指出，她的爱的实质是"幻想的爱"而非"积极的爱"，两者有很大差别："幻想的爱总是渴望大功很快告成，迅速得到回报，让大家都能看到……就像在舞台上演戏一样，让大家都看得见，而且连声喝彩。而积极的爱，乃是一件持之以恒的工作……清楚地看到君临您之上的主创造奇迹的力量；您会清楚地看到，主一直在爱您，主一直在冥冥中指导您。"（15 卷：83）佐西玛长老所谓的"积极的爱"，其实就是卡尔·巴特神学概念中"诚爱"；这种爱的根源在于上帝之爱，对一般人来说是极难达到的。霍赫拉科娃太太身上"幻想的爱"，实质上是"欲爱"而非"诚爱"。

阿廖沙虽然遵循着"诚爱"法则行事，但时常遭遇一些困境。他同佐西玛长老一样相信人们会行出与基督之爱相似的爱，他自己就是一个试图以基督之爱积极地去爱每个人的行动者。小说中的每一角色都需要他，都急切地想要见到他；他则匆匆走向每一个人，同他们会晤、谈话，有时安慰、劝告和帮助他们，有时则单是倾听而已。然而，他又常常很迷茫，甚至显得"无力"。比如，他时常不知道自己究竟该在兄长们未来的命运中扮演怎样的角色。他得知伊万爱上了卡捷琳娜，知道大哥米佳在伊万眼里是"毒蛇"，却不知道怎样来爱他们："他阿廖沙该可怜谁呢？希望他们每个人怎么样呢？他在这团乱麻中简直不知道如何是好，因为他爱的性质永远是积极的。他不会消极地爱，只要爱上某个人，他就会立刻动手去帮助他。但是要做到这点，必须先明确目标……但是现在一切都没有坚定的目标，有的只是情况不明和一团乱麻。"（15卷：291）当"诚爱"法则意欲双脚落在以"欲爱"力量为主导的世界时，必然会面临困境甚至有矛盾产生。《白痴》中的梅什金也时常面临同样的困境，他的惯常反应是"退缩"和"逃跑"，即刻之后又为这种想法感到可耻。

> 他突然很想撇下这里的一切，回到他来的地方去，到更远的地方，到穷乡僻壤去，而且马上就走，甚至不向任何人告别。他预感到，只要他在这里待上几天，就一定会无可挽回地进入这个世界，往后就会陷入其中而不能自拔，但是他还没有考虑十分钟就马上认为，逃跑是"不行的"，这几乎是怯懦。在他面前摆着一些难题，他甚至没有任何权利不去解决它，或者至少也应竭尽全力去解决。（9卷：421）

> 有时候他想走，随便到什么地方去都可以，完全离开这里，甚至愿意到阴暗僻静的角落去，只求能一个人独自凝思默虑，没有任何人知道他的下落。或者至少待在自己家里，待在凉台上，不过身边不要有任何人，既不要列别杰夫，也不要孩子们；可以往沙发上一倒，把脸埋在枕头里，这样躺下一天、一夜，再躺一天。霎时间他又想到那些山，具体想到的是山上的一个熟悉的地点，他总是喜欢回忆它，当他住在那里时喜欢到这个地点去，从那里俯视村庄，俯视隐约可见的像一条线似的瀑布，眺望白云和废弃的古老城堡。啊，他是多么希望现在就在那里，就想一件事，——一辈子只想这件事，——足够想一千年！让这里的人，让他们完全把他忘记好了。啊，要是人们完全不认识他，这一切只不过是梦幻，这倒是他所需要的，他甚至会觉得更好。（10卷：473）

梅什金所想要退回去的"山",其实就是他的精神伊甸园,他的天堂世界。《圣经》曾描绘了人类最初在天堂里的美好生活,这里人与神美好地和谐相处,爱是纯洁透明的。然而梅什金永远无法再退回到那样一个时代,那样一种精神状态。梅什金害怕"陷入其中而不能自拔"的世界,是"欲爱"法则横行称王的世界;在这个世界中,意欲遵行"诚爱"法则的他孤立无助、无能为力,最终成了"多余的人",他在地上的救赎使命也以失败告终。

《群魔》中"诚爱"的力量更为微弱。亲自把《群魔》改编为话剧的法国作家加缪在剧本序言中写道,"如果说《群魔》是一部预言书,那么不仅仅是因为它宣告了我们的虚无主义,而且还因为它表达了万分痛苦或死亡的灵魂:这些灵魂不能够爱,又为不能爱而痛苦,虽有愿望又不可能产生信仰,也正是今天充斥于我们社会和我们思想界的灵魂"[①]。加缪从"群魔"的命运中看到了爱的缺失带来的悲剧,对痛苦的灵魂掬洒同情的泪,也启示人们从爱这一角度去重新审视这部作品。小说中的爱以"诚爱"方式显示出来的只有两处。其一是吉洪对斯塔夫罗金的宽恕。然而斯塔夫罗金的《自白书》虽是出自对罪行进行忏悔的"自然要求",但斯塔夫罗金又"耻于忏悔",其中含有一种类似于"罪犯对法官的傲慢挑战"。斯塔夫罗金让吉洪读他的《自白书》只是一种骄傲的宣示,他的"全部目的"是"希望自己宽恕自己",而不是基督的宽恕和吉洪神父的宽恕。所以他对吉洪让他"服赎罪劳役"的建议置之不理,甚至可能如吉洪所说"只是为了避免公开自白书"而"投入新的罪行"。吉洪的"诚爱"在斯塔夫罗金那里失败了。其二是沙托夫对他妻子的宽恕和爱。他完全原谅了妻子

[①] 转引自刘文飞《思想俄国》,山东友谊出版社 2005 年版,第 143—144 页。

对他的背叛，安慰她，无微不至地照顾她，计划着两人"重新生活，永不分离"。但不幸的是，沙托夫很快就被送上了"共同事业"的祭台。

在政论和书信中，与小说创作相呼应，陀思妥耶夫斯基也常常就"诚爱"与"欲爱"的问题发表意见。特别是流放结束重回彼得堡之后，他对各种"博爱的人道主义梦想"，对各种幻想式的、主张抽象的爱的思潮或学说进行了"清算"。他一针见血地指出，"老自由主义者"们对人民的爱，对俄罗斯的爱都是虚假的："这都是一些远离现实的人，他们的全部教育和欧化言行就在于'强烈地爱人类'，但仅仅是笼统地爱。如果人类体现为人，体现为具体的人，那么他们甚至不能容忍这个具体的人，会由于厌恶而不能与他站在一起。在某种程度上他们也如此对待别的民族：他们爱人类，但如果人类表现为一个民族的欲望、需要和央求时，他们就会认为这是成见，落后，是沙文主义。这都是一些远离实际的人，他们不知痛苦，不管他们在写东西时多么慷慨激昂，实质上他们平时都泰然自若。"（22卷：1053）这种抽象的对人的爱只会败坏自己："甚至有些好人也会渐渐变坏。由于在自己身边看不见活动，他们就按书本抽象地爱起人来。他们爱人类，却鄙视单个儿的不幸者，在同后者相遇时感到腻烦，而且要回避他。"（22卷：1068）对于这些只停留在抽象层面去爱人的人，即作家眼中爱人的能力出了问题的俄国知识分子，他一方面肯定他们内心意愿的美好，认为他们或多或少地保留了俄国人的伟大精神基础——"人类共有的人道思想和宽容一切的精神"，没有完全失去它们；另一方面又指出，他们好高骛远，不切实际。作家形象地模仿他们的口吻说："我们胸中聚积着巨人的力量。我们想要而且能够搬动大山；我们心中涌动着对整个人类纯洁的爱。我们想一下子拥抱全人类。我们想干与我们力量相称的事情。我们想做的是这个，因此才闲得要死。总不能把大步换成小碎步吧，巨人怎么该教小孩儿识字呢？"（17卷：101—102）对这些文化或思想上的巨人提出的忠告，作者认为哪怕"教会一个孩子识字"也是有益的。

在皮萨列娃自杀事件①发生后，作家回应说，一些"社会主义者"对人之个性与自由加以攻击，使其失去了更高的精神理想而陷入绝望："这是那样一些男男女女，他们寻求着某种高于中庸和陈规的东西，想要有精神生活，想要参与人类的事业，准备建立功勋，愿意舍己为人。"（22卷：969）但受到"实证主义者"的蛊惑，他们放弃了理想，在现实中也找不到人生的方向感和成就感，终止于自杀。"如果对一个人说什么不存在舍己为人，而只有自发的生存斗争（利己主义），那么这就意味着剥夺一个人的个性和自由。"（22卷：969—970）陀思妥耶夫斯基相信，在更高的宗教意义上存在"舍己为人"的典范，即以无罪之身替所有人牺牲的"神人"耶稣基督。而一旦承认存在舍己为人式的爱和牺牲，亦即有更为美好的、以尊重和成全人的个性与自由为特征的爱，那么就应该谴责与之相悖的实质上鄙视人的、虚假的爱。

陀思妥耶夫斯基主张，真正的爱就是爱身边的人，爱自己的父母、兄弟姐妹和儿女、每一位亲人朋友，爱身边的一花、一草、一木、一天地；爱的对象和意义并不在某个遥远的地方，而在于"邻舍"，在于具体的人。他在1877年4月17日致索·叶·卢里耶的信中说道："如果您想要服务于仁爱的事业，那您就该知道，最大的不幸就在于：一些善良和宽厚的好人，由于他们的环境和以前的生活原

---

① 1876年，25岁的助产士皮萨列娃为抗议社会不公而服毒自杀。作家曾在当年5月号的《作家日记》上登文《一个不合适的思想》讨论此事。

因，也由于某些思想的原因而不理解或者不再理解那些他们想爱并想使之幸福的人们……既然人类之爱的舍己忘身精神常见于我们家庭之中，就在我们眼前，那就不必冲到一个遥远的什么地方追求它。"（22卷：1017）作家看到，尽管爱身边的人、"爱邻舍"比"爱理想中的人"要困难得多，但仍然要用具体实在的爱而非抽象的爱去爱人，应尊重人的自由与个性，看重人的精神生命，以"诚爱"善待每一位具体实在的他者。唯有如此，每一颗灵魂才能走出"地下室"，走向他者，迈上更宽阔的自我成长和精神救赎之道。

第七章 "在路上"：救赎的实现及未完成性

总的来看，陀思妥耶夫斯基所主张的皈依救主、回返根基和遵循"诚爱"法则是一而三、三而一的关系。纯正的东正教信仰是在俄罗斯民间得以持守的，重返根基的过程也必然意味着信仰的复归和对俄罗斯人民的爱被唤醒，"诚爱"既面向上帝又面向身边每一个具体的人。只要真正地回转到其中的任何一个方向，也就意味着回转到所有方向，赎罪就成为可能。其中，爱是最核心的部分，人的赎罪过程始终贯穿着爱。罪只能在神对人的爱、人对世界的爱和对人的爱中得以赎还。佐西玛的临终遗言是陀思妥耶夫斯基正题的思想最为完美的表述，它宣告的完全是关于爱的真理：当人转身去爱的时候，天堂就在那里；要用具体实在的爱而非抽象的爱去爱人和世界上的一切；爱要尊重人的自由与个性，看重人的精神生命；切身体认到恶和痛苦的存在却仍能以一颗足够柔软和同情的心去爱；唯有借着对上帝的信仰和上帝对人的爱才能在人世间实现真正的爱。

但所有这些因素只能说明救赎的力量来自哪里，并不意味着救赎轻而易举就能靠此实现。许多时候，陀思妥耶夫斯基笔下的人物，比如老卡拉马佐夫，已经意识到光源的存在，然而他们仍然蜷缩在阴森黑暗的角落，或是出于惯性，或是向善之力的匮乏，或是出于任性，总之，他们并没有朝向光亮走去，救赎对于他们成了不可能的事情。另一类人物，比如罗戈任、斯塔夫罗金等，一时从光照中获取了温暖，有强烈的渴望去改变生命，然而最终还是被人性中罪的部分、阴暗的部分比如情欲所掳掠，救赎在他们身上归于失败。还有一些人物，比如拉斯柯尔尼科夫和德米特里等人，已经触摸到基督的衣襟，放下了超人般的高傲或走出了情欲的捆锁，开始更为理解俄罗斯人民并领悟了诚爱法则的真谛，窄门已经向他们洞开，彻底的救赎对于他们似乎成为可期之事。可以说，陀氏的所有人物都面向着救赎的可能性，或刚刚迈步，或走在救赎的途中，救赎终不能止步和完结。这也正符合陀氏对人之未完成性的一贯理解。这里笔者只以拉斯柯尔尼科夫和德米特里这两个人物为例来探讨救赎之实现及未完成性的问题。

第一节 救赎的实现

陀思妥耶夫斯基小说中的人物有的走向地狱，有的在向天堂进发，出路各不相同，命运迥然有别。自身经历、精神品质和人生诉求的不同，都影响甚至决定着这些人物的灵魂走向。对于每一个体而言，走向自我完善，走向精神救赎，意味着人同至高者的和解与重新联合，意味着人身上最初的那个孩子再次被唤醒并勃发出生机，意味着人持续不断地苛求己身。这注定是一条荆棘之路，痛苦之途。因此在作家笔下，救赎是一个人终生的事业，困难重重，充满磨砺；救赎的实现既需要自身的向善之心，又需要神圣恩典瞬间的降临与触动，被救赎者童年期的宗教体验也起着不可忽视的作用。

一 童年记忆

在陀思妥耶夫斯基的小说中，童年记忆常常同教堂、圣像、十字架等宗教元素有关。英国学者斯雷特也注意到这一点，认为"陀思妥耶夫斯基小说的一个特点是，很少有场景发生在教堂……东正教堂作为崇拜的场所常常出现在拜访教堂者的童年记忆中"①。比如，《女房东》中的奥吉诺夫（Ordynov）梦到了妈妈给他做十字架标记。《被侮辱与被损害的》中的安娜·安德耶夫娜回想起给她女儿的东正教教育。在《罪与罚》《少年》和《卡拉马佐夫兄弟》中，尽管对童年宗教体验进行回忆的人物不同，但记忆本身非常相似：同样的细节重现，产生了同样的氛围。拉斯柯尔尼科夫的回忆是穿插在看到一匹马被打死的可怕梦境中，梦中他回想起小时候跟随父母做追荐礼拜时，他们带着用大米加白糖做成的蜜饯，他很喜欢绿色圆顶的石头教堂，古老的圣像和"总是抖动脑袋的"老神父。阿尔卡季关于教堂的两次回忆都与母亲相关。一次是对于母亲最初印象的回想："有一次在当地的教堂里给我行圣餐礼时，你把我举起来受圣餐、吻圣杯的那个瞬间，这是在夏天，有一只鸽子在教堂圆顶下横飞穿过，从一个窗户飞进来，从另一个窗户飞出去。"（13卷：144—145）另一次，阿尔卡季刚从昏迷中醒来，似梦非梦之中回忆起母亲去图沙尔学校探望他的情景：学校对面红色的尼古拉教堂的钟声不时响起，房子庭前的花园里，细小的白桦树刚抽出绿色嫩叶，夕阳斜照进教室，妈妈陪坐在"我"的身边。（14卷：446—447）相比之下，佐西玛长老在临终时

---

① Angela Slater, Dostoyevsky's Attitude to Institutionalized Religion, Ph. D. dissertation, Liverpool University, 1983.

的回忆更加详细。

> 在耶稣受难周的星期一，我妈带着我一个人（不知道当时我哥哥在哪里）到主的殿堂做日祷。那天风和丽日，现在回想起来，我似乎又看见从手提香炉中升起的一缕缕青烟，慢慢地袅袅上升，而在顶上，在教堂的圆顶下，透过狭长的小窗户，有一束上帝的光倾泻进教堂，照耀着我们全身，而那一缕缕青烟则像滚滚波涛一样向那光升去，似乎与那光融成了一片。我有感于衷地遥望着这情景，当时我生平第一次心领神会地在自己的心田种下了上帝的道的头一粒种子。(15卷：460)

这段文字所包含的几个独特的细节，受到了斯蕾特的特别注意，事件发生在复活节期间；通常由妈妈把孩子带到教堂；教堂里洒满了太阳的光辉；空中弥漫着香气。而且，这些细节不仅描述了丰富的信息，还充满了情感和感召力，给知觉和心灵带来享受，不能用头脑来把握。特别是关于袅袅升起的青烟与阳光融为一体的描写，暗示着人向上帝飞升同时上帝向下来迎接人。上帝之道的种子先于圣书阅读在幼小的心灵中扎根，"暗示出陀思妥耶夫斯基的上帝不仅通过《圣经》说话，也通过美，通过一些神秘的场合说话。上帝通过感觉来工作：审美可以在宗教中发挥作用"[1]。对教堂的"体验"而非正规的神学思想受到了更多重视。

同样，阿廖沙对于母亲的记忆也具有圣像学的特征，对他走向和持守信仰具有特殊意义。小说写道，"他母亲死的时候他才三岁

---

[1] Angela Slater, Dostoyevsky's Attitude to Institutionalized Religion, Ph. D. dissertation, Liverpool University, 1983.

多点儿，可是后来他却一辈子记住了她的模样、她的脸和她的爱抚。……他记得有一天傍晚，夏天，静悄悄的，洞开的窗户，落日的斜晖（他记得最清楚的便是这一束斜晖），室内的墙角供奉着圣像，圣像前点着一盏长明灯，他母亲跪在圣像前，在歇斯底里地失声痛哭，又是尖叫，又是哭闹，两手搂着他，紧紧地抱着，都把他抱疼了，她替他祈祷圣母，她伸直两手，把他举起来，举向圣母，似乎在祈求圣母的庇护……就是这幅画面！就在这一瞬间，阿廖沙记住了自己母亲的脸：他说，就他记忆所及，他感到这张脸是疯狂的，然而又是十分美丽的"（15卷：21）。戴安·汤普森（Diane Oenning Thompson）在《卡拉马佐夫兄弟和记忆诗学》（*The Brothers Karamazov and the Poetics of Memory*）一书中分析说："阿廖沙记忆中的母亲形象，被赋予了的传统的描绘方法，即表现了圣母预见到儿子将要受难的痛苦的面孔。记忆变成了阿廖沙的圣像……举向圣母的记忆成为书写他的一生的圣徒传的序曲。"[1]

总的来看，关于教堂的所有回忆都非常率真和直观。这些场景由不再是孩子的回忆者唤醒，却依然保持着孩子般的天真品性。它们源自易受影响的孩子的头脑，以一种有力的、持久的陈述方式展现出来，没有带上过多的理性化色彩。从体验者层面来看，重新经历这些宗教记忆的人物，并不一定是阿廖沙那样的信徒，至少在回忆发生之时并非信徒。拉斯柯尔尼科夫和阿尔卡季在回忆的时刻，都卷入了卑劣的行动，他们都神志不清。但这些记忆并不是无意义的。在安吉拉·斯蕾特看来，"在某种程度上，它们指明了基督教信仰对于孩子养育的重要性，这样的家庭能带来持久、有益的影响……它们也显示

---

[1] Oenning Thompson, *The Brothers Karamazov and the Poetics of Memory*, Cambridge: Cambridge University Press, 1991, p. 82.

出作家主张尽可能少地固守形式化的宗教仪式及其贬低传统所赋予教会的角色的倾向"[1]。无疑，斯蕾特对于陀思妥耶夫斯基小说童年记忆中的教堂场景的分析是全面的、深入的，也不无启示性。在更为普遍的意义上我们可以说，童年记忆中关于教堂、礼拜、圣像的模模糊糊的宗教体验，是作为人的心灵世界中种下的关于上帝、关于神圣的第一粒种子，一旦遇到合适的机缘，就会让心灵朝着拨开罪恶蒙蔽、萌发向善之心的方向成长。

二 向善之心

陀思妥耶夫斯基的小说人物多有向善之心，这在拉斯柯尔尼科夫和德米特里身上体现得更加鲜明。即便在罪恶当中，他们的向善之心也只是被压抑而不至泯灭，所以一旦时机适当，他们很快就转向救赎之途。他们对人的友善、同情，对信仰的渴求和较强的悔罪意识，都表现了这一点。

拉斯柯尔尼科夫虽则也有一时的"冷酷"，但对他人的友爱、关心和帮助几乎没有中断。他有很快能赢得别人信任的品性特征。初次见面的马尔梅拉多夫从他身上看到了"同情心"，然后主动同他交谈和倾诉，丝毫不顾及个人的羞耻和脸面，甚至暴露家庭和自己的丑事。这里除了马尔梅拉多夫这个不幸的人以自虐的方式来宣泄痛苦的成分之外，还有就是对拉斯柯尔尼科夫的充分信任，他并不担心后者会嘲笑自己的恶行。拉斯柯尔尼科夫极力反对妹妹杜尼娅同卢仁的婚事，只通过一封表意晦涩不明的来信就能充分理解母亲和妹妹同意这桩婚事的原因。他不肯把自己的幸福建立在妹妹的牺牲上，不愿妹妹

---

[1] Angela Slater, Dostoyevsky's Attitude to Institutionalized Religion, Ph. D. dissertation, Liverpool University, 1983.

以终生的不幸来维系家庭表面的幸福。对于马尔梅拉多夫一家，本就几乎一文不名的他倾囊相助且不图回报，对人的悲悯之心天地可鉴。之前他就曾倾其所有资助一位家境贫困、肺病缠身的同学达半年之久，又在同学去世后照顾其年老多病的父亲直至去世。他还曾从火中勇敢地救出两个幼儿。凡此种种，都说明他有极强的道德感，有明白是非的善恶之心。他的同学拉祖米欣对他评价说："他为人慷慨，善良，不喜欢流露自己的感情，宁可显得冷酷无情，也不愿意讲出自己的心愿。"（7卷：269）他明白他将要犯下的罪孽是多么丑恶："难道我头脑里能出现这样可怕的念头？我的心居然能想出这么肮脏的事来！主要是太肮脏，太卑鄙，太丑恶，太丑恶！……"（7卷：11）即便是一时被自己"发明"的超人理论所蛊惑而犯下了杀人罪行，他也从来就没有心安理得过，没有任何力量能够使他克服情感和良心上的不安。他身上原始的善的力量在阻止他犯罪。

在犯罪之后，他的向善之心暂时被阻滞了，他感觉到与母亲和妹妹情感上的疏离并为此感到痛苦："现在我望着你们……就好像在千里之外看你们一样……"（7卷：286）然而，在急难之时他仍然拥有爱人的能力，对马尔梅拉多夫一家的救助唤醒了他对的生命意志，他"内心充满一种全新的深广无尽的感受，觉得突然用来充沛而强大的生命力，仿佛一个死囚突然获得意想不到的赦免"（7卷：234—235）。当索尼娅的妹妹波莲卡充满感激地亲吻他并说要一辈子为他祷告时，人与人之间天真、自然的爱唤醒了他对生活的希望："还有生活！难道我现在不是活着吗？我的生活没有与那个老太婆同归于尽。"（7卷：237）他意识到虽然自己是罪人，但仍有人在爱着他，即便他杀了人，仍有人愿意吻他，他在绝望之中感受到了生命的曙光。

小说写道，在拉斯柯尔尼科夫犯罪之前，他依然能够"祷告"，能够向上帝表示忏悔，希望上帝帮助他驱除犯罪的意念。至于他究竟在多大程度上信仰上帝，这需要细细分析。在杀人后的第四天，警官波尔菲里在刺探拉斯柯尔尼科夫是不是杀人凶手时问起了信仰方面的问题。

"那么你终究相信会有新的耶路撒冷？"

"是的，"拉斯柯尔尼科夫坚定地回答道。他说这句话时同刚才滔滔不绝地发表长篇大论时一样，垂眼望着地面，凝视着地毯上的某一点。

"那——那您也相信上帝？对不起，我太好奇了。"

"是的，"拉斯柯尔尼科夫抬起眼睛，望着波尔菲里，又重复了一遍。

"您——您也相信拉撒路复活？"

"是——的。您干吗老是问这种问题？"

"您的确相信？"

"的确相信。"（7卷：328—329）

拉斯柯尔尼科夫所说的话有几分可信？他真的相信"拉撒路复活"吗？波尔菲里很想知道这个极有可能是凶手的人是否还保留着对上帝的信仰。拉斯柯尔尼科夫为了不至在波尔菲里的试探中落下把柄，也可能不愿意给试探者留下一个不信神的印象而撒了谎。拉斯柯尔尼科夫也极可能真的相信上帝，相信拉撒路复活。索尼娅则一直认为他不信上帝、"不信教"，那么，她所谓的"不信"是在什么意义上说的？真相究竟是什么？作家安排拉斯柯尔尼科夫让索尼娅给他读的恰巧也是"拉撒路复活"这一段，这有何用意？将以上所有问题综合在一起才能弄清拉斯柯尔尼科夫的信仰状况。由于没有证据，波尔菲里不能在法律的意义上定拉斯柯尔尼科夫的罪。但他提到了信仰与复活的宗教问题，由此涉及了内在的良心上的审判。这客观上触动了拉斯柯尔尼科夫的罪性意识，"逼迫"他真实面对自己灵魂的死亡与复活新生问题。当拉斯柯尔尼科夫同索尼娅一起读"拉撒路复活"的故事时，他的身份逆转成为"审判"者，他要弄清楚索尼娅这个"狂热的信徒"如何能够在苦难中保持对上帝和永生的信仰。于是，他在苦难的背面看到了信仰的力量，看到了死而复生的奇迹。他曾暗自担心被索尼娅信仰的狂热"传染"，结果他自己开始主动地寻求像拉撒路那样从死里复活的新生命，这将是一个漫长的过程（在西伯利亚的监狱里因犯们仍"想把他当作无神论者杀死"）。所以，总的来看，拉斯柯尔尼科夫由于信奉"超人"理论而受到"魔鬼的怂恿"，上帝的信仰极其淡薄，以至显得"傲慢、自负，又不信上帝"（索尼娅语）；但就他自己而言，他向上帝发出的呼求是真实的，只是他接受上帝的方式同索尼娅有极大差别。波尔菲里这样评价拉斯柯尔尼科夫："我认为您是这样的一个人：哪怕把肠子掏出来，他还是站着不倒，笑对刽子手，只要他能够找到信仰或者找到上帝。"（8卷：581）波尔菲里准确地道出了拉斯柯尔尼科夫身上所具有的寻觅上帝的热忱。而拉斯柯尔尼科夫这一人物的名字本身就含有分裂、偏执之意，不免让人联想到分裂派教徒的狂热。这种极端性、狂热性从他的第一场恋爱也可以看出。他之所以爱上房东病魔缠身而且一点儿也不漂亮的女儿，只是因为"她喜欢帮助穷人，一直向往着进修道院，有一次她对我谈起此事时，都流下了眼泪；对，对……我记得……我清楚地记得……倘若她是瘸腿或者驼背，我大概会更爱她"（7卷：288—289）。拉斯柯尔尼科夫爱的是女孩身上的仁慈和虔诚，爱的是她的圣洁和承受的苦难。他不需要世俗的情爱，而是委身于一种圣爱。小说最后写到拉斯柯尔尼科夫决定让索尼娅的信仰成为他自己的信仰，再次流露出他对信仰的渴求和热望。

同拉斯柯尔尼科夫一样，德米特里也有一颗渴慕上帝的向善之心。缠绕在他身上的罪主要是强烈的性欲、"纵酒狂欢"和"爱冲动"，但若撇开这些不论，那么他就是一个为人厚道、血气方刚、直爽且有怜悯心的年轻人。他知恩图报，为了幼年时接受了赫尔岑什图勃大夫的一磅核桃而专程登门道谢。拉基京极其厌恶德米特里，但也承认他"虽然浑，但是厚道"。马车夫安德烈认为他虽然爱发火，但性情"像个孩子""为人厚道"。德米特里的心中有两条底线：一是不能杀人，"不能把人命当儿戏"；二是不能做贼。第一个底线使他摆脱了手上沾染父亲鲜血的危险，第二个底线则使他因为"偷"了未婚妻卡捷琳娜的一千五百卢布而备受良心谴责。孩子的苦难问题同样摆在了他的面前，但他和伊万的应答截然不同。伊万因为苦难不再相信和解的可能，不愿用自己的受苦受难"来为旁人培育未来的太和"，不愿意"把自己当作肥料"。而德米特里在梦中看到受苦的孩子和母亲时，他"感到向他心中涌起一股他身上从来不曾有过的大慈大悲，他真想哭，真想为大家做点什么，让娃娃别再啼哭，让娃娃的面孔黧黑、乳房干瘪的母亲不再啼哭，但愿从这一刻起任何人不再流泪，但愿马上，马上就能做到这点"（16卷：786）。醒来后，他意识到所有人都是造成"孩子哭泣"的元凶，而他自己则是其中"最卑鄙的混蛋"，他决定背负起苦难的十字架来赎罪。

德米特里一直笃信上帝并把自己的命运交给他。他深知自己的罪孽，为体内性欲毒虫的噬咬而痛苦不堪，但他不甘沉沦，吁求上帝来拯救他脱离苦境。他体验到极端的堕落，也经受了极大的痛苦。至高者成了他唯一的信靠，成为整个世界欢乐的来源："就算我应该受到诅咒，就算我下流而又卑鄙吧，但是也让我亲吻一下我的上帝所穿的衣饰的下摆；就算我同时也紧跟着魔鬼。但是，主啊，我毕竟也是你的儿子呀，我爱你，并且感到欢乐，没有这欢乐，世界便不能存在，同时也不成其为世界了"（15卷：164）。他意识到上帝和魔鬼在他心中进行着激烈的搏斗，理智与心灵陷入深深的分裂——既向所多玛坠落，又不愿放弃圣母的理想。他向上帝承认自己深重的罪孽，并视上帝为他的保护神。在他看来，父亲被杀的当晚，他之所以能控制住心中的魔鬼而没有动手杀死父亲，完全是上帝在保护他："也许是我母亲祈求了上帝，要不就是在这瞬间光明之神亲吻了我——到底是怎么回事，我也不知道，但是我心中的魔鬼被战胜了。"（16卷：736）虽然并非杀父凶手，但沉重的罪孽意识让他接受了来自命运的打击和惩罚，他甘愿通过受苦来重新做人。

三 救赎的瞬间

在陀思妥耶夫斯基笔下，人物的救赎往往借某一独特的瞬间来实现。这些瞬间打破了惯常时间的线性和平面化，具有永恒的意义。

（一）救赎瞬间的时空艺术

救赎瞬间的设置，体现了陀思妥耶夫斯基十分独到的时间处理艺术。他常常在小说中用最短的时间集中最密集的行动，形成一种紧张感和强力感。在这种"快速变化的情节律动"[①]中，人物的顿悟与忏悔就在瞬间迸发出来，更显突兀和震颤人心。忏悔和顿悟有的发生在拨动心弦的谈话中（斯塔夫罗金），有的受到静谧景观和温情的触发

[①] [美]乔治·斯坦纳：《托尔斯泰或陀思妥耶夫斯基》，严忠志译，浙江大学出版社2011年版，第133页。

（拉斯柯尔尼科夫），有的则是梦中受到异象的启示（德米特里）。别尔嘉耶夫将这些瞬间都称为观念"超时间的实现"过程："存在的一切瞬间——陷于罪孽、赎罪和最终得救都是在时间之外实现的，这里没有时间顺序的连贯性，有的只是观念的、超时间的实现。"① 在主人公得以救赎的瞬间，时间被完全遗忘了，时间"停止"了。乔治·斯泰纳在《托尔斯泰或陀思妥耶夫斯基》一书中也指出，"存在着个人私下获得的天启，存在着灵魂撕裂、变得圣洁的顿悟瞬间。那样的瞬间可能带有癫痫病一般倾向和外部症状，拉斯柯尼科夫这样的罪犯在这样的场合心里也会被普世博爱所震撼；阿廖沙在这样的场合会完全被天恩征服，摆脱怀疑带来的痛苦，匍匐在地，崇拜所有的人，崇拜一切有知觉的自然之物。这类获得启迪的灵感一现的瞬间就是唯一真实的奇迹"②。陀思妥耶夫斯基出色地描写了救赎瞬间"奇迹"的发生过程。

救赎的瞬间也在陀思妥耶夫斯基独特的场景设置艺术中发生。在陀思妥耶夫斯基的小说中，人物往往处于极限情境：要么即将付诸杀人预谋或处于自杀的边缘，要么面临万劫不复的决断，要么身处激烈的家庭争吵中，要么个人的命运将在紧张的法庭辩论和审判中被审定。在这些极限情境中，感情的风暴席卷一切，思想的烈火焚烧一切，病态的情欲摧毁一切，杀人（自杀）的意念压倒一切，行动的冲动推拉一切。在急骤的旋风般的飘忽不定中，带有隔岸赏玩性的阅读惯式将被彻底打破，读者再也不可能做到漠然以对、无动于衷，他们

---

① ［俄］尼古拉·别尔嘉耶夫：《自由的哲学》，董友译，学林出版社1999年版，第112—113页。
② ［美］乔治·斯坦纳：《托尔斯泰或陀思妥耶夫斯基》，严忠志译，浙江大学出版社2011年版，第263页。

极易掀起同样的情感风暴和思想飓风。小说中极端的情境和令人窒息的思想因之具有了折磨人、引诱人甚至逼迫人的强大力量。这就是陀思妥耶夫斯基描绘的世界，所有的场景都被一种不可阻挡、无限可能的氛围包裹起来。救赎的瞬间就在这样的场景迸发出来。

(二) 救赎瞬间的精神转变

陀思妥耶夫斯基在不止一部小说中设置了犯罪主人公放弃思辨理性转而接受神圣启示，走向基督信仰的救赎场景。他们靠着瞬间的领受与决断而走向信仰之路。在瞬间来临之前，虽然主人公一直在思考上帝存在的问题，但上帝外在于他的思想，与他的生命没有产生内向性的关联。而"只有当上帝这个词指的是人无限依赖的对象时，它才能获得富有意义的运用。若不然，它就只是一个空洞的字眼"①。信仰就是获得意义的有力的跳跃。在那一充满激情的瞬间，个体才能洞察和领受来自上界的光照和启示，驱散心中所有的黑暗、疑惑和混乱，灵魂整全、单纯、明净和喜乐，享受现时与永恒的合而为一，在最为自然而然的状态中流淌出勇敢而迫切的决断。不，这里不是自我意识和自我意志在起作用，它们的作用已完全消失，这只是发自内心深处的呼唤，是灵魂在快乐的战栗中对那最高者、对上帝的回应，是对一种殷切期许的作答，是单纯的说是，用生命去说，用整个身体整个人去说，用整颗心去说，甚至不知道为何会这样说。因为，在说到"我"的时候，真实的"我"已不再存在，而只有对上帝之灵的触摸，只有对圣灵运行的感动，对上帝恩典的俯伏。在那一刻，一切都不再停留于视野之中，一切可能性也尽都完

---

① [德]潘能伯格：《人是什么——从神学看当代人类学》，李秋零、田薇译，上海三联书店1997年版，第10页。

全消弭,在那一瞬间,"我"就是无限,"我"就是永恒,因为,上帝已降卑与我交融为一。

拉斯柯尔尼科夫从冒犯走向信仰的跳跃就是从"局外"到"局内"的跳跃。在这一跃中,个体的生存同上帝产生了依赖关系:"如果个体没有深切地经历冒犯的困扰,也就不会有转向信仰所发出的那种激情中的快乐。个人通常是首先通过冒犯而形成与绝对悖谬的个人性关系。在这个意义上,正是冒犯为信仰提供了可能或者推动。"① 之前,拉斯柯尔尼科夫经历了长久、艰难的认罪和忏悔历程——即便被流放在西伯利亚,他强大的自尊心,其实是骄傲,仍在妨碍他认识到自己的罪。"假如他能够自责罪己,那他是何等幸福哇!那样他就能忍受一切了,甚至能忍受耻辱。他对自己进行了严厉的考察,但他那铁面的良知在他过去的行为中没有发现任何特别可怕的罪行,只找到一点儿普通的失误,而失误是任何人都会有的。"(8 卷:684)他只是将自己的遭际归结为命运的捉弄和自己的失误与不幸,"他没有悔恨自己犯罪"。他只承认自己在法律层面有罪,他现在理所应当接受惩罚,仅此而已,在良心的或者说灵魂的层面上,他仍拒不认罪。然而,在监狱里对生活"加倍地热爱"和珍惜促发他更多地观察和意识到他与其他人之间横亘的鸿沟。特别是囚犯们将他视为无神论者加以攻击而对索尼娅充满敬爱,这触动着他的心灵。前者使他更深地陷入绝望并更残酷地自我反省,后者则唤醒了他爱的意识和感觉。尽管他依然忧郁不安,但在心灵深处却在酝酿着新生命的萌芽。终于,那激荡人心的灵魂跳跃的瞬间汹涌而来:"这是怎么发生的,他自己也不明白,突然像有什么东西抓起他,扔到了她的脚边。他哭着搂住了她

---

① 孙毅:《个体的人:祁克果的基督教生存论思想》,中国社会科学出版社 2004 年版,第 157 页。

的膝盖……他们都苍白消瘦，但在两张苍白病态的脸上已经出现未来完全新生的曙光。爱情使他们获得了新生，两颗心相互成了取之不尽的生命源泉……他已获得新生，他意识到了这一点，并以全新的感受体验到了这一点。"（8卷：692）被爱触动后，拉斯柯尔尼科夫迎来了灵魂获得新生后的不眠之夜："这天晚上他无法长时间不停地思索什么，无法全神贯注地去想什么；他只剩下了感觉。生活代替了思辨而来，意识也应该形成一种全新的方式。"（8卷：693）这是瞬间澄澈之后长久的安宁，是泪水冲刷干枯心灵之后留下的润泽和饱满。他拿起《圣经》，开始将索尼娅的感情、追求和信仰作为他自己的信仰，一个新的世界和历程就此开始。陀思妥耶夫斯基富有深情地写道："不过历史现在已经揭开了新的一页，这是人逐渐新生的历史；是人逐渐脱胎换骨，逐渐从一个世界转入另一个世界，逐渐了解前所未闻的崭新现实的历史。"（8卷：693）对拉斯柯尔尼科夫来说，他所转入的"另一个世界"就是神恩的国度，而新的"历史"将在恩典庇护下"逐渐"展开。

（三）晴空：精神复活的宇宙背景

陀思妥耶夫斯基的小说，每每写到人物灵魂救赎的瞬间，或者与之相关的人物精神转变的关键节点，某种神圣体验的重要时刻，都会将其置于晴朗、湛蓝的天空之下。拉斯柯尔尼科夫精神复活的背景，是清晨六点钟晴朗的河岸边，时间仿佛回到了"亚伯拉罕及其部落"还在的久远时代。《白痴》中的梅什金公爵，在为伊波利特可能自杀而极度不安之际，突然想到了早年在瑞士居住期间，他向"明闪闪的天空""向这明亮的、一望无际的蓝天伸出双手，哭了起来"（10卷：571）。他承受口不能言的痛苦，向天祈求自己也成为举世"整个欢唱的参加者"。蓝天、高天，是拉斯柯尔尼科夫和梅什金举目仰望并希求灵魂抵达的神圣空间。

在《卡拉马佐夫兄弟》中，十七岁的马克尔去世前，意识到蓝天和草地是上帝的创造，代表着上帝的荣耀，为自我的罪性而忏悔："我周围曾经是一片上帝的荣耀：小鸟、树木、草地、蓝天，只有我一个人生活在耻辱中，只有我一个人使一切蒙上了耻辱，根本没注意到上帝的美和荣耀。"（15卷：457）正是出于对至高者恩赐的体认，年轻的佐西玛请求同情敌和解："请诸位瞧一瞧周围上帝的恩赐：晴朗的天，清新的空气，嫩绿的小草，小鸟，大自然是那么美丽，那么纯净……"（15卷：475）在晴空中，"生命就是天堂"的领受者恢复了同自然、他人的和谐，在甜蜜和幸福中重归上帝的怀抱。

夜晚晴朗的星空在陀思妥耶夫斯基的小说中只出现了两次，两次都出现在《卡拉马佐夫兄弟》一书中。一次是第七卷"加利利的迦拿"一节中，阿廖沙其时正在经历失去精神之父的痛苦，承受佐西玛长老尸体变臭对其信仰的打击，还遇到伊万的无神论思想的诱惑。他的人生陷入至为黑暗的低谷，信仰也变得摇摆不定。在睡梦中，他梦到佐西玛长老邀他参加在加利利的迦拿举行的筵席，鼓励他继续行善爱人，跟随基督。梦醒之后，他走出修道室，感悟到星空的奥秘与人的奥秘的合一。

> 他头上笼罩着一片广袤无垠的太空，静静的繁星在天空闪烁。从天顶直到天边，还不很清晰的银河似乎幻化成了两道。空气清新、万籁俱寂的夜，覆盖着大地，大堂的白色尖塔和金色圆顶仿佛镶嵌在蓝宝石一般的天空中，在闪亮。屋旁花坛里姹紫嫣红的秋花睡着了，守候着天明。大地的静谧与天上的静谧融成了一片，人间的秘密与星空的秘密彼此沟通……（16卷：572）

与星空、宇宙和大地的神秘沟通，打开了阿廖沙体验神圣的空间，唤醒了他心中的爱，让他萌生了无可比拟的欢喜、快乐，也使他的心灵向世界和上帝完全敞开，去宽恕所有的人也为了一切而请求上帝宽恕。星空之下，阿廖沙重铸了自我的灵魂："他匍匐在地时还是个软弱的青年，可站起来时已是一个终生不渝的坚强战士了。"（16卷：573）

小说再次提到星空，和德米特里有关。同一天夜晚，在他奔向莫克罗耶的大道上，"空气新鲜而凉爽，晴朗的天空繁星闪烁，星星很大。这就是那个夜晚，也许就在这同一时刻，阿廖沙正匍匐在地，'在发狂般起誓，要永生永世热爱这片土地'"（16卷：642）。路上，德米特里一直在请求马车夫的原谅，后来又"发狂地祈祷上帝"，请求上帝的赦免。他以为自己杀死了仆人格里戈里，内心狂乱不安；他也在等待格鲁申卡最后的决定，很可能是拒绝他的追求，别他而去。在这一心境中，他的祷告也具有和阿廖沙同样的意义——面向神圣他者，面对真实的自我，与世界和解，承受一切。

小说叙事者强调了德米特里奔赴莫克罗耶和阿廖沙扑倒在地发出爱的誓言是在同一时刻，头上是同样的晴朗夜空中的繁星闪烁，这一点需要特别留意。日本学者木寺律子也提醒说，"通过繁星可以看出，这些阿廖沙和德米特里命运中独立的事件发生在同一天的同一时间。处在不同地点互相不知道他们的头顶都有星星的存在"[①]。兄弟两人本是分离的，各自忙于寻找自己的出路：阿廖沙是为重建信仰之路，德米特里是为赢得爱情。但两人又是生死攸关的：阿廖沙的不在场使他未能适时阻止德米特里的犯罪行为，阿廖沙信仰的重建又使他能够继

[①] ［日］木寺律子：《〈卡拉马佐夫兄弟〉中的星星与花》，冯华英译，载张变革主编《当代国际学者论陀思妥耶夫斯基》，北京大学出版社2014年版，第364页。

续成为德米特里心灵的安慰者。叙事者有意将阿廖沙和德米特里的灵魂觉醒设置于同一星空之下，显示了人的命运的共时性特征。

第二节　救赎"在路上"

别尔嘉耶夫曾指出："真正的新人的出现，而不是只改变服装，要求以精神上的发展和改变为前提条件，没有内在的精神性核心和在其中发生的创造过程的存在，任何新社会制度都不会造就新人。"[①] 陀思妥耶夫斯基看到人的内在精神发生创造性更新和转变过程面对的挑战，意识到人的灵魂的全部复杂性和多面性，指出人的救赎不可能轻易实现，救赎永未完结，永远"在路上"。

陀思妥耶夫斯基怀着救赎的理想来塑造经由忏悔和痛苦造就的新人，来揭示人走向救赎的可能性。新人的出现是精神和灵魂反复锻造与更新的过程，必须不断经受泪水的洗礼使灵魂变得洁净，必须有神与人的多次联合进而在普通人身上更多地发出神性的闪光。瞬间跳跃是走向救赎与新生的必由之路，但这仅仅是完全救赎的起点。

因而，陀思妥耶夫斯基小说的结尾是开放式的，人物也并未完全定型，有多种可能向他们敞开。拉斯柯尔尼科夫和德米特里尝到了神恩的甘甜而走上了复活之路，但还有无数的罗网、诱惑和障碍在前方等待着他们。茨威格论到陀思妥耶夫斯基的人物时指出："他们永远是尚未完成的，因而倍加富有生机。这是因为完成了的人也是结束的人。"[②] 人的命运充满变数和挑战，人的未来若只有一种限定的可能就

[①] ［俄］尼古拉·别尔嘉耶夫：《精神王国与恺撒王国》，安启念、周靖波译，浙江人民出版社2000年版，第108页。

[②] ［奥］斯·茨威格：《三大师》，申文林译，人民文学出版社2001年版，第96页。

意味着人的死亡。这就是作家对人的理解。在他的笔下,《大罪人传》没有完成,阿廖沙也还走在救赎的途中。

陀思妥耶夫斯基充分地意识到人的多面性与复杂性,人的个性不能简单地委身于上帝的同一性而使所有问题一劳永逸地得到解决。诚如别尔嘉耶夫所言,"陀思妥耶夫斯基完全不是一元论者,他最彻底地承认人的面孔的多面性、存在的多元性和复杂性。他对人的个性、对个性永恒的无法消灭的命运固有一种痴迷。在他那里人的个性从来没有消失在上帝之中、消失在上帝的统一之中"[①]。他让笔下的人物瞥见了自上帝而来的神圣之光,但他们有时为了个性和自由宁愿要地狱也不要上帝,甚或明明选择了上帝心怀圣母理想却一头栽向地狱。德米特里就洞察了人性的全部悖论和荒诞,他关于圣母理想和所多玛理想的理解无比深刻。

作家深刻地表现了人身上的迷狂和强大的自发力量,这种力量既可能使人沉迷于罪恶,被罪完全吞噬,又可能使人成为上帝忠诚的使者并献身于"上帝的事业"。摆在人这个小宇宙面前的是无限的宇宙和无限的可能。在他那里,人常常无法预知下一刻自己的命运。譬如,在《永远的丈夫》中,帕维尔·帕夫洛维奇看到韦利恰尼诺夫疼痛难忍就像"拯救他亲生儿子的生命似的"跑前忙后,想尽办法帮他减轻病痛。但一小时之后,帕维尔·帕夫洛维奇又急不可待地想要杀死被他治愈的病人:"帕维尔·帕夫洛维奇的确想杀死他,但是,也许,还在一刻钟以前,帕维尔·帕夫洛维奇自己也不知大他会杀人。……如果他早就蓄意要杀人,肯定会预先准备好刀子或者手枪,而决不会打算用他直到昨晚为止还从来没有看见过的我的剃须刀来杀

[①] [俄] 尼古拉·别尔嘉耶夫:《陀思妥耶夫斯基的世界观》,耿海英译,广西师范大学出版社2008年版,第193页。

人。"（6卷：699）在罗戈任身上，在梅什金所讲的关于银表的谋杀案中，在《罪与罚》中被冤枉的油漆匠那里，都出现了同样的情形：毫无预谋的谋杀，一时起意有了恶念而跌入地狱。与之相似，就连阿廖沙也几乎被情欲之敌击倒。所以，佐西玛长老让阿廖沙离开修道院，走向充满诱惑的世界，其中充满了深意。这使得阿廖沙有机会进入一个全新的、充满矛盾和危险的、未知的空间，面临新的、无限的可能性。这一"新的可能性"也摆在了德米特里和拉斯柯尔尼科夫等人物面前，决定了救赎的反复性和未完成性。

陀思妥耶夫斯基深刻地意识到，救赎不是一次完成的，救赎需要无数个"突然"和"瞬间"，需要灵魂的持续净化。无论迎接人的是什么样的命运，他都不放弃为人辩护，坚决为人的个性执言，为人性向善呐喊助威。因为，无论是从人精神上的背弃、漂泊和流浪，还是从人沐浴在神恩中的无数个瞬间，陀思妥耶夫斯基都看到了人的丰富性、复杂性和无限可能性。

结　　语

对人性奥秘和生命意义的追问是人类永恒的话题。思想家们苦苦求索，给出的答案千差万别，理据不一。陀思妥耶夫斯基最为深刻之处，就在于立足东正教的传统，从宇宙论视角来探察人类整体的历史，探究人的堕落、罪恶、自由和走向救赎的命运，呈现出人的实存和灵魂面向的两个对立的世界，并在两者的尖锐冲突中给人类带来希望和安慰的信息。

不同于视人类历史为理性、辩证发展过程的一般看法，不同于历史分阶段循序进步的学说，陀思妥耶夫斯基把人类历史理解为上帝创造和护佑宇宙的整个宏伟蓝图的一部分。上帝不只创造了人的生命，也赐予人爱的能力："在无限的存在里，在无法用时间和空间衡量的存在里，某个具有灵性的动物，由于他之降临人世，便赋予他一种能力，使他能对自己说：'我在故我爱。'……上天赐予他一瞬间积极的、身体力行的爱，而且为此还赐予他人间的生命，而与生命一起还赐予了他四季和时令。"（15卷：512）但人类这种"具有灵性的动物"毫不顾惜地摒弃了上帝"无价的赏赐"，从上帝国的乐园堕入尘世王国的苦境。

在陀思妥耶夫斯基看来，人的实存同两个截然相反的国度相关——上帝国和尘世国。这两个国度完全与但丁笔下有形层级结构中天堂和地狱的物质存在不同，它们就内在于人精神世界的深处，在实存分裂的罅隙中真实地存在。陀思妥耶夫斯基的主人公诉说着人的双脚同时踏入两个精神王国的受难史。在尘世国中，"上帝的面貌和他的真理"被扭曲了；"人之作为人的更高级的那一半"即人的神性被摒弃了；人的自由蜕变为"奴役和自杀"，成为满足个体无所顾忌的欲望的口实；"世界的距离正在缩短，空中可以传递思想"，然而人与人之间陷入"分崩离析和彼此隔绝的状态"；人类"想单凭自己的智慧来建立公正的生活"，结果却造成"杀人流血"；等等。通过佐西玛长老谈话中的这些内容，陀思妥耶夫斯基揭示了人在尘世王国的悲剧性存在。

人在尘世王国是被奴役的、不自由的。陀思妥耶夫斯基是深刻的"人正论"者，他反对所有压制人类的方式：侵犯自由的权力、各种有形无形的暴力、虚假的上帝信仰，等等。他揭开了尘世王国的主人——大大小小的宗教大法官们的谎言，这是最危险、最具迷惑性和欺骗性的谎言，因为恶披上了上帝的外衣以善的面孔出现，真正的上帝被偷偷地置换。经过巧妙的伪装，宗教大法官们以上帝的名义成为地上王国的控制者。"我们……是以你的名进行统治的""我们早已经不跟你同在了，而是跟他同在""要知道，我并不怕你"……宗教大法官并不讳言其假基督身份和对基督的仇视，凶狠地威胁要把真正的基督烧死在火堆上。在宗教大法官的真实面目被揭开后，继续追随宗教大法官就是悖逆和亵渎上帝，就是主动远离真正的善。陀思妥耶夫斯基既深刻地揭示出人性的丑恶不堪、现实的无比黑暗，又使人意识到暗夜中仍有微光，人能够靠着上帝的慈爱进入永恒的国度。这位"上帝的使者"给世界带来了"上帝国的信息",使"上帝国成为希望"①。

　　陀思妥耶夫斯基毫不留情地揭露了非存在中显现的深渊,但是,他既不提不能令人满意的解决方法,也不提近乎绝望而不能消除威胁的那种荒诞、怪诞、破碎的信仰;同样,他也不提权力,不提健康的力量,因为透过它们,也依然能看出人的那种无能为力、软弱和病态。他向灵魂提供的唯一东西,是他能作为回应给予它的东西,是基督即上帝。②

上帝是上帝之国的主人。但这是一位超越了世俗权力的主人,是创造和赐予自由的主人,是以爱实现救赎的主人。陀思妥耶夫斯基深信"上帝真理的纯洁性","借助上帝来达到精神的自由"的可能性以及"上帝定将拯救俄罗斯"的必然性。在他看来,上帝的创造是恩惠,其意义不单单显现在人类原初的历史中,而且加诸现实中每一个人身上。人所寄身的由动物、植物和环境组成的整个生存空间都由上帝所赐,人应当珍视这一切。"万物就像汪洋大海,一切都在流动,而且相互关联,只要触动一处,世界的另一端就会有所反应。"(15卷:507)因此,"请求小鸟宽恕"这种近乎疯狂的举动是有意义的。在生命的相互参与中,人"要重新改造这世界,就必须使心理上转向另一条路",应当"为整体工作,为未来尽力"(15卷:480)。陀思妥耶夫斯基宣扬上帝国的胜利:上帝洗净人身上的罪孽,粉碎了自由的悲剧,彻底地解放了人,宣告了死亡权势的破产。在最后一部小说中,伊波利特、基里洛夫对死亡的恐惧和"抗争",已转变为伊柳沙

---

① [瑞士]拉加茨:《上帝国的信息》,朱雁冰译,华夏出版社2006年版,第16页。
② [德]赖因哈德·劳特:《陀思妥耶夫斯基哲学》,沈真等译,东方出版社1996年版,第436页。

丧葬宴上对复活永生的确信和喜乐："我们死后定会站起来，并且复活，我们定将再见面，我们定将见到所有的人。"（16卷：1196）作家也从上帝的造物中领悟到上帝之爱的秘密，呼吁人们爱所有的造物："你倘若能爱每一件东西，你就会理解蕴含在事物中的上帝的奥秘。"（15卷：506）上帝之爱给人带来盼望，指引着人类的方向："我们在人世间的确像一群迷途的羔羊，要不是我们面前有宝贵的基督的形象的话，我们就会完蛋，就会彻底迷失方向，就像大洪水前的人类一样。"（15卷：508—509）在上帝爱的光亮中，人们即便有"迷失方向"的时刻，也依然能够重拾人之为人的纯洁、自由和尊严。

上帝国并不是遥不可及的彼岸世界，不在彼岸世界。它是人的生命存在的神圣根源。人生活在现世，就能感受到他同上帝国的世界、同天堂有某种神秘的联系。陀思妥耶夫斯基深信，"上帝却赐给我们一种神秘而又奇妙的感觉，使我们感到我们与彼岸世界有着密切的联系，而且我们思想与感情的根子不是在这里，而是在彼岸世界"（15卷：509）。只要愿意，人就能感受天堂的存在："我们每个人的心里都蕴含着天堂，它现在也隐藏在我心里，只要我愿意，明天它就会真的降临，让我终身受用不尽。"（15卷：480）人一旦意识到除了自己的罪孽之外还"应对一切任何一切事承担罪责"，那么这时天国就会"真的降临"。人之所以不相信天堂的存在，不能感受到与"神秘的彼岸世界有一种彼此相连的感觉"，就在于远离、舍弃了上帝的爱，被此世之国的阴影遮蔽了。

人要么臣服尘世王国，要么成为神圣王国的子民。陀思妥耶夫斯基深刻指出，人类只有人而神或神而人这两条不同的道路。前者通向虚无和毁灭，后者则造就复活和新生。全人类共同的盼望就在于与基督的联合，成为"神人类"；上帝国代表着人类的未来，人类的生活唯有靠着天国理想才有希望。在"荒唐人"、拉斯柯尔尼科夫、斯塔夫罗金、韦尔西罗夫和伊万的意识里，都出现过关于人类整个历史和未来的富有寓意的梦幻、异象和渴念。在拉斯柯尔尼科夫的"梦魇"中，人类被"有智慧和意志的精灵"附体，从此人人自以为掌握着真理，彼此仇视和残杀，世界陷入灾难，幸存的几个"纯洁而优异人物"将创造新的人类和生活，"复兴和净化大地"。这并不是"毫无意义的梦魇"（8卷：690）。在基里洛夫看来，现时代处于神被消灭而人正成为神的阶段，"新人"就是人神。而人神之路就是悲剧之路、自我毁灭之路，陀思妥耶夫斯基深刻地揭示出这一点。斯塔夫罗金关于"黄金时代"的梦想中出现了"人间的天堂"的幻觉："人类的一切梦想中最不可思议的梦想，全人类为之献出一切力量、显出全部生命的梦想，人类为之牺牲一切、先知们为之奋斗、为之牺牲在十字架上的梦想，没有这个梦想，人民就会不愿意生活，甚至也不能死亡。"（12卷：861）在韦尔西罗夫看来，无神论和"付诸实施"建立人间幸福大厦的行动是对上帝的背叛，是让人难以忍受的"向它扔淤泥""吹口哨"的行为。他"不能不想象"，"没有上帝人将怎样生活，是不是有朝一日会有这种可能"（14卷：629）。没有信仰作为生活的力量源泉，人们就"只剩下了自己"，就会"彻底的孤独无依"；对至高者的爱就会被人与人之间的爱，对"大地和生命"的爱所取代。虽然这种爱也至为深切，但已不同于对上帝的爱，不同于经由上帝之爱产生的对世界的爱。人仍然孤独无望，仍然承受着失去上帝的痛苦。于是，在他的想象中出现了类于诗人海涅笔下"波罗的海上的基督"重新出现在丧失信仰的人们面前的情景，基督重新来到人们跟前，安慰受苦的人群，伟大的欢乐圣歌重新响起，来赞美灵魂最终的复活。

陀思妥耶夫斯基对灵魂救赎和复活抱有坚定的信念。他指出，全人类将在基督的爱中联合为一；俄罗斯人只能心怀这一盼望生活，同时将这一希望传遍欧洲和世界："在俄罗斯人民里面始终固有的，那种为了基督而永不懈怠的，对伟大的、普遍的、全人类的、人与人的兄弟般的团结的渴求……俄罗斯人民相信，归根结底只有通过为了基督而实现的全世界的普遍团结他才能得到拯救。"（20 卷：1072—1073）在他看来，上帝国的世界将要发生整体上的救赎奇迹，这扎根于俄罗斯民族的子民意识和使命意识，"人与人的兄弟般的团结""全世界的普遍团结"将通过基督得以实现。陀思妥耶夫斯基对上帝国的盼望蕴含着富有深意的启示。

  我们根本不能依照启示录来生活。我们也不能依照陀思妥耶夫斯基来生活。但是，阅读他的小说有助于解释生活。陀思妥耶夫斯基把福音书说的盐撒进了这个世界，如果没有盐，一切都会淡而无味；他激发了美，如果没有美，"在这大地上就无所作为"。他的信仰把上帝引进灵魂，就像欧洲火棘在那里扎根一样。他一生都在热烈寻求理解人，最后，他学会了在人那里读出基督之名。像雷霆洗者圣约翰一样，他下降到这个世界的地狱中，在那里找到了基督，像约翰那样，他认出了上帝羔羊，爱之永恒不动的太阳。他把十字架作为雅各的梯子，沿着这梯子往下，见到了人、天使和天使的救主。他勾画出神性慈爱的圣像，描绘了天父的微笑。基督教上帝的全部奥妙就在这一微笑之中。陀思妥耶夫斯基让我们明白，我们将享有我们全部的永生，以瞻望这一微笑，这微笑像创世第一日早晨那样永远清新……[1]

---

[1] ［俄］叶夫多基莫夫：《俄罗斯思想中的基督》，杨德友译，学林出版社 1999 年版，第 92 页。

结　语

　　陀思妥耶夫斯基发出的"庄重严肃的和谐之音",引领着人们穿越黑暗的深渊,驱散了人们心中怀疑和绝望的阴影,给不幸的灵魂带来"清新"的希望之光。"生活是多么美好哇!"阿廖沙和十二个孩子,洋溢着希望和活力,欢呼着步入新生活——这是作家在小说中留下的最后文字。在苦难的鞭挞中,在无望的绝境中,在疼痛和泪水中,陀思妥耶夫斯基依然坚立。他热烈地亲吻大地,高声颂扬神圣的和撒那,忘情地唱着永恒的乐音。

参考文献

一　陀思妥耶夫斯基作品

［俄］陀思妥耶夫斯基：《卡拉马佐夫兄弟》，耿济之译，人民文学出版社1981年版。

［俄］陀思妥耶夫斯基：《陀思妥耶夫斯基论艺术》，冯增义、徐振亚译，漓江出版社1988年版。

［俄］陀思妥耶夫斯基：《陀思妥耶夫斯基选集·书信选》，冯增义、徐振亚译，人民文学出版社1993年版。

［俄］陀思妥耶夫斯基：《白痴》，臧仲伦译，译林出版社2000年版。

陈燊主编：《费·陀思妥耶夫斯基全集》1—22卷，河北教育出版社2009年版。

二　中文著作

［法］安德烈·纪德：《关于陀的六次讲座》，余中先译，广西师范大学出版社2006年版。

［俄］安娜·陀思妥耶夫斯卡娅：《陀思妥耶夫斯基夫人回忆录》，李明滨译，北京大学出版社1987年版。

［古罗马］奥古斯丁：《论原罪与恩典：驳佩拉纠派》，周伟驰译，商务印书馆2012年版。

［俄］巴赫金：《巴赫金全集》6卷本，钱中文主编，白春仁等译，河北教育出版社1998年版。

［俄］鲍里斯·尼古拉耶维奇·米罗诺夫：《俄国社会史：个性、民主家庭、公民社会及法治国家的形成（帝俄时期：18世纪至20世纪初）》，张广翔等译，山东大学出版社2006年版。

［俄］波诺马廖娃：《陀思妥耶夫斯基：我探索人生奥秘》，张变革等译，商务印书馆2011年版。

［俄］С.Н.布尔加科夫：《东正教——教会学说概要》，徐凤林译，商务印书馆2001年版。

陈建华主编：《中国俄苏文学研究史论》卷三，重庆出版社2007年版。

［德］大卫·弗里德里希·施特劳斯：《耶稣传》，吴永泉译，商务印书馆2010年版。

（托名）狄奥尼修斯：《神秘神学》，包利民译，生活·读书·新知三联书店1998年版。

［法］多米尼克·阿尔邦：《陀思妥耶夫斯基》，解薇、刘成富译，上海人民出版社2009年版。

冯川：《忧郁的先知：陀思妥耶夫斯基》，四川人民出版社2000年版。

冯增义：《陀思妥耶夫斯基论稿》，上海文艺出版社2011年版。

［俄］弗·洛斯基：《东正教神学导论》，杨德友译，河北教育出版社2002年版。

［俄］弗·谢·索洛维约夫等：《精神领袖》，徐振亚等译，上海译文

出版社 2009 年版。

［俄］弗里德连杰尔：《陀思妥耶夫斯基与世界文学》，施元译，上海译文出版社 1997 年版。

［俄］弗洛罗夫斯基：《俄罗斯宗教哲学之路》，吴安迪等译，上海人民出版社 2006 年版。

［奥］弗洛伊德：《弗洛伊德文集》8，车文博译，长春出版社 2004 年版。

［苏］高尔基：《论文学（续集）》，冰夷等译，人民文学出版社 1979 年版。

郭小丽：《陀思妥耶夫斯基的救赎思想——兼论与中国文化思维的比较》，黑龙江人民出版社 2012 年版。

［美］汉娜·阿伦特，《论革命》，陈周旺译，译林出版社 2011 年版。

［瑞士］汉斯·昆、［德］瓦尔特·延斯：《诗与宗教》，李永平译，生活·读书·新知三联书店 2005 年版。

［瑞士］汉斯·昆：《论基督徒（下）》，杨德友译，生活·读书·新知三联书店 1995 年版。

何怀宏：《道德·上帝与人：陀思妥耶夫斯基的问题》，北京大学出版社 2010 年版。

何云波：《陀思妥耶夫斯基与俄罗斯文化精神》，湖南教育出版社 1997 年版。

［德］亨利克·菲弗：《基督形象的艺术神学》，萧潇译，中国社会科学出版社 2005 年版。

［俄］基斯嘉柯夫斯基等：《路标集》，彭甄等译，云南人民出版社 1999 年版。

［法］加缪：《加缪全集》戏剧卷，李玉民译，河北教育出版社 2002

年版。

［法］加缪：《西西弗的神话：加缪荒谬与反抗论集》，杜小真译，陕西师范大学出版社2003年版。

［瑞士］卡尔·巴特著，［德］戈尔维策精选：《教会教义学：精选本》，何亚将、朱雁冰译，生活·读书·新知三联书店1998年版。

［瑞士］卡尔·巴特：《罗马书释义》，魏育青译，华东师范大学出版社2005年版。

［德］卡尔·洛维特：《世界历史与救赎历史：历史哲学的神学前提》，李秋零、田薇译，生活·读书·新知三联书店2002年版。

［美］考夫曼编著：《存在主义：从陀思妥耶夫斯基到萨特》，陈鼓应等译，商务印书馆1995年版。

［瑞士］拉加茨：《上帝国的信息》，朱雁冰译，华夏出版社2006年版。

［德］赖因哈德·劳特：《陀思妥耶夫斯基哲学》，沈真等译，东方出版社1996年版。

冷满冰：《宗教与革命语境下的〈卡拉马佐夫兄弟〉》，四川大学出版社2007年版。

李震：《杜斯妥也夫斯基的精神世界》，（台北）辅仁大学出版社1975年版。

［美］莉莎·克纳普：《根除惯性：陀思妥耶夫斯基与形而上学》，季广茂译，吉林人民出版社2003年版。

梁坤主编：《新编外国文学史——外国文学名著批评经典》，中国人民大学出版社2008年版。

［俄］列夫·舍斯托夫：《旷野呼告 无根据颂》，方珊等译，上海人民

出版社 2004 年版。

［俄］列夫·舍斯托夫：《尼采与陀思妥耶夫斯基》，田全金译，华东师范大学出版社 2015 年版。

［俄］列夫·舍斯托夫：《思辨与启示》，方珊等译，上海人民出版社 2004 年版。

［俄］列夫·舍斯托夫：《在约伯的天平上》，董友等译，生活·读书·新知三联书店 1992 年版。

刘文飞：《思想俄国》，山东友谊出版社 2005 年版。

刘文飞：《伊阿诺斯，或双头鹰：俄国文学和文化中斯拉夫派和西方派的思想对峙》，中国社会科学出版社 2006 年版。

刘小枫：《圣灵降临的叙事》，生活·读书·新知三联书店 2003 年版。

刘小枫：《拯救与逍遥》，上海三联书店 2001 年版。

刘小枫：《走向十字架上的真——20 世纪基督教神学引论》，上海三联书店 1995 年版。

刘小枫主编：《夜颂中的革命和宗教：诺瓦利斯选集卷一》，林克等译，华夏出版社 2007 年版。

鲁迅：《鲁迅全集·6》，人民文学出版社 2005 年版。

［美］罗伯特·伯德：《文学的深度：陀思妥耶夫斯基传》，王爱松译，黑龙江教育出版社 2017 年版。

罗妍：《陀思妥耶夫斯基：探索自由的奥秘》，重庆大学出版社 2022 年版。

［俄］罗赞诺夫：《论宗教大法官的传说》，张百春译，华夏出版社 2007 年版。

［美］马尔科姆·琼斯：《巴赫金之后的陀思妥耶夫斯基》，赵亚莉等译，吉林人民出版社 2004 年版。

[德] 麦克斯·施蒂纳：《唯一者及其所有物》，金海民译，商务印书馆1989年版。

[俄] 梅列日科夫斯基：《托尔斯泰与陀思妥耶夫斯基》，杨德友译，华夏出版社2009年版。

[美] 米拉德·J. 艾利克森、[美] L. 阿诺德·修斯塔德：《基督教神学导论》，陈知纲译，上海人民出版社2012年版。

[澳] 莫里斯：《救赎：它的意义及重要性》，喻小菲、崔晓雄译，华东师范大学出版社2012年版。

[俄] 尼亚·别尔嘉耶夫：《俄罗斯思想的宗教阐释》，邱运华、吴学金译，东方出版社1998年版。

[俄] 尼古拉·别尔嘉耶夫：《精神王国与恺撒王国》，安启念、周靖波译，浙江人民出版社2000年版。

[俄] 尼古拉·别尔嘉耶夫：《陀思妥耶夫斯基的世界观》，耿海英译，广西师范大学出版社2008年版。

[俄] 尼古拉·别尔嘉耶夫：《自我认知》，汪剑钊译，上海人民出版社2007年版。

[俄] 尼古拉·别尔嘉耶夫：《自由的哲学》，董友译，学林出版社1999年版。

[俄] 尼古拉·别尔嘉耶夫：《自由精神哲学：基督教难题及其辩护》，石衡潭译，上海三联书店2009年版。

[德] 尼娜·珀利堪·斯特劳斯：《陀思妥耶夫斯基与女性问题》，宋庆文、温哲仙译，吉林人民出版社2003年版。

[法] 欧内斯特·勒南：《耶稣的一生》，梁工译，商务印书馆1999年版。

[德] 潘能伯格：《人是什么——从神学看当代人类学》，李秋零、田

薇译，上海三联书店1997年版。

［美］乔治·斯坦纳：《托尔斯泰或陀思妥耶夫斯基》，严忠志译，浙江大学出版社2011年版。

邱业祥主编：《圣经关键词研究》，宗教文化出版社2009年版。

［奥］斯·茨威格：《三大师》，申文林译，人民文学出版社2001年版。

宋旭红：《当代西方神学美学思想概览》，中国社会科学出版社2012年版。

孙毅：《个体的人：祁克果的基督教生存论思想》，中国社会科学出版社2004年版。

［丹麦］索伦·克尔凯郭尔：《致死的疾病》，张祥龙、王建军译，中国工人出版社1997年版。

田全金：《言与思的越界——陀思妥耶夫斯基比较研究》，复旦大学出版社2010年版。

［俄］瓦·瓦·津科夫斯基：《俄国哲学史》上卷，张冰译，人民出版社2013年版。

王志耕：《圣愚之维：俄罗斯文学经典的一种文化阐释》，北京大学出版社2013年版。

王志耕：《宗教文化语境下的陀思妥耶夫斯基诗学》，北京师范大学出版社2003年版。

［英］韦尔：《东正教会导论》，田原译，（香港）汉语基督教文化研究所2013年版。

［俄］谢·布尔加科夫：《亘古不灭之光——观察与思辩》，王志耕、李春青译，云南人民出版社1999年版。

［苏］亚·勃洛克：《十二个》，戈宝权译，漓江出版社1985年版。

［俄］叶夫多基莫夫：《俄罗斯思想中的基督》，杨德友译，学林出版社1999年版。

［美］伊琳娜·帕佩尔诺：《陀思妥耶夫斯基论作为文化机制的俄国自杀问题》，杜文鹃、彭卫红译，吉林人民出版社2003年版。

［苏］尤·谢列兹涅夫：《陀思妥耶夫斯基传》，徐昌翰译，人民文学出版社2011年版。

张百春：《当代东正教神学思想：俄罗斯东正教神学》，上海三联书店2000年版。

张变革主编：《当代国际学者论陀思妥耶夫斯基》，北京大学出版社2014年版。

张磊：《〈卡拉马佐夫兄弟〉的时空艺术与文化意蕴》，中国社会科学出版社2021年版。

张旭：《卡尔·巴特神学研究》，上海人民出版社2005年版。

赵桂莲：《漂泊的灵魂——陀思妥耶夫斯基与俄罗斯传统文化》，北京大学出版社2002年版。

三　中文期刊论文

［俄］A. L. 沃伦斯基：《人神与神人》，张百春译，《俄罗斯文艺》2009年第2期。

［俄］B. H. 扎哈罗夫：《陀思妥耶夫斯基与福音书》，张变革译，《比较文学与世界文学》2016年第2期。

［俄］C. C. 霍鲁日：《东正教苦修传统中的人的形象》，张百春译，《俄罗斯文艺》2012年第1期。

［俄］C. C. 霍鲁日：《静修主义人学》，张百春译，《世界哲学》2010年第2期。

陈杨：《索洛维约夫与陀思妥耶夫斯基的关系：一种新阐释》，《俄罗斯文艺》2011 年第 3 期。

方珊：《新宗教艺术的先驱——索洛维约夫论陀思妥耶夫斯基》，《俄罗斯文艺》2002 年第 4 期。

冯华英：《陀思妥耶夫斯基与霍夫曼的艺术影响》，《国外文学》2001 年第 3 期。

高旭东：《基督教文化的金秋硕果——重估陀思妥耶夫斯基小说的文化价值》，《外国文学》2004 年第 6 期。

贺立华、姜桂栩：《人的有限性与上帝的可能性——论陀思妥耶夫斯基复调小说的拯救主题》，《齐鲁学刊》2007 年第 5 期。

侯朝阳：《〈罪与罚〉尾声的诗学问题》，《俄罗斯文艺》2019 年第 3 期。

侯朝阳：《沉默的言说者：论〈宗教大法官〉中的耶稣基督形象》，《俄罗斯文艺》2013 年第 1 期。

季明举：《"美拯救世界"——陀思妥耶夫斯基的审美人道主义》，《俄罗斯文艺》2019 年第 3 期。

景凯旋：《陀思妥耶夫斯基有什么错？——从米兰·昆德拉〈一个变奏的导言〉谈起》，《书屋》2005 年第 4 期。

李必桂：《观照苦难——陀思妥耶夫斯基作品中的苦难问题》，《俄罗斯文艺》2002 年第 5 期。

李今：《陀思妥耶夫斯基在三四十年代的中国》，《鲁迅研究月刊》2004 年第 4 期。

林精华：《去民族性特色与扩展全球性价值——西方 20 世纪视野中的陀思妥耶夫斯基形象》，《俄罗斯文艺》2003 年第 2 期。

刘锟：《论陀思妥耶夫斯基"罪"与"罚"思想中的东正教文化内涵》，《国外文学》2009 年第 2 期。

罗妍：《陀思妥耶夫斯基的自由问题："人神"还是"神人"》，《俄罗斯文艺》2017 年第 2 期。

马小朝：《陀思妥耶夫斯基的宗教救赎意识的痛苦蜕变》，《烟台大学学报》（哲学社会科学版）2018 年第 6 期。

单世联：《"水晶宫"与现代文化的分裂——重思车尔尼雪夫斯基与陀思妥耶夫斯基之争》，《外国文学评论》2011 年第 2 期。

童明：《自然机器·人性·乌托邦：再论陀思妥耶夫斯基和车尔尼雪夫斯基之争》，《国外文学》2009 年第 1 期。

万海松：《〈少年〉中"宗教与人生"书写的思想史意义》，《外国文学研究》2021 年第 6 期。

汪汉利：《索尔·贝娄与陀思妥耶夫斯基》，《浙江海洋学院学报》（人文科学版）2009 年第 2 期。

汪剑钊：《美将拯救世界——〈白痴〉与陀思妥耶夫斯基的末世论思想》，《外国文学评论》2002 年第 1 期。

王志耕、陈遐：《陀思妥耶夫斯基是否"怀疑"上帝存在?》，《俄罗斯文艺》2008 年第 3 期。

王宗琥：《普拉东诺夫与陀思妥耶夫斯基的对话》，《俄罗斯文艺》2001 年第 4 期。

吴勇立：《陀思妥耶夫斯基棱镜中的托马斯·曼和黑塞》，《学海》2006 年第 2 期。

徐凤林：《〈卡拉马佐夫兄弟〉中的宗教奇迹问题》，《北方工业大学学报》2022 年第 2 期。

徐田秀：《论陀思妥耶夫斯基"原罪"与"救赎"的悲剧色彩》，《求索》2004 年第 3 期。

闫美萍：《论陀思妥耶夫斯基小说中的犯罪问题》，《国外文学》2004

年第 1 期。

闫美萍：《陀思妥耶夫斯基小说中犯罪问题探源》，《俄罗斯文艺》2003 年第 6 期。

［俄］伊·叶甫兰皮耶夫：《陀思妥耶夫斯基"人"的哲学的主要原则》，刘娜译，《俄罗斯文艺》2023 年第 1 期。

俞航：《言说与他人：陀思妥耶夫斯基对现代主体建构的反思》，《外国文学评论》2020 年第 1 期。

张百春：《别尔嘉耶夫与陀思妥耶夫斯基》，《博览群书》2002 年第 4 期。

张变革：《幻想的爱与实践的爱——陀思妥耶夫斯基后期创作问题》，《外国文学评论》2009 年第 2 期。

张竹筠：《人类社会新生母题的构建——论陀思妥耶夫斯基小说的拯救意识与虚幻艺术》，《俄罗斯文艺》2000 年第 3 期。

赵桂莲：《白银时代的陀思妥耶夫斯基研究》，《国外文学》1996 年第 3 期。

赵桂莲：《陀思妥耶夫斯基创作思想探源》，《国外文学》2004 年第 2 期。

周丹：《神性的诗意——浅论陀思妥耶夫斯基的宗教思想，兼与何云波先生商榷》，《俄罗斯文艺》2003 年第 2 期。

朱建刚：《从"地下室人"到"群魔"——陀思妥耶夫斯基与俄国虚无主义》，《外国文学研究》2008 年第 5 期。

曾艳兵：《陀思妥耶夫斯基与卡夫卡》，《俄罗斯文艺》2008 年第 1 期。

四　中文学位论文

褚艳玲：《陀思妥耶夫斯基作品人物的神人化道路》，硕士学位论文，上海外国语大学，2010 年。

丁世鑫：《陀思妥耶夫斯基在现代中国（1919—1949）》，博士学位论文，山东大学，2006 年。

侯朝阳：《论陀思妥耶夫斯基小说的罪与救赎思想》，博士学位论文，中国人民大学，2014 年。

刘莉萍：《堕落与救赎：论陀思妥耶夫斯基的小说与法律》，硕士学位论文，湘潭大学，2010 年。

刘祥荣：《陀思妥耶夫斯基作品中"恶魔性"人物探析》，山东师范大学，硕士学位论文，2018 年。

罗雯：《〈卡拉马佐夫兄弟〉中的救赎思想》，硕士学位论文，华东师范大学，2015 年。

骆靖璇：《陀思妥耶夫斯基黑暗与光明的辩证法》，硕士学位论文，广西师范大学，2021 年。

宋雪峰：《陀思妥耶夫斯基长篇小说中的"思想者"形象》，硕士学位论文，内蒙古大学，2009 年。

万海松：《陀思妥耶夫斯基根基主义思想研究》，博士学位论文，中国社会科学院，2008 年。

肖伟芹：《救赎的力量——评〈卡拉马佐夫兄弟〉中表现的爱和上帝的形象》，硕士学位论文，北京师范大学，2007 年。

杨江平：《陀思妥耶夫斯基小说人物形象的宗教阐释》，博士学位论文，山东大学，2004 年。

杨婷：《美拯救世界——从〈卡拉马佐夫兄弟〉看陀思妥耶夫斯基的宗教思想》，硕士学位论文，西安外国语大学，2017 年。

俞航：《圣像的启示：论陀思妥耶夫斯基的现代性反思》，博士学位论文，南京大学，2018 年。

张磊：《〈卡拉马佐夫兄弟〉的空间书写》，博士学位论文，南京师范大学，2018年。

郑煦：《罪恶与救赎——从〈卡拉马佐夫兄弟〉看陀思妥耶夫斯基的精神复兴之路》，硕士学位论文，首都师范大学，2012年。

五 外文文献

Agiomavritis, Dionyssios, The Politics of Tyranny and the Problem of Order: Plato and Dostoevsky's Resistance to the Pathology of Power, Ph. D. dissertation, Carleton University, 2010.

Anderson, Gary A., *Sin: A History*, New Haven: Yale University, 2009.

Beebe, Maurice, "The Three Motives of Raskolnikov", *College English*, Vol. 17, No. 3, December 1955.

Belknap, Robert L., *The Genesis of the Brothers Karamazov: The Aesthetics, Ideology, and Psychology of Text Making*, Evanston, Illinois: Northwestern University Press, 1990.

Bequette, John P., *Christian Humanism: Creation, Redemption, and Reintegration*, Maryland: University Press of America, 2007.

Bercken, Wil Van D., *Christian Fiction and Religious Realism in the Novels of Dostoevsky*, London and New York: Anthem Press, 2011.

Blake, Elizabeth, "Sonya, Silent No More: A Response to the Woman Question in Dostoevsky's Crime and Punishment", *The Slavic and East European Journal*, Vol. 50, No. 2, Summer 2006.

Blake, Elizabeth, *Dostoevsky and the Catholic Underground*, Evanston: Northwestern University Press, 2014.

Blank, Ksana, *Dostoevsky's Dialectics and the Problem of Sin*, Evanston:

Northwestern University Press, 2010.

Bloom, Harold ed., *Fyodor Dostoevsky's Crime and Punishment*, New York: Infobase Publishing, 2004.

Bloshteyn, Maria, *The Making of a Counter - Culture Icon: Henry Miller's Dostoevsky*, Toronto: University of Toronto Press, 2007.

Brown, Nathalie Babel, *Hugo and Dostoevsky*, New York: Ardis, 1978.

Carroll, John, *Break - out from the Crystal Palace: The Anarcho - psychological Critique: Stirner, Nietzsche, Dostoevsky*, London: Routledge&Kegan Paul Ltd., 1974.

Cassedy, Steven, *Dostoevsky's Religion*, Stanford: Stanford University Press, 2005.

Catteau, Jacques, *Dostoyevsky and the Process of Literary Creation*, trans by Littlewood, Audrey, New York: Cambridge University Press, 1989.

Cherkasova, Evgenia, *Dostoevsky and Kant: Dialogues on Ethics*, Amsterdam - New York: Rodopi B. V., 2009.

Davis, Stephen T., Daniel Kendall, S. J., Gerald O'Collins, eds., *The Redemption: An Interdisciplinary Symposium on Christ as Redeemer*, New York: Oxford University, 2004.

Dostoyevsky, Fyodor, *The Gospel in Dostoyevsky: Selections from His Works*, foreword by Malcolm Muggeridge, Farmington: The Bruderhof Foundation, 2004.

Friesen, Leonard G., *Transcendent Love: Dostoevsky and the Search for a Global Ethic*, Notre Dame: University of Notre Dame Press, 2016.

George Gibian, "Traditional Symbolism in Crime and Punishment", *Publi-*

cations of the Modern Language Association, Vol. 70, No. 5, December 1955.

Holquist, Michael, *Dostoevsky and the Novel*, Princeton, N. J.: Princeton University Press, 1977.

Huvarinen, Matti, Muszynski, Lisa, *Terror and the Arts: Artistic, Literary, and Political Interpretations of Violence from Dostoyevsky to Abu Ghraib*, New York: Palgrave Macmillan, 2008.

Ivanits, Linda, *Dostoevsky and the Russian People*, New York: Cambridge University Press, 2008.

Joann, Cerrito ed., *Nineteenth – Century Literature Criticism*, Vol. 43, Detroit: Gale Research 1994.

Jones, Malcolm, *Dostoevsky and the Dynamics of Religious Experience*, London: Anthem Press, 2005.

Joseph, Frank, *Dostoevsky: A Writer in His Time*, Princeton: Princeton University Press, 2010.

Joseph, Frank, *Dostoevsky: The Mantle of the Prophet, 1871 – 1881*, Princeton: Princeton University Press, 1995.

Joseph, Frank, *Dostoevsky: The Miraculous Years, 1865 – 1871*, Princeton: Princeton University Press, 1995.

Joseph, Frank, *Dostoevsky: The Stir of Liberation, 1860 – 1865*, Princeton: Princeton University Press, 1986.

Joseph, Frank, *Dostoevsky: The Years of Ordeal, 1850 – 1859*, Princeton: Princeton University Press, 1990.

Kaye, Peter, *Dostoevsky and English Modernism, 1900 – 1930*, Cambridge: Cambridge University Press, 2004.

Kroeker, P., Travis Ward, Bruce Kinsey, *Remembering the End: Dostoevsky as Prophet to Modernity*, Colorado: Westview Press, 2001.

Lary, N. M., *Dostoevsky and Dickens: A Study of Literary Influence*, London: Routledge and Kegan Paul, 1973.

Lavrin, Janko, *Dostoevsky*, New York: The Macmillan Company, 1947.

Leatherbarrow, W. J. ed., *Dostoevskii*, Cambridge: Cambridge University Press, 2004.

Macleod, Norman James, Fictions of Authenticity: Dostoevsky's Notes form Underground, Rick's Notebooks of Malte Laurids Brigge, and Sartre's Nausea, Ph. D. dissertation, University of East Anglia, 1988.

Muggeridge, Malcolm, *A Third Testament: A Modern Pilgrim Explores the Spiritual Wanderings of Augustine, Blake, Pascal, Bonhoeffer, Kierkegaard, and Dostoevsky*, Farmington: Plough Publishing House, 2007.

Panichas, George Andrew, *Dostoevsky's Spiritual Art*, New Brunswick: Transaction Publishers, 2005.

Paris, Bernard J., *Dostoevsky's Greatest Characters*, New York: Palgrave Macmillan, 2008.

Pattison, George, Thompson, Diane Oenning, *Dostoevsky and the Christian Tradition*, New York: Cambridge University Press, 2001.

Peace, Richard, *Dostoyevsky: An Examination of the Major Novels*, New York: Cambridge University Press, 1971.

Peace, Richard ed., *Fyodor Dostoevsky's Crime and Punishment: A Casebook*, New York: Oxford University Press, 2006.

Rosenshield, Gary, *Crime and Punishment: The Techniques of the Omnis-*

cient Author, Bristol: Western Printing Services, Limited, 1978.

Rudicina, Alexandra F. , "Crime and Myth: The Archetypal Pattern of Rebirth in Three Novels of Dostoevsky", *Publications of the Modern Language Association*, Vol. 87, No. 5, October 1972.

Schlitt, Dale M. , *Theology and the Experience of God*, New York: Peter Lang Publishing, 2001.

Schur Anna, *Wages of Evil: Dostoevsky and Punishment*, Evanston: Northwestern University Press, 2012.

Simmons, Ernesty J. , *Dostoevski: The Making of a Novelist*, London, New York: Oxford University Press, 1940.

Slater, Angela Jennifer, Dostoyevsky's Attitude to Institutionalized Religion, Ph. D. dissertation, Liverpool University, 1983.

Smith, Jeremy, *Religious Feeling and Religious Commitment in Faulkner, Dostoevsky, Werfel and Bernanos*, New York & London: Garland Publishing, 1988.

Thompson, Oenning, *The Brothers Karamazov and the Poetics of Memory*, Cambridge University Press, 1991.

Thomson, Oliver, *A History of Sin*, Edinburgh: Canongate Press, 1993.

Tucker, Janet G. , *Profane Challenge and Orthodox Response in Dostoevsky's Crime and Punishment*, Amsterdam – New York: Rodopi B. V. , 2008.

Vak, Maksim, *Reading Dostoevsky after Levinas*, New York: New School University, 2007.

Wellek, René, ed. , *Dostoevsky: A Collection of Critical Essays*, Englewood: Prentice – Hall, 1965.

Williams, Rowan, *Dostoevsky: Language, Faith, and Fiction*, London: Baylor University Press, 2008.

Yarmolinsky, Avrahm, *Dostoevsky: A Life*, New York: Harcourt, Brace and Company, 1934.

Ziolkowski, Theodore, *The Sin of Knowledge: Ancient and Modern Variations*, Princeton: Princeton University Press, 2000.

后　　记

　　本书由博士学位论文修订而成。笔者和陀思妥耶夫斯基结下不解之缘已有多年。还记得刚入大学时初读《罪与罚》的懵懵懂懂，毕业季做关于"宗教大法官"论文时亢奋到夜不能寐，后来读《涅托奇卡·涅兹万诺娃》《被侮辱与被损害的》时揪心和感动到涕泪泗零，凡此种种，已数不清有多少次情感的波涛、思想的挣扎和灵魂的激动都因这位文学大师而起，实在是很庆幸生命道路上有陀翁搀扶相伴，为师为友亦为精神之父。

　　常常禁不住去想这样一些问题：陀思妥耶夫斯基留下的最为重要的思想遗产是什么？他何以能引起如此广泛的关注和持久的研究兴趣？是"地下室人"从角落里发出的怨怼之声吗？是死屋中不幸的犯罪者卑微和沉重的叹息声吗？是拉斯柯尔尼科夫狂热信奉并将自我献祭的超人理论吗？是基里洛夫的人神思想吗？是伊万·卡拉马佐夫在无神论与虔信之间的摇摆不定吗？是各种使人几乎陷于疯狂的虚无主义、自由主义理论吗？不错，所有这些深沉的思想、不同凡响的声音都深深地吸引着人们，但陀翁的思想遗产远远多于这些，高于这些。在"赞成与反对"的激情中，陀思妥耶夫斯基给我们展示的是一种综合的世界观，留给我们的是一种需要全身心投入、迷茫、甄别而后才寻觅到出路的多重空间。在他主要的作品中，从来都不是单一的思想在言说，而是众声喧哗，每一种思想都在尽力地表达自我。所以，每每穿行其间，我都会痴迷于各种思想优美的舞姿，惊骇于所有思想的强力和雄辩，在思想盛宴中熏熏欲醉、流连忘返，更多的时候则讶异于灵魂掀起的风暴而唏嘘不安。我确信，心灵足够强大的读者终归不至迷失方向。因为，在复调式思想陈述的背后，在各种思想交锋的战场，在晦暗不明的迷雾中，始终有一种声音，有一丝光亮，有一缕芬芳，那就是陀翁对上帝存在的确信，对神圣他者的仰望；无情的决绝、激越的抗议、无畏的叛逆和无耻的亵渎，所有的回应和声响，愈肆意无惮就愈靠近那微弱的天籁之音的本相；最终，在曲终高潮之处，灵光乍现的瞬间照彻和驱散一切黑暗，风雨雷电的轰鸣成为心灵的远景，此刻只有安宁、静谧和对未来的盼望。从恶中挖掘善，在绝望处给予希望，疾风暴雨又不乏宁静，这就是陀翁作品的张力和魅力所在。而作家虔诚的信仰贯穿在笔下人物的灵魂之旅中，他的拯救之道暗含在主人公的思想探索中，他的怜悯之心包裹在主人公的悲剧性命运中……本书的写作初衷是记下这些细细碎碎的阅读体验，力争揭示出陀翁丰富深刻的思想价值，以期回报他以心血凝聚而成的思想盛宴的馈赠之恩。

但我深知，走近陀思妥耶夫斯基容易，走进和真正读懂他则是万难的。别尔嘉耶夫早就警告说："如果读者不愿意让自己进入浩瀚、奇特的观念宇宙，他是无法理解陀思妥耶夫斯基的；实际上，最好不要去碰陀思妥耶夫斯基的著作。"在1880年4月11日写给叶·费·荣格的信中，陀翁也讲到自己常常遭受误解："我得到过许多赞许，也许，所得到的甚至比我应该得到的还多，但是批评界，公开出版的文学批评，甚至在表扬我的时候（这种情形是很少的），关于我谈得也很轻率和肤浅，似乎完全没有觉察到那完全伴随着我内心痛苦而产生的东西，那从我心灵中真实流露出来的东西。"（22卷：1151）尽管在写作过程中我始终心怀忐忑，竭力去把捉作家的真实想法，唯恐"因我触及而使伟大思想漫画化"，但现在看来，本书还是难以避免诸多"轻率和肤浅"之处。种种缺憾和不足，只能留待余生以勤勉和努力慢慢弥补了。

万幸的是，导师梁先生一直都非常理解和支持我选择这样一个充满挑战的论题，给予了很大鼓励和细致入微的指导。尤其在学位论文初稿出炉后，先生反复批阅，连标点符号错误都一一订正，这种严谨的治学态度使我深受激励。三年就读期间，毕业离校多年以来，恩师在学术上的提携和生活上的关照，点点滴滴，都让学生铭记于心，恒久难忘。

需要感谢的人还有很多。周启超师、吴晓都师都对前期的博士学位论文写作提出过非常具体的修改意见。赵桂莲师允准我旁听俄罗斯文学课，对我的写作思路有诸多开启。王志耕师和北京大学出版社张冰师的慷慨赠书对我是莫大的精神鼓励。张变革师提供了国外关于陀翁研究的最新资料。学位论文开题时耿幼壮师、杨恒达师、高旭东师、曾艳兵师都为后续写作提出了富有建设性的意见，答辩时吴泽霖师、周启超师、王志耕师、曾艳兵师和张变革师都给出了极宝贵的修改意见。硕导赵宁师也在论文和书稿写作中给予了很多支持。在此一并致以衷心的感谢！

此外，还要感谢师妹宋柳和罗妍审校本书初稿付出的努力。感谢给出修改意见的陈芸兄、对本书抱有期待的原海成兄以及以对陀翁的深深挚爱感染了我的张磊兄。也谢谢我的家人，是他们的承担使我能够集中心力如期完成这本小书。感恩生命中有拙荆荣华作为我"荣耀的帮助者",以她的灵慧、敏感和洞见常常"惊醒""点化"我。对陀翁的阅读使我们精神上共同成长,心灵也更为相契。受惠于各位师尊和同人对我的关爱,还有耐心细致审阅此书的编辑杨康女士专业又敬业的工作,这篇稚嫩之作才得以顺利面世。

近年来,我继续"悦读"陀翁,查阅文献,深化认知,匡正先见。但由于种种原因,目前呈现的文字还是留有种种遗憾,比如对个别问题的把握还不够到位,有些说法还需要进一步斟酌,这只能寄望于后续的进一步探究了。因此我十分期待学界师友能不吝赐教,多提宝贵意见。但愿阅读陀思妥耶夫斯基,能成为人们"共同的事业",也能成就我们每个人满满的幸福。